ムーンリバーズを忘れない

Never Forget
MOONRIVERS
Harada Mizuki

はらだみずき

角川春樹事務所

Contents

装画　佐々木悟郎
装幀　片岡忠彦

ムーンリバーズを忘れない

春の夢

森山健吾《もりやまけんご》はやめることに決めた。

妻の晶子《あきこ》にも少し前に話した。

晶子はしばらく沈黙したあと、「お疲れさま。よく続いたよね」とめずらしく誉《ほ》めてくれた。

学生時代サッカーに明け暮れた健吾は、自分の子供を授かったら、サッカーを教えるつもりでいた。結婚した翌年の春、晶子は早くも妊娠した。十五週目に入り、産婦人科へ行った日、「男の子だって」とうれしそうに話してくれた。

その秋、名前も決めていた森山家の長男は、この世に生を受け、産声を上げることはなかった。死産だった。

健吾が地元のサッカークラブでコーチの手伝いを始めたのは、結婚して十年が過ぎた頃。近くを川が流れる小学校の校庭をホームグラウンドとして活動する「月見野《つきみの》ＳＣ《サッカークラブ》」のコーチになって、さらに十年が過ぎようとしていた。

そんな二人に、今も子供はいない。


「――やめる?」

代表兼コーチの林信夫《はやしのぶお》の頬は、なぜかむしろゆるんだように見えた。冗談とでも受けとったみたいに。

土曜の夜だというのに、スナック「憩い」には、ほかに客はいなかった。コーチ会議後に自治会館近くにある居酒屋で飲んだあと、三人だけで流れてきた。ベンチコートを脱ぎ、ジャージ姿がカウンターに肩を並べると、キープしてあるウイスキーのボトルが黙っていても出てくる、行きつけの店だ。

「やめるって、健さんが？」

まず一曲、気持ちよく歌い終えたツカさんが、マイクを握ったまま言った。エコーの利いた声のあと、「ブーン」とアンプが唸《うな》った。

「え？」という顔で、カウンターの向こうのママが、グラスを持った手の小指を立て固まっている。栗色に染めた髪にパーマをかけ、化粧を厚くしているが、どう見てもママというより、おばあちゃんにしか見えない。

「本気？」

黒縁メガネをかけた林の顔は、まだ薄く笑っていた。

健吾は黙ってうなずいた。

林は健吾より二つ年上で、今年四十八歳。白髪はそれほど目立たないが、細く縮れた髪に覆われた頭のてっぺんは、かなり危うい。四十を過ぎた頃から、余計な脂肪を腹回りに蓄え始めた。学生時代にサッカーをやった経験はなく、息子がクラブに入団したときにコーチになった口だ。子供の指導の現場に立つことより、主に裏方の道を選んだ。息子が卒団してからも事務方のコーチとしてクラブに残り、やがて代表に推され、というより押しつけられ、やめるにやめられなくなった。

「なんで今言うかな」

まるいこぶしを握って林がカウンターを叩いた。

たしかにタイミングとしては考えものだ。今日、クラブは卒団式を終えたばかり。来月から新体制でスタートを切る。コーチ会議で、一、二年生グループのヘッドコーチは林、三、四年生はツカさん、五年、六年生は健吾が受け持つことが正式に発表された。それぞれのグループには、自分の子供が所属する父兄コーチがサポートに入る。

「そろそろ潮時じゃないかと思って」

健吾はなにげなく漏らした。

林はまるで〝気〟でも送るみたいに、薄くなった頭の上に手をかざした。

「クラブはいろいろと大変な時期だと思います。だからこそ、早めに伝えておいたほうがいいと思って」

「それって親切のつもり？」

ツカさんが皮肉るように口を挟んだ。

ツカさんこと塚田《つかだ》秀雄《ひでお》はコーチ最年長の五十代。顔は彫りが深く、鼻が高い。自然に伸びた髪には白いものが目立つが、染めたりはしない。ランニングが趣味で、週に二日は月見川沿いのランニングコースを走るらしく、からだは締まっている。年のわりにはストイックな一面があるかと思えば、自分はボランティアコーチと割り切っていて、できることとできないことの区別をはっきり口にする。

学生時代のポジションはゴールキーパー。

「気が変わるかもしれないじゃない」

林が投げつけるように言った。

「いや、それはない。来期が最後」と健吾は答えた。

ツカさんはカラオケの端末をいじっている。

二人はやめる理由を聞かなかった。おそらく自分にも前科があるからだ。

林は息子が卒団するとき、一緒に退団を申し出た。親がコーチになるのは、自分の子供がクラブに在籍しているからで、多くの父兄コーチは子供と一緒にやめていく。しかし、林は慰留された。何年か前に「これからは山に登る」と言い出し、一悶着《ひともんちゃく》あったが、結局このときもクラブに残った。

ツカさんは実際にコーチをやめ、しばらくしてから復帰した経緯がある。林同様、息子が卒団してからもコーチとしてクラブに残ったが、ある年、シーズンの途中にもかかわらず、突然グラウンドに来なくなってしまった。当然のごとく、クラブは混乱した——。

あるいは理由を訊《き》かなかったのは、気を遣ってのことかもしれない。二人は年下の健吾を「健さん」と〝さん〟付けで呼ぶ。若い父兄コーチがそう呼ぶせいもあるだろうが、クラブのメインコーチとして一定のリスペクトを受けていることは健吾も肌で感じていた。

健吾はやめる理由を自分から言い出すべきかと思ったが、しなかった。

「聞かなかったことにする」

林はきっぱりとした調子で言った。

「え？」

「そうなんだよ。クラブは今、いろいろと大変なんだ。今年も新一年生の入団は少ないに決まってる。十一人集まる学年はない。試合では下の学年の子を借りなくちゃならないから、どの学年も大会の成績は、ぱっとしない。そんなチームに見切りをつけ、うまい子の親は子供をよそのクラブに移籍させる。今や月見野ＳＣは、存亡の危機に近い。そんなときに、だよ……」

カラオケの曲が入った。

軽快なギターのイントロが響き、マイクを握ったツカさんが隣で歌い出した。曲は吉田拓郎「我が良き友よ」。

くわえ煙草《タバコ》のママがタンバリンを手にした。

「いいときにはクラブ員が百五十人近くいた。コーチだって各学年に三人はいた。それが今じゃ、我々三人と父兄コーチが五名。カツカツなんだよ」

「わかりますよ、そうかもしれないけど……」

健吾は前を向いたまま、ママが作ってくれたウイスキーの水割りを飲んだ。やけに濃かった。

カウンターの奥の棚には月見野ＳＣのかつての栄光が並んでいる。市大会準優勝トロフィー。月見野杯、優勝楯《たて》。優勝チームの団体写真……。

突然右腕をつかまれたので、健吾はぎょっとした。

林の顔は笑っていなかった。首を強く横に振ると言った。「頼むよ、健さん。それを言っちゃあ、お終《しま》いだけどさ、おれだってやめたいくらいなんだよ」

「代表……」

ツカさんの歌が間奏に入った。

林は突然立ち上がるとマイクを奪った。

「どうかした？」

ママのとぼけた声。

スピーカーから耳ざわりなノイズが漏れたあと、林が叫んだ。

「いいか、やめるんだったらさ、だれか代わりのコーチ連れてきてよ。サッカー知ってる、活《い》きのいい優秀なコーチをさ！」

「そりゃあ、そうだ！」

ツカさんが賛同の拍手を送った。

なぜだかママまでタンバリンの鈴をさかんに鳴らしている。

「なんなんだよ……」

健吾は腕を枕にしてため息をついた。

酔っていた。でも、どこかで酔いきれない自分がいた。


健吾はそれっきり、その話を持ち出すのはやめた。どっちみち、来年度はコーチを続ける。やめるのは一年先だ。

十年は、長いようであっという間だ。

楽しいことも、辛《つら》いこともあった。良い成績は残せなかったけれど、サッカーの楽しさを少しは伝えられた気がする。無給のボランティアコーチの身ではあったが、「お世話になりました」最後にそう言ってもらえるだけで満足だったし、幸せだった。

あと一年、子供たちのために、自分にできることをしよう。

それが自分に与えられたコーチとしての使命であり、月見野ＳＣへの恩返しになる。

そう思うことにした。


春分の日は、よく晴れた。

健吾は午後から晶子と一緒に、川向こうの丘の上にある公園墓地「やすらぎの里」へ向かった。敷地内にある合同墓に死産だった長男が眠っている。

毎年お彼岸には出かけることにしていた。

「生きていれば、今年の秋で二十歳だね」

急な石段を上りながら、仏花を手にした晶子がなにげなく言った。

「そうだな」とだけ健吾は相づちを打った。

階段を上がりきり、管理事務所の前で手桶《ておけ》に水を汲《く》み、柄杓《ひしゃく》を借りる。区画ごとに墓石が並んだ場所の奥へと向かう。新しい花が供えられている墓も目につき、微《かす》かに線香の残り香が漂っていた。

舗装された小径《こみち》の先に石塔が見えてきたとき、音がした。

鳥の啼《な》く声かと思ったが、だれかが口笛を吹いているようだ。

こんなところで、と苦々しく思ったとき、音は止《や》んだ。

合同墓の前には、めずらしく人影があった。

健吾は敷地に植樹された木々に目を移し、なるべくゆっくり歩いた。できればこの場所で他人と顔を合わせたくなかった。

ヒメシャラだろうか、灰色の枝に黄緑色が芽吹いている。雨だった去年と比べて、今年はずいぶん暖かい。桜の開花も早まる予感がした。

向こうから歩いてきたのは、スポーツバッグを提げた若い男だった。ネイビーブルーに赤ラインが入った上下のジャージ姿。合同墓の先は行き止まりになっているので、お参りに来たのか、それとも迷い込んだのか。

ジャージ姿の若い男とすれちがったあと、「今の子くらいかしらね」と晶子がつぶやいた。

黙っていたが、健吾も同じ想像をしていた。

――あのとき無事に産まれていれば。

もう何度も繰り返した夢だった。

健吾は顎を引くようにして振り返った。

ジャージの若者は墓地の出口へまっすぐに向かっていた。おや、と思ったのは、足元がふらついているように見えたからだ。

だれかの供養に来たのだろうか。だとすれば、もう少しマシなかっこうはなかったものか。この場には似つかわしくない服装に、自然と口元がゆるんだ。すれちがいざまに盗み見た顔は、思い詰めたような表情だった。

「あれ……」とつぶやき、晶子があたりを見まわした。

「どうした？」

「ほら、春のにおい」

合同墓の脇にある植え込みに二人で近づいた。去年までは砂利敷きだった場所に、緑の葉を茂らせた灌木《かんぼく》があり、淡い紅色の花を咲かせていた。

「なんて言ったっけ、この花」

「さあ」

健吾は首をひねった。

どこかでシジュウカラがさえずっている。

「ほら、松任谷由実の『春よ、来い』の歌詞に出てくるじゃない」

「そうだっけ?」

健吾は思い出せなかった。

そんなことより息子が生きていたとすれば、早ければ社会に出ている頃だ。勤め先での自分の置かれている立場が危ういせいか、複雑な思いが立ちのぼってきた。もしも息子が成長していれば、この不安に満ちた困難な時代に、やりがいのある自分に合った仕事を見つけ、幸せな暮らしを手に入れることができただろうか。

そう考えると、胸騒ぎがした。

「どうしたの、難しい顔して?」

眉根を寄せた晶子の顔が近くにあった。

「いや」と健吾はかぶりを振ってみせた。

心配することはない。息子は〇歳のままなんだ。

——永遠に。

晶子は合同墓に花を供え、線香を手向けた。

健吾はあらためて石塔の前に立ち、目を瞑《つぶ》り、両手を合わせた。

亡き息子に、来期でサッカーのコーチをやめることを報告した。口に出したことはないが、コーチとして息子にサッカーを教えてやりたかった。時には一緒にボールを蹴り、息子が自分を超える選手に育ち、巣立っていく姿を見届けたかった。

それが夢だった。

――ごめんな。

健吾は心の内で語りかけた。

祈りの時間はいつもより長くかかった。

月見野小学校で入学式があった週末、校庭から見える月見川沿いのサイクリングロードの桜が満開を迎えた。月見野ＳＣの各学年グループの活動後、コーチたちで申し合わせ、川の土手に集まることになった。

高台に建つ学校から川までは直線距離で約五百メートル。目と鼻の先だ。校門を出て、ポンプ場をまわり農道を使えば、歩いて十分で到着する。一面に広がる田んぼは、まだ田植え前で水も張られていない。

毎年恒例の花見にはコーチ全員が出席した。土手の桜は、太い幹に見合った見事な咲きっぷりだ。発泡酒の缶を片手に、学年やグループの枠を超え、八人のジャージ姿の男たちがサッカー談義に花を咲かせた。

コーチにも、子供たちの成長以外に楽しみがあっていい。もちろん、酒も乾き物のつまみも自腹。

もしくはだれかの持ち出しだった。

「それでどうなの、今年の新一年生？」

林が最初の話題を口にした。

「今日の体験練習には、それなりの人数が来ましたよ。来週の土曜日にも、やりますけど」

低学年の父兄コーチ、児島《こじま》が答えた。

児島の息子は二年生。コーチでは一番の若手で、茶髪の髪型は今風だ。ヘアーワックスを使っているのか、髪がツンツンとはねている。しかし風貌だけでなく、子供にも親に対しても言葉があまりに軽いので、去年の終わりに健吾がやんわりと注意した。保護者からの苦情ではなく、ツカさんの差し金だった。児島は素直に話を聞き、最後に「うぃっす」と答えた。

「ひさしぶりにそろうかな、十一人」

「どうっすかね」

「まあ、そこまでは責任持てんわね。おれらはボランティアだから」

ツカさんがいつもの台詞《せりふ》を口にした。目尻には温厚そうなしわを寄せている。

「まあ正直な話、どうしても自分の息子の学年が心配になるもんだよね」

本音を口にしたのは、高学年の父兄コーチの広瀬《ひろせ》だ。

サッカー経験者である広瀬は体格がよく、髪は短く、見るからに体育会系。この春、六年生になった息子の涼太《りょうた》はキャプテン、チームの核でもある。熱心な広瀬は、時折自分の息子に求めすぎるきらいはあるが、今では試合の主審も無難にこなすし、健吾が頼りにする指導者の一人だ。

「ですよね。二年生は六人ですから」

「二年生はまだいいよ。これから入ってくる可能性がある」

「何年生くらいまでなんすかね、入ってくるのって？」

児島と広瀬のやりとりを聞いていた健吾が、「どうかな、三年生くらい？」と口を挟んだ。

「ですよね」

「でも、入ってくるばかりじゃないからね」

中学年父兄コーチの佐々木《ささき》が話に加わった。「うちなんか、二人減ったから」

「どうしてですか？」

コーチ歴のまだ浅い戸倉《とくら》が尋ねた。

小柄な戸倉は広瀬と同じく高学年のコーチだが、サッカー経験はない。涼太の同級生である息子の俊作《しゅんさく》は、運動能力が高いとは言い難い。物静かな戸倉自身スポーツが苦手なのか、「僕に似たんですよ」と半ばあきらめたような笑みを見せる。

「一人は親の転勤。もう一人は『海浜《かいひん》マリンズ』に移りました」と佐々木が答えた。

「マリンズか……」

だれかが言った。

「また、マリンズにとられたのかよ。Ｊリーグの下部組織に行くっていうならわかるよ。なんでここから車で二十分もかかる、同じ街クラブに移るかね」

林がぼやいた。

「けど、人気あるみたいですよ、マリンズは。最近は大会の成績もいいし、元Ｊリーガーが代表ですからね。なんでもパールホワイトのベンツに乗ってグラウンドに来るそうです」

佐々木が言うと、全員の視線が月見野ＳＣの代表に集まった。

「なんだよ。おれだって車は白だよ」

林が黒縁メガネを持ち上げた。

「ダイハツですけどね」

児島のつっこみに、笑いが起こった。

昼間の酒が利いたのか、コーチたちはみな血色がよく、口の動きも滑らかだ。

「マリンズは、各学年二十名以上いるって話ですよ」

児島は健吾が持参したタッパーに割り箸をのばした。

「そんなに？『少子化だから』とかって、うちも言ってられねえな」

ツカさんがへらへら笑った。

そこは笑うところじゃないでしょ、と健吾は顔をしかめたくなったが、苛立ちは苦い液体で喉の奥に流し込んだ。だいたい危機に瀕《ひん》しているクラブとしての自覚が、運営者側に足りない。その思いは長年抱いてきた。もちろん自分も当事者の一人であるわけだが。

「これ、うまいっすね」

タッパーを手に取った児島が言った。

「単なるアスパラの牛肉巻きだよ」

「それがちがうんだよなぁ。このアスパラのゆで加減といい、牛肉の味付けといい、絶妙ですよ。いいなあ、健さんの奥さんは料理がうまくて。うちなんか、冷食のチンばっかだもん」と児島が嘆いた。

「なんでかね？」

林がぽつりと言った。

「え？」

「そりゃあ、マリンズに魅力を感じるんですよ」

広瀬が話をもどした。

「保護者が言ってましたよ。どうして月見野ＳＣは練習が土曜しかないのかって」

「日曜日は無理」

即座にツカさんが決めつけた。「野球が使ってるでしょ。対外試合を組むしかない」

「いや、そうじゃなくて、マリンズは平日練習がありますから」

うーん、と唸《うな》る声がいくつか上がった。

「そりゃあ向こうは商売だからね。毎月高い月謝とって、コーチを雇って運営してる。こっちは働きながら、ボランティアで運営してる任意団体なんだから」

ツカさんの言葉に、一同押し黙った。

「マリンズの月謝って、いくらなんすかね？」

児島が興味を示した。

「どうだかな、六千円くらい？」

「こっちは三分の一」

林が胸を張る。

「うちの家計じゃ、月謝の高いクラブは無理だな」

中学年グループの西《にし》が口を開いた。団地で暮らす西には三人の子供がいる。

「だよね」

うれしそうにツカさんがうなずいた。

「マリンズに行くとしても、中学からとか？」

「たしかにマリンズは中学生年代の環境が整備されてますからね。最近は指導者不足もあって、中学校のサッカー部はクラブチームに押されっぱなしの現実がある。でも中学からマリンズに入るとなれば、今度はセレクションに合格しなければならない。ジュニアユースチームのメンバーの多くは、マリンズのジュニアから昇格するからね」

広瀬はやけに詳しかった。

「ジュニアユースか……」

林がつぶやくと、「それも無理だな」とツカさんが一蹴した。

「けど、いいんですかね。うちのクラブ、このままで……」

佐々木の言葉には苛立《いらだ》ちが滲《にじ》んでいた。

佐々木と西が担当する中学年グループは、とくにもめ事が多い年代だと健吾は聞いている。子供が低学年のうちは、親もあまりクラブやコーチに対して口出しはしない。しかしクラブの実情が見えてくれば、これから先のこともあるし、不満を露《あら》わにする。時には親同士の衝突も起こる。悪い噂《うわさ》が飛び交えば、あっさり子供をやめさせるケースも少なくない。

花見という席なのだが、クラブの現状の話になると、どうしても暗い雰囲気が漂ってしまう。輪になった男たちが、同じ表情を浮かべ、満開の桜の下でうつむきがちになった。

——たしかに。

健吾は思う。

月見野SCはよくいえばアットホーム。シビアにいえば、ボランティア運営による旧態依然とした弱小の街クラブ。

四年前、月見川の河口近くにある、海浜グラウンドをホームとする海浜マリンズができたときは、だれもなんの危機感も抱かなかった。マリンズがジュニアユース年代のチームを立ち上げたときは、頼まれたチラシを卒団生に配ったくらいだ。

月見野SCは創立一九七九年。この川の桜と同じように長い歳月を経てきた。しかしその歴史の上に、あぐらをかいてきた部分も少なくない。この十年でサッカーをめぐる環境は大きく変化した。多くのサッカークラブが誕生し、生き残りをかけて活動しているというのに。

――いや、やめておこう。

健吾はそれ以上考えるのを自分に禁じた。自分は、今年度でクラブを去る身なのだ。

「どうしたもんかな」

林が口を開いた。「なにかいい案があれば、提案してほしい。クラブを変えるとすれば、今年じゃないかな」

その言葉に、何人かの首が縦に揺れた。

話がそこまで進んだのははじめてのことだ。

「どうだい、健さん？」

こっちに振るなよと思いつつ、健吾は「そう思いますよ」とだけ答えた。

ツカさんは酔ったのか、川幅が百メートル足らずの月見川の川面に映る桜を、目を細めて眺めている。川の水はお世辞にもきれいとはいえないが、風情だけは楽しむことができた。

酒が入ったせいか、コーチたちは気が大きくなっていたのかもしれない。口々にクラブのあり方について声を上げた。愚痴に近い言葉も少なくなかったが、クラブの現状を憂えているのだけは、まちがいなさそうだ。

健吾は黙って話を聞いていた。

ツカさんは眠ってしまったように川面を向いたまま動かない。

「じゃあ、この席でひとつだけ決めよう。クラブの再生に向けた話を今後もしていきましょう。つきましては再生委員会をつくります。委員はコーチ全員。そこで、だれかに委員長をやってもらいたい。どうだろう、ここはひとつ、私に指名させてくれないかな」

林の言葉に数人が目を泳がせた。

「私は無理、申し訳ないけど」

ツカさんがそっぽを向いたまま口を開いた。

「自分、合宿委員長なんで」

広瀬が申し出た。

「荷が重そうだな」

佐々木が首を横に振り、西が隣でうなずく。

「おれはないっすよね」と児島は薄く笑った。

体育座りをしている戸倉は膝を抱えうつむいていた。

「それじゃあ、健さん、お願いします」

唐突に林が指名した。

「はっ？」

健吾は本気で林をにらんだ。

「健さんなら、適任だと思いますよ」

佐々木がすかさず言った。

「無理だよ」

「そこをなんとか、頼むよ」

林は手を合わせた。得意の泣き落としだ。

「できませんて」

「今や健さんが、総監督みたいなもんじゃないですか」

広瀬がクーラーボックスから、缶発泡酒を取り出してよこした。

「できる限り協力しますよ」と西が調子を合わせた。

正直悪い気はしなかった。

しかし、自分は今年で……。

林がブルーシートの上に立ち上がった。

「それじゃあ、森山健吾さんの月見野ＳＣ再生委員長就任を祝しまして、もう一度乾杯！」

「乾杯！」

勝手な声が一斉に上がった。

そして拍手。

みんな笑顔だった。

健吾は舌打ちをしたが、それ以上言うのはやめた。

林が自分を選んだのは、おそらく慰留工作のつもりなのだ。でも、その手には乗らない。

健吾は「なんなんだよ」という表情を浮かべ、苦い酒をごくりと飲んだ。

「まあ、せいぜいがんばるんだね」

ツカさんが目尻にしわを寄せ、笑っていた。


土曜日、健吾は小学校のグラウンドにいた。

人目を惹《ひ》いていた月見川の桜は、先日の雨と風にやられて、すでに散ってしまった。代わりに小学校の花壇では生徒たちが育てた色とりどりのチューリップが咲き、本格的な春の到来を感じさせた。

健吾は、今週から高学年の練習を二人の父兄コーチに任せてみることにした。まだ公にはされていないが、来年ここに自分はいない。そのための準備は早く始めたほうがいい。父兄コーチである二人のうち一人でもクラブに残ってくれたら、という想いもあった。

健吾の提案に対して、同じ三十代後半の二人のコーチは、まったく異なる反応を見せた。広瀬は張りきったが、戸倉は不安そうだった。

サッカー経験者であり、指導の経験も長い広瀬がメニューを考え、トレーニングを仕切っていた。戸倉は子供たちから距離をとって見守っている。健吾は必要に応じて、アドバイスを送るにとどめた。

練習の最後のメニューに、広瀬はミニゲームを選んだ。その選択はまちがっていない。子供たちはゲームが大好きだ。ただ、五、六年生混合でのミニゲームは個人のレベルの差が目立つ。ボールを持てる子は、学年に関係なくどうしても決まってきてしまう。持てない子は、相手が上と認めてしまっているのか、なかなかボールを奪いにいけない。ゲーム設定に改善の余地がありそうだった。

しかし、両腕を組んだ健吾が気にしていたのは、そのことではなかった。

少年用ゴールの裏にある、三段の高さで並んだ鉄棒。その一番低い鉄棒に両肘をのせている若い男がいた。身長は一七〇センチくらい。どちらかといえば痩せている。洗いざらしのダンガリーの長袖シャツをジーンズの外に出し、校庭の子供たちを眺めている。

――あの男だ。

健吾はすぐに気づいた。

春分の日、「やすらぎの里」の合同墓の前で見かけた若者。

あのときはジャージ姿で、スポーツバッグを提げていたが、今日は小型のリュックサックを肩にかけている。二十歳くらいの印象は変わらないが、悠々自適の学生には見えない。若そうに見えるだけで、ひょっとするともう少し年齢は上かもしれない。なにかをくぐり抜けてきた、そんな顔付きをしていた。

「だれかのお父さん、ですかね?」

不意に声をかけられ、健吾はハッとした。

戸倉が斜め後ろに立ち、視線をゴール裏の鉄棒のほうへ向けている。

父親にしては若すぎると健吾は思ったが、「さあ」と首を振るにとどめた。

「涼太、なんで追わないいんだ」

広瀬が我が子を怒鳴る声が聞こえた。

オレンジ色のビブスを着けた涼太が、ふてくされた表情を浮かべている。キャプテンでありながら、涼太には敵にボールを奪われるとプレーを切ってしまう悪い癖があり、以前から注意を与えていた。

「涼太！　追えよ」

広瀬がまた怒鳴り、首を横に振りながら頭を抱えた。

「切り替えようぜ、涼太」

健吾はなるべく明るい声をかけた。

涼太は渋々という感じで動き出す。

「いいコンビですよね」

戸倉がなにげなく言った。

「なにが？」

「健さんと広瀬さんですよ」

「それを言うなら、トリオでしょ。戸倉さんは静かに見守ってくれてる」

「いやいや、なにもできないだけです」

戸倉は顔の前で小さく手を振った。

サッカー経験がなく、スポーツが得意ではない戸倉は、どうしてもグラウンドでの存在感が薄い。時々この人はなんのためにグラウンドに来るのかと、疑問に思うことさえある。とはいえ自分から手伝いたいと申し出てきたわけで、やる気がないわけではないはずだ。

「戸倉さんも練習メニュー考えてきてくださいね」

「いやいや、僕なんて」

「そんなこと言わずに、ここってときは、意見を口にしてください」

「そこのところの基準がよくわからなくて」

「子供のためになるかどうか。まずはそこです」

「そうですね」

戸倉はうなずくと、コートから出てしまったボールを拾いにいった。

それは子供のすべきこと、と喉元まで出かけたが、やめておいた。今の戸倉から、その仕事まで奪ってしまえば、なにもやることがなくなってしまう。そんな気がした。

ミニゲームのピッチでは、ゲームにうまく参加できていない子が目立った。健吾はゲームを一度止めるべきか悩んだが、静観することにした。

「そこは行くとこだろ!」

広瀬は動きの悪い子に声をかけたが、トレーニングを修正するまでには至らなかった。

戸倉はあいかわらず遠くから黙って眺めている。息子の俊作は六年生ながら、なかなかボールにさわれない。ふわふわとボールから遠い位置で海月《くらげ》みたいに漂っている。しかし不思議と戸倉には、広瀬のような苛立ちは見られなかった。

戸倉はどんな気持ちで息子を見つめているのだろう。自分が戸倉の立場だったらと考えてみたが、よくわからなかった。

父兄コーチというのは、難しい立場だと感じる場面がある。多くの時間を子供たちと過ごすわけで、いろいろと目に付いてしまうはずだ。でも複雑であろうその心境は、所詮子供のいない自分にはわからないのかもしれない。

健吾が次に視線をゴール裏の鉄棒にもどしたときには、若者はいなくなっていた。グラウンドを見まわしたが、彼の姿はすでにどこにもなかった。


四月下旬の土曜の夜、毎月開かれる定例のコーチ会議が自治会館で始まった。参加したのは七名。中学年コーチの西が関西出張のため欠席した。

コーチの数が多かった頃は広間一杯にぐるりと座卓を並べ、缶ビール片手に和気藹々《わきあいあい》と議事進行したものだが、今は広間の半分のスペースでじゅうぶんだった。そして座卓からは缶ビールも消えた。

保護者も参加したある年の総会で、コーチ会議での飲食費が問題視され、それ以後、アルコール類は一切禁止となった。たしかに会議中の飲酒は問題があるだろう。飲みたければ、会議のあとで飲めばいい。健吾は思ったが、「グラウンドでの練習が終わってさ、コーチが飲む一本の缶ビールがそんなに問題かね」とツカさんが苦々しく言ったのを覚えている。

会議では、翌週に迫った全日本少年サッカー大会県大会のスケジュールや、近隣のサッカークラブの代表者会議で話し合われた内容、夏合宿について説明があった。

その後、クラブ再生委員長となった健吾が中心となって、月見野SCの今後について意見が交わされた。その話し合いのなかで、まずはクラブが抱える問題点を明らかにする必要性があるのではと健吾が説いたところ、クラブ員の保護者に対して匿名でのアンケート調査を実施してはどうか、という意見が出た。

「やっぱり、親の考えは大きいでしょ。参考にすべきじゃないですか」

提案した佐々木が言った。

「たしかにね、子供が通うクラブを最終的に判断するのは、保護者だから」

広瀬も賛成する。

「とくに母親じゃない？」

「かもしれないな」

「でもさ、アンケートの結果はどうするつもり？」

発言したのはツカさんだ。

「会報誌で、後日公表すればいいんじゃない」と林。

「火に油を注ぐことにならないかね」

ツカさんの顔は赤みを帯びていた。夕食の際に自宅で一杯やってきたのだろう。

「どういうこと？」

「だってそうでしょ。今までおおっぴらになっていなかった不満まで露わにするわけでしょ。アンケートで出てきた要望に応じることができなければ、余計に不満が募るんじゃないの」

「たしかに……」

児島がつぶやいた。

「じゃあ、発表はしないとか？」

「どうかな、それも不信感を与えない？」

佐々木も広瀬も黙り込んでしまった。

結局、その日は結論が出なかった。月見野SC再生、クラブ改革への一歩はなかなか踏み出せない。どうしたものかと健吾は腕を組んだが、半ばあきらめてもいた。これまで変わらなかったものが、そう簡単に変わるとは思えなかったからだ。

「じゃあ、最後に連絡です」

林が会議の締めに入った。「休日のグラウンド利用に際して、学校側から要請がありました。不審者対策についてです」

「最近、ぶっそうなニュース多いっすもんね」

児島がプリントに目を落とした。

「我々にできることは限られてますけど、まず声がけね。子供だけでなく、グラウンドに来た大人とも挨拶を交わしてください。そのとき相手の目をしっかり見てください。様子がおかしいと感じたら、よく観察するように。不審に思ったら一人で対処しようとせず、私でもいいし、近くのコーチでもいいので連携を取りましょう」

「そのあとは？」

「あくまで刺激を与えないように質問して、不審者だと判断したら、校内から退去するように説得します。その際、相手に近寄りすぎないこと……」

林はマニュアルを読み上げた。

「でも、それってすごく難しいよね」

ツカさんが口を挟んだ。

「なにがですか？」

「いや、不審者か不審者じゃないかって判断」

「たしかにね……」

林が顔を上げて全員に尋ねた。「各学年、子供の保護者についてはは把握できてますよね？」

「ふだんグラウンドに来てる親なら、ほぼわかります」

佐々木が答え、ほかのコーチもうなずいた。

「基本的には、月見野ＳＣの活動中は、うちの関係者以外グラウンドには立ち入り禁止でいいんすか？」

児島が質問した。

「いや、子供連れで遊びに来るケースもあるでしょ」

「子供連れはね」

「だったら、ほら、最近来てるでしょ。ゴール裏で練習眺めてる若いの」

広瀬が言った。どうやら気になっていたようだ。

「ああ、鉄棒のとこでね」

戸倉がつぶやいた。

「そうそう」

「それは……」

林が口ごもった。

「彼は、地元の人間なんじゃないかな」

健吾が発言した。

「そうなの？」

「このあいだ、グラウンドの外でも見かけたから」

「けど、地元の人間だからって、不審者じゃないとは限らないし」

たしかにそれはそうだ。

「親でもないのにグラウンドに来るって、変じゃないですか」

児島がなにげなく言った。

もちろん悪気はないとわかっていた。しかしその言葉は健吾にとって、自分にも当てはまる気がした。子供がいないのに、コーチをしている。

「じゃあ、一度声をかけてみますか」

林が言ったので、「僕のほうでやりますよ」と健吾は手を挙げた。

「それじゃあ、健さん、お願いします」

林のひと言でその件は収まった。


コーチ会議のあと、いつものように飲みに行く流れになったが、健吾は遠慮した。林にしつこく誘われたが、「また今度」と断った。

仲間と別れ、交通量の多い国道に出た。歩道を歩きながら、これからの自分の人生についてぼんやり考えた。

健吾が勤める家具メーカーは業績悪化が長引いている。近いうちに会社側からなんらかの発表があるらしい。噂では会社側が早期退職者を募るという話だ。自分の身の振り方について、よくよく考える必要に迫られている身で、呑気《のんき》に酒を飲む気にはなれなかった。

会社のことは、晶子にはまだ詳しく話してはいない。でもなんとなくは気づいている気がした。最近は昇給もなく、賞与もカットされ続けている。

明かりの消えた農産物直売所の前を通り過ぎると、新しくできたネットカフェの看板が見えてきた。このあたりも昔と比べたら、ずいぶんと変わった。地方都市であるのはまちがいないが、郊外型の店舗が国道沿いに増え続けている。

地元で働くか……。

ふと考えたが、どの店もそれほど客が入っているようには思えない。閉店も多いが、閉店も少なくない。それにこの年で正社員として雇ってもらえるだろうか。やっていく自信があるわけでもなかった。

この十年、週末はほとんど子供のサッカーの指導に費やしてきた。万が一職を失ったときの準備などまるでしてこなかった。後悔しても始まらないが、手遅れにならないうちに、なにかを始めるべきかもしれない。

健吾は悩みながら家路を急いだ。


翌週の土曜日、練習が中盤にさしかかった頃、戸倉が近くに寄ってきて、「来てますよ」と目配せをしてすぐに離れていった。

健吾は黒いキャップのツバを下げ、ゴール裏になにげなく視線を送った。

一番低い鉄棒のところに彼がいた。最初に見かけたときと同じジャージ姿だった。健吾はなにげなく若者を観察した。

ジャージ姿の若者は髪がやや伸びているが、外見からはとくにだらしない印象は受けなかった。落ち着きがないとか、独り言をつぶやくような様子もない。表情は最初に見かけたときと比べれば、穏やかになった気がする。よく見れば顔立ちも悪くない。目が細く、唇は薄く、鼻は高くないが、どれもかたちは均整がとれている。いくぶん痩せているがしなやかそうな体格からは、暴力をイメージすることはできない。見た目で気になるとすれば、スニーカーだけがなぜか汚れていることくらいだ。

彼は不審者ではない。

健吾は願いをこめてそう思うことにした。

グラウンドには、子供の関係者らしき姿が何組かあった。気温が上がったせいだろう。夫婦者や子供連れ、お年寄りの姿もある。一人で来ているのは、ジャージの若者だけ。でもだれも彼のことを気にしてはいない。子供たちもコーチたちも、サッカーに集中している。

声をかけてみようか。

そう思ったとき、若者が鉄棒をくぐって前に出てきた。

おや、と思い首を横に振ると、サッカーボールが鉄棒のほうへ転がっていく。その後ろから、中学年グループの子が走ってきた。

若者はボールを右足のつま先ですくい上げ、足の甲にボールを載せ、走ってきた子供の胸へ、そのままパスをした。

子供は少しのけぞるようにしてボールを両手でキャッチした。四年生の雅也《まさや》だ。頭を下げた雅也の口元は、たしかに微笑《ほほえ》んでいた。

佐々木コーチの息子である雅也は、中学年グループのなかでは、いわゆる〝うまい子〟だ。去年のリフティング大会では学年一位に輝いた。その雅也が微笑んだのは、なぜか。長年コーチをしてきた健吾にはわかった。

あの微笑みは、「やるじゃん」という、大人へのリスペクトにちがいなかった。

彼はサッカーの経験者のようだ。

鉄棒の前に出てきたとき、手で拾わずに足で扱ったのは、そのほうがやりやすかったからだ。とっさに足が出てしまったのだろう。足首がとてもやわらかかった。

健吾は休憩している広瀬に声をかけ、次はゴールを使ってシュート練習をやってみてはどうかと提案した。

「シュートですか？」

広瀬は少し戸惑った様子を見せたが、「そうですね、決定力不足ですからね」と応じてくれた。

さっそくシュート練習が始まった。

やはり、まちがいない。

ゴールを外れて弾んできたボールを、若者はいとも簡単に右足で正確にトラップしてみせた。そのとき微《かす》かに口元に笑みが浮かんだのを健吾は見逃さなかった。

健吾はゴール裏へ向かい、少し離れた位置から、ジャージ姿の若者に声をかけた。

「ボールが飛んでくるので、気をつけてくださいね」

若者は一瞬顔に緊張を走らせたあと、健吾のほうを見て軽く頭を下げた。性格的にはおとなしそうだ。社交的なタイプではないのかもしれない。

健吾は笑顔をつくり、「失礼ですけど、子供の関係者の方ですか？」と問いかけた。

「いえ、そうじゃありません」

うわずった声が言った。

「地元の方ですよね？」

「ええ、まあ……」

若者はそこで鉄棒から体を離し、視線を泳がせた。その目がやけにまぶしそうだった。

「サッカー、好きなんですか？」

健吾が尋ねると、「ええ、まあ」とくり返し、自分の腕をさすった。目を合わせようとしない。表情が読めず、挙動不審と言えなくもなかった。

――あるいは不審者なのだろうか。

グラウンドを訪れる理由を尋ねたかったが、それは口にしなかった。

校門には「許可なく校内へ立ち入ることを禁じます」と看板が出ている。でもそんなものは建前で、休日のグラウンドへはだれが訪れてもいいはずだ。健吾はそう思っている。こんなに広い場所を有効に使わない手はない。月見野ＳＣは学校から使用許可を得ているが、独占する必要はない。空いているスペースを使って親子でキャッチボールをしようが構わない。サッカーをする子供たちを眺めることだって自由のはずだ。

若者はなにげなく背中を向けた。そろそろ帰ろうと思っていた、とでもいうふうに鉄棒から離れ、健吾から一歩ずつ遠ざかっていく。

不意に、春分の日に晶子が口にした言葉を思い出した。

「生きていれば、今年の秋で二十歳だね」。そして、「今の子くらいかしらね」とつぶやいた。

この若者は偶然あの場所にいたに過ぎない。そんなことはわかっていた。しかし、グラウンドでの再会によって、なにか縁のようなものを強く感じた。会いに来てくれたような気さえした。

サッカーのコーチになったとき、指導する子供たちと、どう接すればいいのか最初は戸惑った。自分には子供はなく、父兄コーチとは立場がちがった。当時は林やツカさんの息子もクラブに在籍した。自分だけが純然たるコーチといえばそうだ。正直、親の気持ちはわからない部分がある。わかった振りをするつもりもない。

しかしコーチをする上で、自分の子でなくても、彼らの成長がなによりも励みになった。クラブを卒団した教え子と街ですれちがい、挨拶をされれば自然と頬がゆるんだ。

合同墓の前で偶然会い、グラウンドにやって来た若者にも、なぜか同じような感情を抱くことができた。あるいはそれは、彼の年頃やサッカーの経験があるらしいことが影響しているのかもしれない。さらなる興味がわいてきた。

このチャンスを逃したら、もう二度と会う機会はないかもしれない。そうなれば、彼がここへ来た理由は永遠に謎のままだ。そして彼が何者なのかも……。

健吾のトレーニングシューズが一歩前へ踏み出した。

「ねえ、ちょっと待って」

思わず呼び止めていた。

若者は首だけねじって、健吾を見た。怯《おび》えに似た緊張が顔に張りついていた。できればそれを、笑顔に変えてやりたかった。

「週末とか、時間あるのかな？」

なるべく穏やかに呼びかけた。

「え？」

「もし時間があるなら、子供たちの練習を一緒に手伝ってくれませんか？」

とっさに思いついた言葉を口にしていた。

若者は目を見開いた。

健吾はその驚きに満ちた顔に笑いかけた。

しかし彼は笑わなかった。むしろ怒ったように顔をこわばらせた。

そのとき、背後で人の気配がした。

「どうかした？」

すぐ後ろで、ツカさんが両腕を組んで立っていた。

若者はその隙に校門のほうへ歩き出してしまった。一度も振り返ることなく、まるで逃げるような足取りだ。

その後ろ姿を健吾はただ見送るしかなかった。

「行っちゃったね」

どうやら一部始終を見ていたらしいツカさんが言った。

「ええ」とつぶやいた。

「よかったじゃない。これでもうグラウンドに現れることもないでしょ」

ツカさんの目尻に深くしわが刻まれた。

結局、自分がグラウンドから追い出したようなものだった。

だれだって、突然見ず知らずの人間から頼み事をされたら、戸惑うだろう。しかも子供のサッカーのコーチなんて断るに決まっている。なにを好きこのんで、遊び盛りの若者が子供の相手などしたがるものか。無償で貴重な週末を拘束される役目なんて迷惑な話だ。それが普通の感覚にちがいない。

ジャージの若者は校舎の陰に吸い込まれるように消えた。

「不審者撃退、ご苦労さん」

ツカさんのねぎらいの言葉に健吾は唇を嚙《か》んだ。

——もう二度と彼はグラウンドに来ない。

そう思うと、ひどく後味が悪かった。


「どうしたの、むずかしい顔しちゃって」

夕飯の席で晶子が言った。

正方形のダイニングテーブルでいつものように二人向かい合っていた。

「今日、グラウンドで、ちょっとばかりしくじった」

健吾は宙に止めていた箸を再び動かした。

「なあんだ」と晶子は笑った。

「ん？」

「てっきり仕事のことかと思ったから。まあ、あなたにとっては、サッカーのコーチも大事な仕事なんだろうけど。──で、なにをしくじったの？」

健吾は妻を見た。晶子は、鼻は高くないし、目は一重まぶたで大きくないし、唇は薄い。しかしそれぞれがそれなりに整っている。美人とまでは言わないが、その控え目な感じに好感がもてた。一時は痩せていたが、体型は昔とあまり変わらない。パートながらフルタイムに近く働いているので、普段から外見にも気を遣っている。年齢よりも若々しく見えた。

「覚えてるかな」

健吾は昼間の出来事を思い出しながら言った。

「なにを？」

「じつはさ」と言いかけたあと、言葉に詰まってしまった。

健吾は自分からは月見野ＳＣの話はしないようにしている。晶子はサッカーに興味などなく、健吾がコーチになってからもクラブの活動については一切関わっていない。グラウンドに足を運ぶことさえしなかった。健吾もそれでよかった。負担をかけたくなかったから、コーチをする際の昼食はコンビニ弁当ですませている。

妻がサッカークラブに関わりを持とうとしない理由は、なんとなくわかっていた。晶子は自分の子供をあきらめてから、子供に関する話題を避けるようになった。

「どうしたの？　なにがあったの？」

晶子は目を伏せて話の続きを待った。

「いや、たいしたことじゃない。春分の日に、お参りにいったじゃないか。あのとき、若い男がいたろ。今日見かけたんだ」

「あの子？」

晶子の声が急に明るくなった。

「そう、あいつだったよ」

健吾は静かにうなずいた。

「どこで会ったの？」

「グラウンドに来たんだ」

「小学校の？」

「そう。先週も先々週も見かけて、今日も」

「なにをしに来てるわけ？」

晶子は箸を休め、細い目を見開くようにした。

「よくわからないけど、グラウンドをただ眺めてるだけだと思う。そういう人、たまにいるんだ。まあ、どちらかといえば年寄りに多いんだけどね」

「へえー」と声を漏らしたあと、晶子は口を閉じた。

健吾は先週のコーチ会議で不審者対策が話し合われた件に触れ、今日の顚末《てんまつ》を話して聞かせた。

「だからもう、あいつはグラウンドへは来ないと思う」

席を立ち、悔しさを紛らわすためのアルコールを冷蔵庫から取り出した。

「今日は飲まないんじゃなかったの？」

「そのつもりだったけど……」

席にもどって頭を振った。

「慌てちゃったのかもね」と晶子が言った。

「慌てた？」

「だってそうじゃない。急ぎすぎたんだよ」

「まあ、そうかもしれない……」

たしかに焦っていた。そういえば、子供の頃に図鑑でしか見たことのない蝶《ちょう》を見つけたときの心境に似ていた。

「どんな感じだった？」

「どんな感じって？」

「だから、その子よ」

「まあ、メンタルは強そうに見えなかったけど、サッカーのテクニックはしっかりしたものを持ってるよ」

「じゃあ、サッカーやってたんだ？」

「ああ、それはすぐにわかった」

「よかったね」

晶子は口元をゆるめた。

「なんだよ、それ？」

「だって、よかったじゃない」

「でも、いっちまった」

「そう。そうだったの」

晶子は気分よさそうにつぶやいた。「ただ、グラウンドを眺めてたんだ」

「ああ」

缶発泡酒を近づけた健吾の口元がゆるんだ。

その話は、そこで終わりにした。

健吾は、晶子の穏やかに笑う顔を見て、話してよかったと思えた。

晶子は子供を死産してから、ふさぎ込む時間が続いた。元気な赤ちゃんを産んでもどってきますと言って、出産休暇をとった職場には結局もどらなかった。というよりも、もどれなかったのかもしれない。

毎日大きくなっていくお腹《なか》をさすり、声をかけ、「翔太《しょうた》」という名前まで決めていた我が子を失ったことは、晶子にとってとてつもなく大きな出来事だったにちがいない。

「またつくればいいよ」と安易にかけた健吾の慰めの言葉に、「そんな言い方はやめて」と激しく泣いた夜もあった。子供と一体だった長い時間は、すでに晶子を母親にしていたのだ。

そして、晶子はもう子供はいらないと言い出した。「自分の子供は翔太だけでいい。翔太がいるからいい」と。

ときどき家のなかで翔太の気配を感じる、と言うこともあった。そんなとき健吾は、「そうかもしれないね」と言うに留めた。

お互い三十代半ばとなったとき、健吾は月見野SCのコーチになり、晶子は再び働きに出るようになった。晶子が職場に選んだのは、地元にある老人介護施設の厨房《ちゅうぼう》。子供のいない環境だった。

それからしばらくして、晶子は猫を飼い始めた。

全日本少年サッカー大会県大会の開会式当日、健吾は子供たちと式場にいた。場所は若葉の森競技場。参加約四百チームの頂点を決する試合会場でもあった。月見野ＳＣにとっては、遠い夢の舞台に整列した。

六年生以下の全国大会は、二〇一一年より十一人制から八人制へ移行した。多くの子供がゲームに参加できるように、というのが最大の狙いと言われている。ピッチのサイズを大人のコートの半分にして、選手の交代はいつでも自由に行える。欧州や南米の育成年代では、普段から少人数制のサッカーが中心となっているという。

八人制への移行は月見野ＳＣにとっては、別の意味で幸いした。六年生だけでは選手が十一人揃《そろ》わないからだ。

健吾が受け持つ高学年グループは六年生が七人、五年生が八人。学年別にチームを組むというより、グループ全体がひとつのチームだと健吾は考えているし、最初の練習の際に子供たちにもそう伝えた。だから開会式には月見野ＳＣ伝統の青と白の縦縞《たてじま》のユニフォーム姿の十五人で参加した。

翌日は次の土曜日に迫った大会初戦に向けた練習試合を組んだ。

対戦するのは、初戦で当たるチームと同レベルと思われる萩塚《はぎづか》スターズ。隣町の小学校をホームグラウンドとしているクラブだ。高学年グループは去年も二試合ずつ二度の練習試合で対戦した。チームのメンバー構成は異なるが、戦績は二勝二敗の五分。

萩塚スターズも、月見野SC同様にクラブ員が減少傾向にある。去年の十一人制での試合の際は、六年生チームに五年生も参加していた。八人制では今回が初対戦となる。

練習試合当日はよく晴れた。風も少なく穏やかな陽気となった。

月見野SCは第一試合、六年生にゴールキーパーがいないので、五年生キーパーのケンタがスタメンに入った。フィールドの七人はすべて六年生。守備側から2－3－2と並ぶ基本システムで臨んだ。

キックオフ直後、月見野SCは簡単に敵のゴールを許してしまう。いつもの悪いパターンが出た。

ゲームへの入り方がよくない。

「おまえら、寝てるんじゃないのか！」

広瀬コーチがベンチで怒鳴り、頭を抱えた。

広瀬はベンチでよく声を上げる。健吾もかつてはそうだった。コーチに成り立ての頃、まわりにいたコーチはみんなよく怒鳴っていた。とくに試合中には熱くなるのか、声を荒らげる大人ばかりだった。

「大きく蹴れ！」

「まわりを見ろ！」

「今のはシュートだろ！」

試合になれば、指示を出しまくっていた。

そんな彼らを見て、健吾は感化された。試合中にベンチで黙っていると、もっと指示を出すように年配のコーチから求められたこともあった。健吾は声を上げ、言ってみればコ、ー、チ、ら、し、く、振る舞うようになった。

でも、どれだけ怒鳴っても子供たちはうまくならなかった。おそらく楽しくもならなかったはずだ。そんなとき、あるチームと試合をして、前半だけで五ゴールを決められてしまった。同じ学年だというのに、あらゆる面で相手の子供たちのほうが優っていた。その試合でも健吾は怒鳴り続けていた。後半に入ってからも追加点を入れられた。相手チームの選手はゴール前でのアイデアをたくさん持っていた。怒鳴り疲れた頃、健吾は相手チームのベンチを見た。どうしたらこんなチームが作れるのか、と思ったからだ。

ベンチに座っているのは自分よりも若いコーチだった。両腕を組んだままピッチを眺め、声を一度も上げなかった。

――もう怒鳴るのはやめよう。

その日、健吾は決めた。

自分は怒鳴るために子供たちのコーチになったわけではない。きっと別のやり方があるはずだと考え、自分なりにコーチングの勉強を始めた。以来、怒鳴ることはなくなったとは言わないが、かなり少なくなった。チームは相変わらず強くはならなかったけれど。

この日の月見野ＳＣは、その後も萩塚スターズに押し込まれる時間帯が続き、コーナーキックから失点。サイドを崩され三点目を奪われたところで、前半終了の笛が吹かれた。

広瀬が悔しげに舌を鳴らした。

チームの課題が浮き彫りになった。

八人制の場合、十一人以上が揃うチームであれば、うまい子八人の選抜チームが組める。月見野ＳＣの場合、そうはいかない。六年生七人のなかには、五年生よりプレーの質が劣る者がいる。その代表といえるのが、小太りの達樹《たつき》。そして戸倉コーチの息子の俊作だ。そのことは本人たちも自覚しているはずだ。

試合前に健吾が先発メンバーを発表したとき、達樹と俊作は「え?」という顔をした。達樹などはなんで僕を選ぶの、と言いたげだった。

サッカープレーヤーを見るときに、四つのポイントがあると言われている。それはテクニック、インテリジェンス、パーソナリティー、そしてスピード。テクニックは〝止める〟〝蹴る〟などの技術。インテリジェンスはサッカーを含めた〝賢さ〟。パーソナリティーは〝人格〟。スピードは〝判断を含めた速さ〟。

現時点では残念ながら、二人には及第点を与えられるポイントはひとつもない。

達樹は足元の技術はそこそこあるが、からだが重く走れない。

俊作は父親に似たのか小柄でひよわ。サッカーを始めたのは三年生になってから。今の子供たちのなかでは遅い部類に入る。口数も少なく、なにより遠慮がちにプレーしている。せめてパーソナリティーくらいは及第点を与えたいところだが、気持ちの強さや、サッカーをプレーする意欲に疑問を感じる場面がある。試合中、ベンチに長く座っている立場に、なんら抵抗がないようにも映る。

むしろベンチにいるときのほうが、表情は豊かだったりする。練習を休みがちな達樹もそれは同じだった。二人には、サッカーは観《み》るものではなく、プレーするものと感じてほしい。

「いやー、んー」

隣に座った広瀬が唸った。

試合の前半を終えた子供たちがベンチのほうへ歩いてくる。全員足取りが重い。負けが決まったみたいにうつむいているのも何人かいた。左腕にキャプテンマークをつけた涼太もそんな一人だった。

「このメンバーだと、後ろが二枚じゃ厳しくないですか」

「かもね」と健吾はうなずいた。

もう一人のコーチ、戸倉はピッチの反対側で観戦していた。公式戦でもコーチは三名以内ならベンチに入ることができるが、戸倉は遠慮している。というよりも、入りたくないのかもしれない。息子の俊作は控えでベンチに座ることが多い。父兄コーチという立場の難しさをこんなところにも感じる。

「八人制は八人制で難しいなあ」

広瀬は作戦ボードを膝の上に置き、両腕を組んだ。

三失点はすべて達樹と俊作が絡んでいた。一対一で簡単に突破を許してしまった。

「どうします、後半のメンバー？」

広瀬が作戦ボードに八つの〇印を書きながら言った。

〇印は３－３－１のフォーメーションを示していた。ディフェンスを三枚にして、なおかつ選手を交代して守備を固めるべきと考えているのだろう。おそらくワントップは息子の涼太。

新五年生は四月から見始めたのでまだ大まかな特徴しかつかんでいないが、たしかに上手《うま》い子は何人かいる。とくに双子のカイトとリクトはからだこそ大きくないが、すばしっこい。六年生より背が高いスグルもおもしろい存在だ。チーム力をアップさせるなら、そんな五年生を出場させればいい。

しかし来週の大会は六年生にとって、最後の〝全少〟の県大会だ。そしてまた、いわば新チームでの最初の公式戦。このチームでなにを目指すのか、どのように戦っていくのか、示さなければならない大会でもある。

「後半もこのままのメンバーでいこう」

健吾はもう一度すべての六年生にチャンスを与えることにした。

「フォーメーションも変えないんですか？」

「２－３－２のまま」

「そうですか……」

広瀬は黙って、作戦ボードの〇印を消した。

「よし、じゃあいいかな」

健吾はベンチから立ち上がり、子供たちの注意を惹いてから、後半に向けた話を始めた。子供たちは集中を欠き、別々のほうを見ている。涼太は不満そうに腰に手をあてうつむいていた。


その日の夕方、林に呼びだされた健吾は、晶子と軽く夕食をすませ、スナック「憩い」に顔を出した。

店に着いたとき、林はママを相手にカウンター席でビールを飲んでいた。

「いらっしゃい」

ママであり、月見野ＳＣ初代代表、故・丹羽《にわ》嘉之《よしゆき》の妻、道代《みちよ》が明るい声をかけてきた。

スナック「憩い」は、道代がひとりで切り盛りしている。健吾には商売というより道楽に見えるし、訪れるのは顔馴染《かおなじ》みがほとんどだ。

夫の嘉之がクラブを創設し、月見野ＳＣ代表を務めていた頃、事あるごとに丹羽家にはコーチや保護者が集まった。丹羽家はこの土地で代々続く商家で、屋敷は広く、敷地には本業の金物屋と母屋、それに離れがあった。

家に来る客に酒や料理を振る舞うのは道代の役目で、彼女自身それを楽しんでもいた。それなら離れを店にしてしまおうと、一部を改築して始めたのがスナック「憩い」だ。料金はそのため良心的に抑えられている。

昔は客が店に入りきれず、屋外にテントやテーブルが並んだこともあった。広い庭でバーベキューパーティーを開いたこともある。しかし嘉之の死後、月見野ＳＣの衰退と共に、「憩い」の存在もまた影を潜めていった。

今は地元の年配者が集う昼間のカラオケ教室を除けば、週に三日程度の営業らしい。週末は大抵開いているが、店休日は不定期なので、訪れる前に電話で確認を取ったほうが無難だ。

「ビールでいいかい？」

ママに訊かれたので、「ええ、最初は」と健吾は答えた。

カウンターの一番端の席には、飼い猫である茶虎のチャッピーがまるくなっている。数年前、チャッピーが店の屋根裏で産んだ四匹の仔猫《こねこ》のうち一匹を健吾がもらい受けた。チャッピーが仔猫を産んだ話をしたら、晶子が飼いたいと言い出したからだ。名前はチャッピーの子なので、チャコと名付けた。

「今日の練習試合、どうだった？」

林が健吾の前に置いたグラスにビールを注いだ。

「正直、厳しかったですね。二試合やって一分け一敗です」

「相手、萩塚スターズだろ。あそこに苦戦となれば、大会も厳しいかもな」

林は薄くなった頭に右手をかざすいつものポーズをとった。

「八人制は八人制で、今の六年生には難しい部分があるのかも」

広瀬と同じ言葉を口にした。

「穴があるってこと？」

「まあ、そういうことになりますね」

健吾は持ち上げたグラスをひと息に空けた。

「とはいえ〝全少〟だからね、なんとか初戦は突破してもらいたいね」

「もちろんです」

「六年生が〝全少〟の県大会でいいところまで進めば、うちだって一躍注目される。新入部員だって必ず増える」

「そういうもんですかね」

「今の子は、地元のクラブとかよりも、名前の通った強いクラブに所属したがる」

「あるいは、親がね」

「そう、親が」

「けど、うちはどうかな」

「大会には五年生も連れてくんだろ。上手い子いるじゃない」

「そう単純な話でもないでしょ」

「――まあ、それはそうなんだけどさ」

林は自分のグラスにビールを注いだ。

林の息子はどちらかといえば、上手い部類の選手ではなかった。高学年になって伸びてきたが、当時はクラブ員も多く、ベンチを温める時間のほうが長かった。だからそこらへんの機微はわかるはずだった。

「一試合目はキーパー以外の七人はすべて六年生で戦いました。結果は1対5。広瀬さん、キレかかってましたよ」

「そりゃあ、守りに問題ありそうだね。貴重な一点はだれのゴール？」

「涼太です。ドリブルで三人かわしてゴール。見事といえば、見事でした」

「やっぱり広瀬さんの息子か」

「二試合目は五年生を前後半で四人使いました。結果は2対2の引き分け」

「それって、戦術的にはどうなの？」

「とくに指示は出してません。一試合目と同じです。フォーメーションは2－3－2」

「んー、そうかぁ」

林は頭の後ろを掻《か》いた。

広瀬は引き分けた二試合目に、ある一定の手応えを感じたようだ。トップに入った息子は二点目のゴールも決めた。一試合目よりもチャンスは増えた。

二試合目に出場しなかった達樹や俊作は本大会を前に、さらに自信をなくしたことだろう。自分たちが出場した一試合目と比べて、失点が5から2に減り、ゴールは1から2に増えた。それを見て、戸倉がなにを思ったのかはわからない。

「ところで野尻《のじり》さん、元気にしてた？」

林が話題を変えた。

「いや、今日はちがうコーチでしたよ。見かけませんでした」

野尻というのは萩塚スターズの代表で、月見野ＳＣ初代代表の丹羽とも親交があった。年齢は六十半ば。

「野尻さんも代表者会議の席で嘆いてたよ。うちと同じで子供が集まらないって」

林が神妙な顔で言った。

「今日は、ツカさんは？」

「ああ、呼んでない」

「そうですか。で、話って？」

健吾がうながすと、林はママにウイスキーの水割りの準備を頼んだ。

「保護者へのアンケートの件だけどさ、やることに決めた」

「え？」

「ツカさんの言い分もわかる。けど、今クラブになにが求められているのか、しっかり把握する必要もあるよね。コーチだけでうだうだ言っててもしかたない。多くの人の意見に耳を傾けて、今後のクラブのあり方を決めるべきだと思う」

「そうかもしれませんね」

健吾はうなずいた。

「保護者を対象にアンケート用紙を配って、クラブの倉庫に設置してあるポストで回収する。もちろん無記名で」

その言葉には、少々強引にでも改革を進める意志を感じた。

「わかりました」

健吾は了解したあとで付け加えた。「でも自分は今年で降りますからね」

林はウイスキーのボトルの蓋を開け、二つ用意されたタンブラーに氷を入れ、琥珀《こはく》色を注いだ。店には焼酎や日本酒も用意されているが、林はウイスキー党なので、いつもそれに付き合うことにしている。

「まあ、そのことだけどさ」

林が口を開いた。「健さんがやめたいと言っていることは、まだだれにも口外してない。ツカさんにも口止めしてある。ママにもね」

林の言葉に、ママは微かに口元をゆるめた。

「だから健さんも、まだ言わないでほしい」

「自分からは言わないですよ。ただ、しかるべき時期に、クラブとして発表してください」

「わかった」

林はうなずくと、ウイスキーの水割りを健吾によこした。

ママが黙って皿を置いた。イイダコと里芋の煮付け。店のメニューは決まったものか、その日の気分でママが料理したものしかない。頼まなくても、勝手に出てくる。

今はしわが多いが、若い頃のママは美形だったのかもしれない。気配りの人だが、余計な口は利かず、それでいて話せば陽気に応えてくれる。

「ところでやめるって、いつ決めたわけ？」

少し間を置いてから「今年に入ってからです」と健吾は答えた。

「去年から考えてた？」

「まあ、そうですね」

「悩んだ末の決断ってわけか」

「ええ、まあ」と健吾はうなずいてみせた。

「そうだったか……」

ため息混じりにつぶやくと、林は自分のグラスに浮いた氷を太い指先でつつきながら続けた。「それは、言ってみれば家庭の問題？」

「家庭って？」

「だって、週末はいつも子供のサッカーだろ。奥さんとしてはおもしろくないでしょ。旅行にだって行けないわけだから」

「ああ、そういう意味ですね」

「夫婦仲はいいみたいじゃない」

「フツーですよ」

「うちなんか毎年言われるよ。『今年でやめるの？』って。『子供はとっくに卒団したんだから、そろそろいいんじゃない』ってさ」

林はウイスキーの水割りを口にして渋い顔をした。

「まあ、そういうもんなんですかね」

よくわからなかったが、健吾はそう答えた。

「健さんはえらいよ。子供もいないのにさ、長くコーチをやってきた。まじめにそう思っている。あんただけじゃなく、それを許してる奥さんもね」

林がしんみりとした口調になった。そのことについて触れるのははじめてだった。

健吾はどう反応してよいかわからず、煮物に箸をのばした。イイダコの味が染み込んだ、ぶかっこうな里芋がうまかった。いつのまにか、そういう年になっていた。

「だから、事情があるんであれば、これ以上無理にお願いするのは気がひける。本当はさ、おれ自身も潮時なんじゃないかと思ってた。でも、あんたに先に言われちまった。じつは次期代表をだれにやってもらおうか、ずっと考えてたんだ」

「ほんとですか？」

「ほんとだよ。ねえ、ママにも相談してたんだよね」

「イイダコの味、どうかしら？」

ママは微笑んで、うまくはぐらかした。

「次期代表は、現時点では健さんかツカさんしかいない。そう思ってたんだ」

林は言うと、首の後ろを揉《も》んだ。

ママはカウンターの奥に引っ込んで、丸椅子に座って煙草に火をつけた。客の声が聞こえない場所ではないが、たぶん気を利かせたつもりなのだろう。あるいは単に巻き込まれたくなかったのか。

「コーチをやめるべきだと思ったのは、今年最初の練習日のことですよ」

健吾はそのことについて口を開いた。「朝寝坊したんです」

「へえ」

林が顔を上げた。

「グラウンドに二十分くらい遅刻して到着したんです。まだ霜柱が立ってました。子供たちは白い息を吐きながら整列して、おれを待ってました」

「一度の遅刻くらいなんだよ」

「そうじゃなくて」

健吾は林の言葉を遮って続けた。「挨拶をしたあと、頭のなかが真っ白になって……。その日の練習メニューをなにも考えてなかった。そのことに気づいたんです。そんなことは今まで一度もなかった。前日、あるいはもっと前から、今なにに取り組むべきか考え、練習メニューを必ず組んで、ノートに書き付けてきた。それを楽しみとさえしていた。要するに指導者としての堕落ですよ。自分が恥ずかしくて、そのまま帰りたくなった。子供たちの将来を預かる立場である人間としてふさわしくない。そう感じたんです」

カウンターで眠っていたチャッピーの首輪の鈴が鳴った。後ろ足で器用に耳の後ろを掻いている。大きく伸びをしたあと、床に降りて、猫専用の出入り口からのそっと出て行った。

「それって、つまりは情熱がなくなったってこと？」

「そう言われても仕方ありません」

「だけどさ、そこに至るなにかがあったわけでしょ？」

林の声が高くなる。

「それはね」

「それって、だからなによ？　家庭の問題じゃないなら、まさか病気とか？」

「いや、それはない」

「年だなんて言わないよね」

その言葉には笑ってみせた。

たしかに体力は以前と比べれば落ちた。でも、六年生で一番足が速い涼太にもまだ負ける気はしない。ツカさんほどではないが、自分なりに鍛えてもいる。最近はご無沙汰だが、四十歳以上で構成されているサッカーチームに所属して、機会があれば試合にも出ている。

「もしかして仕事？」

「それもあります」

健吾は認めた。

「でも、それだけじゃないわけだ」

林がわからないというふうに首を弱く振った。

「じつは引っ越すかもしれないんですよ」

健吾は言ってみた。まったくの嘘《うそ》ではない、しかし林の言うなにかではなかった。

「え、引っ越すの？　どこへ？」

「かみさんの実家です。義理の母が一軒家に一人で暮らしてるんで、おれは次男だし、マンションは賃貸で月々の家賃も馬鹿にならない。お義母《かあ》さんも年取って、足腰が弱くなってきてるみたいだから。好きなサッカーばっかりやって、かみさんには迷惑かけてきたんでね」

「実家ってどこよ？」

健吾が最寄り駅を答えると、「車で三十分くらいじゃない。通えるよ」と林が無責任に言った。

「それはどうかな」

「交通費くらいなんとかするって。ママ、それくらいだいじょうぶだよね」

任意団体である月見野ＳＣは、個人名義の銀行口座をクラブの口座として使っている。前代表が亡くなったあとは、ママの名義に変わり、そのまま金庫番を務めてくれていると以前聞いたことがある。

「知ってるくせに。残金は百五十万ちょっと」

ママが言った。

「ほらな」と林は頰をたるませた。

「だからそういうことじゃないんですよ」

健吾はきっぱり言った。

「じゃあ、どういうことよ？」

「この店と同じかもね」とママがめずらしく口を挟んだ。

「え？」

「『月見野ＳＣ』もさ、スナック『憩い』もさ、役目を終えようとしてるのかも」

「なんですか、それ。それって、やめちゃえってこと？」

林が笑いながら怒っていた。

「だって、人も集まらなくなって、コーチもやめたいんでしょ。そんなの惰性で続けてるようなもんじゃない」

ママが煙草の煙を細く吐いた。

「ちょっと、この店と一緒にしないでくださいよ」

林があからさまにため息をついた。

「わかるよ。人間だから、弱くなるときはあるんだよ」

ママがつぶやいた。「もうそろそろ、いいんじゃないかってさ」


金曜日の朝、営業所に出社すると所長から話があり、明日全員定時に出社するように求められた。健吾の勤める家具メーカーは愛知県に本社があり、総務の人間が上京するというのだ。

「明日ですか」

健吾はつぶやいたが、他の営業所員のだれ一人として言葉を発しなかった。

明日、土曜日は全日本少年サッカー大会県大会の初日。月見野SCの試合は第一試合。キックオフは午前九時を予定していた。

健吾は思わず低い天井を仰いだ。

多くの業界同様に、家具業界も売上の低迷が続いている。価格の高い国産の家具は敬遠され、大量生産による安い家具の輸入が増えた。それらの家具の多くは、インターネットによる通信販売で取引されるため、閑古鳥が鳴く、昔から付き合いのある中小の販売店の閉店が相次いでいる。代わりに大型店舗が郊外にオープンするものの、そこでの展示品を買う客が増えたというわけでもないらしい。知り合いの店員によれば、店舗で品定めをして、インターネットで同じ商品を検索し、価格の一番安いオンラインショップで買うというのだ。人々の家具の購入スタイルは大きく変わってしまった。

本社から総務の人間がなんのためにくるのか、所長は説明をしなかった。所長にも詳しい理由は知らされていないのかもしれない。

とうとうそのときが来たか、という雰囲気に所内は包まれた。

しかし、すぐに何事もなかったかのように、所員たちは押し黙ったまま仕事にもどった。

子供たちのサッカーの公式戦の日に仕事が入ったことは、これまでも何度かあった。その際は同僚に代理を頼むなどして、なんとか都合をつけてきた。けれど今回はさすがに難しそうだ。デスクにもどり、どうするべきか考えたが、選択の余地はなかった。

「明日は大事な試合があるので」などと口に出せば、笑われるだろう。「その旨、総務の人間に報告するから、どうぞ休んでください」と冷ややかに言われるのがオチだ。

一人で昼食に出た帰り、まず広瀬に電話をかけて事情を話した。

「なんとかなりませんかね」という不安そうな声が返ってきた。

「今回はどうしても外せない打合せなんでね」

健吾は切実であることを言葉に込めた。「もうしわけない」

ヘッドコーチである自分が行けないことには忸怩《じくじ》たる思いがあった。

「――そうですか」

落胆した声が聞こえた。

少し間を置いてから、「じゃあ、戸倉さんと二人だけだと不安なんで、ツカさんに頼んでみます」と広瀬は言った。

大会には各チーム二名ずつ審判の有資格者が帯同しなければならない。戸倉もライセンスを取得していたが、公式戦でのジャッジとなればかなり不安が残った。その点、ツカさんは慣れている。ツカさんを呼ぶのはそのためと受け取った。

「もうしわけないけど、よろしくね」

「しかたないですよ、仕事なんですから」と広瀬は最後には言ってくれた。

すでに健吾のなかでは明日のゲームプランは出来上がっていた。先発メンバーの八人も、フォーメーションも、ポジションも決めていた。少々思い切った手を打つつもりだった。

しかし帯同できない身で、それらすべてを押しつけるのは抵抗があった。広瀬とて、父兄コーチとはいえ、今のチームの子供たちを一年生から見てきた指導者なのだ。だから、ひとつだけリクエストすることにした。

「基本的には、ベンチワークは広瀬さんに任せる。ただ、六年生は必ず全員試合に出してください。五年生には来年チャンスがある。自分は行けないけど、子供たちには最後まであきらめないよう伝えてください」

「わかりました。なんとか勝ちます」

広瀬は明るく答えた。

勝ってくれ。

健吾は強く願った。勝てば次がある。そのときは自分もきっとベンチに入れるはずだ。

しかし通話を切ったあと、本当にそうだろうか、と疑問がわいてきた。これから会社で始まることが、自分や連れ合いの身になにをもたらすのか、見当がつかなかった。

――あと一年コーチを続ける。

それはとてつもなく長い道程のような気がした。

土曜日、監督代行を頼んだ広瀬から連絡がきたのは夕方近かった。

大会初戦を突破したのであれば、すぐにでもメールで知らせてくるはずだ。それもあって、試合の結果は期待していなかった。携帯電話を手に取り、「どうだった？」と訊く前に、「すいません」と気落ちした声が言った。

「まあ、しかたないさ」

健吾は努めて明るい声で応じた。「で、スコアは？」

「3対3です」

「じゃあ、PK戦？」

「ええ、駄目でしたけど」

「善戦じゃないか」

そう口にしたのは本音だった。結果だけを聞けば、三失点はいただけない。でも三得点は今のチーム事情を考えれば立派なものだ。やられっぱなしではなく、接戦を演じたといえる。

「健さん、これから食事ですか？」

「ああ、そうだけど」

「そのあと、出てこれます？」

広瀬の声はどこかうわずっていた。

「わかった。じゃあ、残念会でもしようか」

試合の内容を詳しく聞きたかった健吾は、場所と時間を決め、通話を終えた。

「今日、試合だったの？」

夕食のテーブルで向き合った晶子が言った。

「全少の一回戦。負けたって」

「それって、大事な大会だったんでしょ」

「全国の小学生チームのナンバーワンを決める大会だからね。でもしかたないさ、仕事だから」

健吾はめずらしく言い訳を口にした。

「そうだったんだ」

「このあと、コーチで集まるから」

「そう」

晶子はそっけなく首を振った。

それ以上、サッカーの話はしなかった。

「それで、会社のほうは？」

晶子はなにげなく話題を変えた。

「まったく、ふざけた話だよ」

健吾は思い出し、憤ってみせた。

今朝、休日出社した東京営業所の所員八名の前に姿を現したのは、本社の総務部に勤務している三十前後の男だった。名刺の肩書きは主任。営業の現場の経験など一切なさそうで、手にしたプリントをその場でいきなり棒読みにした。声の抑揚には地方の訛《なま》りがまじり、どこか人を食ったような印象を与えた。

会社としては業績の悪化にともない、今後営業所の再編を行う。それにより人員の削減に着手する方針であり、希望退職者を募る。希望退職者には割増退職金を加算し、なおかつ再就職の支援を約束する、という内容だった。

しかし肝心の募集の期間や、割増退職金の具体的な額などは明らかにされなかった。要するに公式発表前の前振りと考えられた。

所員たちは終始無言だった。不満を口にする者も、質疑を要求する者もいなかった。どこか諦めにも似た静寂に寒気さえ感じた。

「えー、以上となります」

話は十分とかからなかった。

話が終わるや、男はあたふたと帰って行き、所員の大半はそれに続くように営業所をあとにした。時計を見ると、午前十時になろうとしていた。月見野ＳＣが出場した第一試合が終わる頃だ。

ことの重大さは認識しているつもりだ。しかしこれだけのために、社員の大切な休日を奪った会社のやり方に怒りがわいた。

一時間ほど仕事をしたあと、同期入社の北村《きたむら》に誘われ、健吾は会社近くにある蕎麦屋《そばや》の暖簾《のれん》をくぐった。

蕎麦の前に一杯やろうと北村が言い、瓶ビールと鶏のモツ煮を注文した。昼間からアルコールを頼んだのは、憂さ晴らしの意味もあるのだろう。付き合った健吾にしても同じ気分だった。

「まったくな、休みの日にわざわざ呼び出しておいて、あんな若造が来て、あの程度の話しかしないんだからな」

北村は瓶ビールを小振りのグラスに傾け、会社ではつけなかった長いため息を存分に吐《は》いた。いつもは温厚な丸顔の男もさすがにやりきれないのか、表情が険しい。所長を除けば、東京営業所内では北村と健吾の社歴が一番長かった。

健吾は曖昧に相づちを打ち、同じように息を長く吐いた。

「だけどあれだな、噂は現実になったわけだ」

北村は眉間をつまんだ。

「ああ、それだけは、はっきりした」

「まいっちゃうよな、これから子供に金がかかるってときにさ。家のローンだって、まだまだある」

北村は上目遣いで同意を求めたが、健吾は小さくうなずくに留めた。

「そうか、おまえんとこはマンションは賃貸だし、子供もいないもんな。その点、身軽だな」

うらやましげな声色を使った。

「で、どうするよ？」

「まだなんとも言えない。希望退職者を何人募るのかもわからないし」

健吾は首を弱く振った。

「たしかにな。結局今日の話は、脅しみたいなもんだ。いよいよリストラを始めるから、心の準備をしておけってさ。当然、夏のボーナスも支給されない。でもどうする？　希望退職を申し出ないで、地方にでも飛ばされるはめになったら」

北村はうんざりした顔でビールをすすった。

——そんなやりとりがあったことを、健吾は夕食の席で晶子に話した。

「北村さん、結婚遅かったよね」

「ああ、だから二人の子供は、まだ小学生と中学生」

「大変だね」

「まあね。でも、こっちだって、うかうかしてられない。自分としては、とりあえず様子を見ようと思ってるけど」

健吾はそれだけ言うと、子持ちニシンの干物を黙々と食べた。晶子もそれ以上、会社について話題にしなかった。ニシンの卵を嚙《か》む音が、やけに大きく耳のなかで響いた。夫婦二人の食卓は、ときにひどく静かになる。


夕食後、広瀬とは居酒屋で落ち合って、今日の試合について詳しく話を聞いた。戸倉も来るのかと思ったが、二人だけだった。広瀬の話はどこか歯切れが悪く、なにか不手際があったのだとすぐに気づいた。

「じつは……」

広瀬は重たそうに口を開いた。「今日の試合、六年生で出場できなかった子がいたんです」

「どういうこと？」

健吾は驚いて尋ねた。

「私の、采配ミスです」

広瀬は短く刈った頭を右手でこすり、ひどくばつが悪そうだった。

「でも、それだけはお願いしたよね」

「ええ、最初はそのつもりでした。それが、試合展開でなんていうか、難しくなったんです」

広瀬の説明では、試合のスターティングメンバーには六年生五人、五年生三人を選んだ。それは一週間前の練習試合の二試合目と同じ組み合わせだった。ゴールキーパーは五年生のケンタ。いつもは中盤のサイドのポジションをやる六年生の元気《げんき》と光《ひかる》を最終ラインに下げ、そこに双子の五年生、リクトとカイトを入れる。中盤のまんなかには康生《こうせい》、ツートップは涼太と敦也《あつや》。六年生ながら俊作と達樹はベンチスタートとなった。

「試合開始早々に先に一点取られたんです」

「またかよ……」

「でもすぐにリクトのゴールで追いついて、前半は同点で終えました。前半の後半は押し気味だったので、これはいけると思ったくらいです。後半、康生のミドルシュートが決まって逆転。さらに相手のオウンゴールで3対1。二点のリードができたので、カイトに代えて達樹を出しました。元気のポジションをひとつあげて中盤に、達樹はディフェンスに。その直後です。あっという間に崩されて、一点差になったんです」

広瀬は、場面を思い出したように顔をしかめた。

「その時点で3対2だよね。まだ一点リードしてる」

健吾はスコアを確認した。

「そうです。でも、流れは完全に変わってしまって、防戦一方になりました。落ち着かせるために、何度もベンチから叫びました。試合の残り時間は五分。俊作を出そうとは思ったんですが……」

広瀬は唇を舐《な》め、言い淀《よど》んだ。

要するに失点がこわくて、俊作を出せなかった。そういうことだと健吾は理解した。

「あと残り一分まで耐えて、勝ってたんですよ。敵が力任せに蹴ったボールがゴールに飛んで、キーパーのケンタは背が低いじゃないですか、残念ながら手が届きませんでした」

「同点になった時点で、交代は考えなかった？」

「そのときは、もう……」

広瀬は首をひねった。「勝たしてやりたかったんですけどね」

八人制のＰＫは三人が蹴る。先攻の相手は三人が決め、こちらは三人目の涼太が外した。息子がＰＫを外したことを広瀬はすまなそうに話した。

「つまり六年生のなかで、俊作だけ試合に出ることができなかった。そういうことだよね」

「ええ、そうです」

「残念だな」と健吾はつぶやいた。

自分の口からこぼれたその言葉の意味を考えた。それは俊作が試合に出られなかったことに対する心残りなのか。監督として頼んだことが、代行のコーチによって遂行されなかったことに対する無念さなのか。あるいは俊作を出さなかったのに、勝てなかったことに対する口惜《くや》しさなのか。

と、同時に戸倉がここにいない理由が、そのことに関係があるのではないかと勘ぐった。

「ただですね」と広瀬は言って顔を上げた。「後半の途中で、俊作にアップを命じたんです。達樹を送り出したあとに。そしたら俊作が、『このまま勝ってほしいから、ぼくは出なくてもいい』って……」

「『勝ってほしいから、ぼくは出なくてもいい』」

健吾はその言葉をくり返した。

「ええ、ほんとです。そう言いました。ツカさんも聞いてましたから」

その言葉にふと疑問を抱いて健吾は尋ねた。「今日はだれがベンチに？」

「私とツカさんです。戸倉さんは、いつものように入りませんでした」

「ツカさん、なんか言ってた？」

「勝つチャンスだなって」

「それは勝ってる時点の話だよね」

「ええ、それと公式戦だから、勝ちにこだわるべきだって。去年まで今の五年生をツカさんが見てたじゃないですか。だからそのアドバイスも参考にしました」

「そういう話を、ベンチの子供たちは聞いてたんじゃないの？」

「え？」と広瀬は目を見開いたあと、「それは、わかりませんけど」と小さな声になった。

「ひとつ訊いていいかな」

健吾は自分の内にわいてきた感情を抑えながら続けた。「『勝ってほしいから、ぼくは出なくてもいい』。俊作がそう言ったから、広瀬さんは彼を試合に出さなかったの？」

「いや、それは……」

広瀬は口ごもったあと、「でも、その言葉は影響したかもしれません」と認めた。

「結局、試合には勝てなかった。そして、俊作は試合に出ることができなかった」

「結果的には、そういうことです」

広瀬は悔しげに顎に力をこめた。

「戸倉さんは？」

「戸倉さんは、その件についてはなにも言ってませんでした。ＰＫ戦のあと、ベンチに来て落ち込む子供たちに声をかけてました。ここへも誘ったんですが、今日は家族で外食する約束だからって」

「そう、わかった」

健吾はうなずき、すっかり泡の消えてしまったビールを飲み干した。

コーチをしていて胸がざわついたのは、ひさしぶりだ。

コーチをしていると、煩わしいことや腹立たしいことはいくつも起きる。でもそれとは異なる種類の憤りに出会うことがある。昔はしょっちゅう味わってもいた。それは若かりし頃に抱いた、社会の矛盾とやらに対する、やり場のない怒りにどこか似ている。しかしときには、その感情をエネルギーにして前に進んできたような気もした。

コーチとして迷ったとき、健吾が常に立ち返るのは、子供にとってどうなのか、その視点だった。コーチや親といった大人の立場ではなく、子供の立場で想像し、考えてみること。簡単ではないが、かつて自分も子供だったわけで、通ってきた道のはずだ。自分に子供がいなくても、そういう努力はできる気がした。

そしてあらためて思った。月見野ＳＣは、このままではいけない、と。

クラブでありながら、指導者が同じ考えを共有できていない。クラブとしての未熟さは、じつはそこに大きな起源がある気がした。大人は子供たちのコミュニケーション不足をよく口にするが、大人たちも同様に足りてはいない。

おそらくそれはサッカークラブだけの話じゃない。たとえば会社という組織でも同じことだ。今、会社の危機だというのに、それについて積極的に動こうとする者は少ない。この期に及んでも指示を待ち、様子をうかがっている。そういう自分も同類にちがいない。

いつからそっちの側の人間になってしまったのだろう。怒りや悔しさを上手に冷ます技ばかりを会得し、それをエネルギーに変える術《すべ》をいつのまにか放棄してしまった。

木曜日の夜、健吾は地元にあるチェーンレストランで戸倉と待ち合わせた。

昼間、携帯電話に着信があり、戸倉から話があると言われた。土曜日の練習のときにグラウンドで、とも最初は思ったが、戸倉の声にいつもとはちがう調子を覚えた。二人でじっくり話がしたい、そう望んでいる気配がした。

「じゃあ、たとえば今夜とか？」

健吾がそれとなく誘ったら、「よろしければ」と戸倉は即答した。なにかをため込んでいる。そんな声色でもあった。

窓際の広いテーブルでスーツ姿の戸倉は銀縁メガネをかけ、コーヒーを飲みながら待っていた。家でジャージに着替えた健吾もコーヒーを頼み、まずは土曜日の試合に行けなかった件を詫《わ》びた。今さらながら広瀬にしか連絡しなかったことを悔やんでもいた。戸倉にも、自分の代わりに帯同してもらうツカさんにも、ひと言挨拶を入れるべきだった。

「そのことなんですけどね」

戸倉は両手をテーブルの上で組み、静かな口調で話し始めた。「健さんが来れなかったのは仕事ですから、しかたないですよ。ただ、よくわかったんですけど、試合当日、自分はなんの役にも立てなくて、審判もツカさんにお願いしましたし、はっきり言って、チームには必要ないと感じたんです。私がいてもいなくても、たぶんなにも変わらなかった」

「そんなことないでしょ」

健吾は戸惑いを隠せなかった。

戸倉は息子が試合に出場できなかったことについて、不満をぶつけてくるものと覚悟していた。広瀬のあの采配はないんじゃないか、と。しかし、まだ本意はわからなくもあった。

「最初はだれでもそうです。戸倉さんがコーチになったのは、一年前じゃないですか」

健吾はそう振ってみた。

「たしかにそうです。でもそれって、考えてみたら俊作と同じなんですよ。あの子もサッカーを始めるのが人より遅かった。だから人よりも劣っている。そういうことなんです」

「まだ時間はありますよ」

健吾はコーヒーに手もつけずに言った。

「私も息子も、チームにいても、しょうがないんじゃないかと」

こちらの言葉を聞いていなかったように戸倉は続けた。

「どうしちゃったんですか」

健吾は、わざと声に笑いを含ませた。会話を硬直させたくなかった。営業マンになってから修得した会話術といえた。

「あの試合のあと、息子に訊いてみたんです。なぜ試合に出られなかったと思うか」

「そのことなんですけどね」

健吾が言いかけた。

「いや、いいんですよ。試合に出られなかったことを、とやかく言いたいわけじゃない。息子は自分から、『試合には出なくてもいい』と広瀬コーチに話したそうです。チームが勝つために、自分でそう判断したそうです。人間的に成長したと感じました。だから、それはそれでいいんです」

「ちょっと待ってください、戸倉さん」

「ただね、私もそうですが、息子も別なことを始めるべきなのかと感じました。どうやら二人とも向いてない」

戸倉は弱々しく笑った。

「どういうことですか？」

「親子でクラブをやめようかと。妻もその意見に賛成してます」

「えっ」

健吾は思わず声を上げた。

戸倉がそこまで思い詰めていたとは、気づかなかった。俊作についても同じだ。そんな言葉を口に出すことになった責任の一端は、自分にある。少なくともこうなる前に、なにかできたはずだ。

「もうしわけないですが」と戸倉は頭を下げた。

「広瀬さんから、試合の話は聞きましたよ。彼も悔やんでいました。自分としても残念に思っています。負けたからではなく、六年生が全員ピッチに立てなかったからです。もちろんベンチには、ほかにも試合に出られない子はいた。五年生の子たちです。でも彼らには来年チャンスがある。あの試合は俊作が出るべきだった。私はそう思ってます。それと、これだけは言わせてもらいますが、もし俊作が試合に出ないことで、自分がチームに貢献したと思っているなら、それは大きな間違いです」

健吾の言葉に、戸倉はびくりとした。

「健さんなら、俊作を試合に出していたと？」

「そのつもりでした。先発でね」

「でも、あなたはあの場所にいてくれなかった」

戸倉の声に悔しさが滲《にじ》んだ。

「そのことは、ヘッドコーチでありながら、本当に申し訳なく思ってます」

健吾は頭を下げた。

「だけど、あの試合はもう少しで勝てたんです。あと少しでした。私が監督だったとしても、あの場面で俊作をピッチに出すのはためらうだろうし、とても勇気がいると思います」

「もちろんです。コーチも、そして俊作も、勇気を持つべきだったんです」

健吾の声が熱を帯びた。

沈黙が降りてきて、周囲のテーブルで交わされる会話や食器の音が不意に大きく耳に入ってきた。地元ということもあり、だれが聞いているかわからない。健吾は自分を落ち着かせるために、グラスの水を口に含んだ。

「でも、健さんはコーチをやめちゃうんでしょ」

「え？」

「だから練習を広瀬さんや私に任せるようになった。試合にも来なくなった。ちがいますか？」

「そんなこと、だれから聞きました？」

「いや、単なる噂ですけどね」

その言葉に健吾は口をつぐんだ。

自分の態度がそのように思わせていたのだとしたら、それは自分の責任だ。大いに反省すべきだ。でもだれかが軽率に洩《も》らしたのであれば、嘆かわしい。チームのためになるとは思えなかった。いったいだれが……。

「戸倉さん、結論を急がないでください。俊作とも話してみます。だから土曜日の練習に彼をよこしてください」

「話してはみます。ただ、そこは本人次第なんで。もうしわけないですが、私は用事もあるので休ませていただきます」

「わかりました」

健吾は肘をついた両手を胸の前で握り、うなずいた。

会社のことといい、クラブのことといい、胃が痛くなる展開の連続だ。なにもかもがここへ来て、うまく回らなくなってきた気さえした。

「コーチって難しいですよね。自分の子供がチームにいたら、なおさらです。どうしても気になりますから」

戸倉が本音を漏らした。

「自分には子供がいません。だからかもしれませんが、子供たちをフラットに見ることができる。そう思うことは実際あります」

「なるほどね、クラブにとって、健さんは貴重な存在ですよ」

「でもやり方はいろいろあると思いますよ。たとえば、父兄コーチは自分の子供が所属している学年とは別の学年を担当するとか。そのほうが集中できるんじゃないですか？」

「それはユニークな考え方ですね」

「もちろん自分の子供の試合は観たいでしょうから、そのときは親の立場に帰って観戦すればいい」

「ああ、なるほど。そういうの、いいですね」と戸倉は言った。

「一杯だけやりませんか？」

健吾はテーブルの脇にある大判のメニューを手に取った。

「じつは僕も迷ったんですよ。コーヒーにすべきか、生ビールにすべきか。それにけっこう腹も減ってる」

戸倉ははじめて素の顔にもどって笑った。

その後、小一時間ほど、先週の試合について戸倉の意見を聞いた。そんなふうにじっくり話したのははじめてだった。戸倉はサッカーをプレーした経験はないが、海外リーグなどの試合観戦が趣味らしく、自分なりの戦術眼を持っている気がした。興味深い意見もあり、じゅうぶんに参考になった。もっとこういう場を早く持つべきだった、と思ったくらいだ。

「あ、そうだ」

割り勘にして店を出たとき、戸倉が思い出したように言った。「そういえば、試合にあの人来てましたよ」

「あの人？」

「ほら、グラウンドの鉄棒のところにいた若い人。うちのチームの試合を、やけに熱心に観てましたね」

「それって？」

「不審者じゃないかって、言ってた人ですよ」

「ほんとに？」

「ええ、まちがいないです。私と同じ、ベンチとは反対側にいましたから。クラブにだれか知り合いでもいるんですかね」

戸倉は顔に出やすいタイプらしく、赤く染まった頰を右手で撫でた。

——あいつだ。

もう二度と会えないだろうと健吾はあきらめかけていた。それだけにその話は、よいニュースのように思えた。もしそれが本当に彼だとしたら、また会えるかもしれない。そう考えるだけで、愉快な気分になった。


土曜日の朝、健吾はサッカーバッグを自転車の前かごに押し込んで、小学校のグラウンドに向かった。住宅地の庭のフェンスに絡ませた黄色いモッコウバラが、道にしだれるように咲いている。ペダルを強くこぐと、汗ばむくらいの陽気に自然と頰がゆるんだ。早く子供たちの顔が見たい、そう思いながら急いだ。

全少が終わって緊張の糸が切れてしまったのか、この日、六年生は休みが目立った。戸倉親子も、達樹の姿もグラウンドにはなかった。

練習前、整列した子供たちに、「先週の試合、どうだった？」と健吾は声をかけた。子供たちは口を閉じ、困ったような顔を見せた。

「試合については、広瀬コーチから話を聞いた。勝ちきれなかったけど、よい面も出てきていると思う。六年生も五年生もまた秋に大会がある。切り替えてがんばろう」

健吾は静かな口調で語りかけた。

五年生のなかにはうなずく者もいたが、六年生は反応が鈍かった。キャプテンの涼太はＰＫを外したせいか、終始うなだれていた。

その後の練習は広瀬が仕切った。一対一の攻守の練習がメインだ。広瀬はこのところ、個の技術の向上に力を入れている。試合でゴールを決めて自信をつけたのか、リクトの動きがよかった。小気味よいドリブルで六年生までも手こずらせていた。

締めのミニゲームでは、六年生より五年生のほうにボールに対する執着が見られた。六年生は全少の初戦敗退で自信もやる気も失《う》せてしまったかのようだ。チームの中心であるはずの涼太の動きが、とくに精彩を欠いていた。

練習終了後、林がやってきて、保護者宛のアンケート用紙をクラブ員に配った。コーチのあいだですでに根回しがされているのか、広瀬にも驚きの様子はない。

アンケートの質問の項目は簡潔だった。「クラブ員、またはその保護者の方から見た、月見野ＳＣの長所と短所を教えてください」「ご意見ご要望があればお願いします」。それだけだった。

林らしいな、と思った。大雑把に見えて、考えた末にこうしたのだろう。細かいことを記せば、そこをつつかれる可能性が出てくる。これならだれにも文句は言われないはずだ。

「アンケートはクラブの倉庫横に設置されたポストにて回収します。今後のクラブ運営の参考とさせていただきますので、よろしくお願いします」と最後に一文が添えられていた。

林は各学年に配ってまわっていた。

夕方近く、晶子が帰ってくるなり、「いたよ」と声をかけてきた。健吾はテレビで録画したサッカーの試合を観戦していた。

「いたって、だれが？」

「だれがって、あの子に決まってるじゃない」

晶子は例の若い男らしき人物を、月見川の河川敷で見たという。

「なにしてた？」

「それがね、サッカーしてた。子供たちと一緒に」

晶子はおかしそうに目尻を下げた。

「子供たち？」

「そう、四、五人集まってたかな。近くまで行こうかと思ったけど、さすがにそれはやめといた。でも、たぶんあの子だよ」

晶子はスーパーの袋を両手に提げたまま言った。

「ちょっとおれ、見てくるわ」

健吾はそそくさとソファーから立ち上がった。

「学校のあるほうの河川敷だからね」

その声を背中で聞きながら、サンダルをつっかけて家を出た。

自転車のペダルをこぎ、国道を東へ急ぎ、晶子が彼を見たという十六夜《いざよい》橋へ向かった。それが本当にあいつなのか、たしかめたかった。

健吾はサンダルの右足を十六夜橋の欄干にかけて、川原に視線を送った。田植えのすんだ緑の海原の右手に空き地がある。その赤土がむき出しになった場所に、子供たちの姿があり、一緒に大人がいた。Tシャツに赤いラインの入ったジャージのパンツをはいていた。たしかにあの若者だった。

みんなで試合をしているように見えた。ただ、地面には白いラインも引かれていなければ、ゴールもない。整備された公園でもなく、ただの休耕地なので、地面は凸凹のはずだ。それでも彼らは楽しそうにボールを追いかけていた。大きい子も小さい子も一緒になってサッカーをしている。

若い男はドリブルしながら、ボールを前後の足で挟んで踵《かかと》で蹴り上げた。ヒールリフトという難易度の高い抜き技だ。子供たちは喚声を上げ、男のあとを追いかける。すると今度はわざとボールを失い、一番小柄な子にボールを渡した。そうかと思うと再びボールを奪い、トリッキーな技を披露してみせた。かなりのテクニックの持ち主だ。

しかし驚いたのは、それだけではなかった。

「どういうことだよ」

思わず健吾はつぶやいた。

ボールを追う子供たちのなかに、午前中の練習を休んだ俊作の姿があった。それに達樹もいるではないか。「あいつら……」

俊作と達樹のほかは低学年の子が三人。そのせいか、ふたりとものびのびとサッカーをしている。ドリブルで仕掛け、奪われても再び奪い返してみせた。達樹は、若い男とまるで兄弟みたいに、親しげに話す場面もあった。

やがて日が傾き、田んぼの蛙《かえる》が鳴き始め、低学年の子供たちが帰っていった。俊作と達樹は残り、三人で三角パスを始めた。クラブの練習には参加せず、こんなところでサッカーをやっている。いったいどういうつもりなんだ。

最初は腹が立ったが、そのことが意味することを健吾は考えた。単純にいえば、こっちのサッカーのほうが楽しい、ということではないのか。

俊作はサッカーをやめたいわけではない。そのことは見ていればわかった。達樹にしてもそうだ。あんなに楽しそうに、太ったからだを揺すりながら、自分からボールを追いかけている。彼らはサッカーをやらされているのではなく、やっているのだ。

河川敷の田んぼに、首の長い白い鳥が舞い降りた。水のなかをついばんでいる。どこからかもう一羽やってきた。

仲間に入れてもらおうか。

ふと、健吾はそう思ったが、サンダルで欄干を蹴って自転車をUターンさせた。

ペダルをこぎながら、虚《むな》しさが胸の内に膨らんでいった。自分がとても無力な気がした。

これまでやってきたことはなんだったんだ。十年コーチをやってきた、というけれど、めぼしい結果も出せず、クラブは衰退の一途をたどっている。そして今まさに、自分が率いるチームの子供とコーチがクラブを離れようとしている。

コーチをやめると決めたとき、子供たちにサッカーの楽しさを少しは伝えることができたと自己満足していた。感謝の言葉だけを報酬に、自分なりに精一杯やったのだと納得さえした。ツカさんの言葉は好きではない癖に、所詮自分はボランティアなのだと、心のどこかで言い訳していたのかもしれない。親との距離をとり、考えの異なるコーチとの衝突を避け、自分をなるべく抑え、波風を立てないように続けてきた。

なんだよ、それ。

会社での自分と同じじゃないか。

もっと自分には、できることがあったんじゃないか。やりたいことがあったんじゃないか。不意にそう思えてきた。

「どうした、会えたの？」

家に帰ると、晶子が言った。やけにうれしそうな表情だ。

「たしかに、あいつだったよ」と健吾は答えた。

「話せた？」

「いや、会いはしなかった。一緒にいたのは、月見野ＳＣの子だ。おれが担当している学年の子だよ。今日練習を休んだくせに、楽しそうにサッカーしてやがった」

「よかったじゃない」と晶子は明るい声で言った。

「なにがいいんだよ」

「だって楽しそうにサッカーやってたんでしょ。それでいいじゃない」

「おまえに、なにがわかる」

健吾は思わず言い返した。

「どうしたの？　なに怒ってるの」

晶子はキッチンにもどって夕飯の支度を再開した。

自分でもなぜこんなに苛立っているのかわからなかった。それは少なくとも妻にではない。妻の軽口がきっかけだとしても、怒りの本質はもっと別なところにある。そのことはわかっていた。

健吾は爆発しそうな感情をなんとか抑え込もうとした。ゆっくりとまわりから水をかけるようにして、怒りの種火を鎮めていった。

キッチンから温かな料理のにおいが漂ってきた。

「ちょっと疲れてるんだ」

健吾はだれにともなく言って、足元にまとわりついてきた猫のチャコを足の甲で遠ざけた。その言葉は嘘ではなかった。最近、寝付きが悪く、熟睡することができない。会社のこともあり、日曜日の夜が近づくにつれ、気分は憂鬱になる。休日を心から楽しめなくなった。

夕飯の間中、晶子は口をきかなかった。健吾も黙り込んだまま、箸を動かした。料理を口に運んでは、テーブルの一点を見つめ、咀嚼《そしやく》をくり返す。好物の豚のしょうが焼きがやわらかく、味付けも絶妙だったけれど、誉めたりはしなかった。ご飯をおかわりしようか迷ったが、それもやめておいた。

早めに食事を切り上げ、わざとらしく大きなため息をつき、「出かける」とだけ言い残して家を出た。なにか目的があったわけじゃない。少し頭を冷やしたかっただけだ。「憩い」へでも行こうかと思ったが、あいにく財布を忘れた。足は自然と学校のグラウンドへ向かった。

ゆるやかな通学路の坂道をのぼりながら、川のほうを眺めた。すっかり日が落ちて、さっきまで俊作たちがサッカーをしていた河川敷は闇に溶けている。蛙の声がひとつの塊となって、暗闇から立ちのぼってきた。水のにおいを含んだ風が少し冷たい。

小学校の校門は閉ざされ、駐車場には一台も車は停《と》まっていなかった。とくに用事があるわけでもないので、ひとまわりして帰るつもりだった。

校庭のフェンス沿いを歩いていたら、「ボン」という大きな音がグラウンドの奥でした。立ち止まり、フェンス越しに覗《のぞ》いたけれど、木立が邪魔をしてよくわからない。しばらくすると、また「ボン」と鳴った。時刻は午後八時を過ぎている。小学生であるわけがない。こんな時刻に、不審者だろうか。

以前、コーチたちでつくった、塩ビのパイプで組み立てたミニゴールが壊されるという事件があった。中学生の仕業じゃないかと噂が立った。ここ最近、地元の中学校が荒れていると聞いている。勝手に小学校の校庭に入り込み、おもしろ半分にミニゴールを使ってサッカーに興じ、そのままゴールを片づけもせずに帰る連中もなかにはいるらしい。

その話を思い出し、健吾は来た道を引き返した。重たい鉄の門扉を自分が通れる分だけ開き、学校の敷地に入った。昇降口を照らす外灯に小さな羽虫が集まっている。

月見野SCの倉庫の前を通り、校舎から離れず、植栽に隠れるようにしてグラウンドの様子をうかがった。大勢集まっているとしたら、やっかいだ。下手に声をかけ刺激すれば、つまらない騒動が起きないとも限らない。ここは慎重にいくべきだ。

グラウンドの奥に動く影が見え、また、「ボン」という音がした。その向こうには白い枠が見えた。

だれかがゴールに向かってボールを蹴っているのだ。「ボン」という音は、足がボールをとらえるときの音にちがいなかった。

耳を澄ましたが話し声は聞こえない。走りまわる複数の足音も気配もなかった。

音が鳴るのに間隔があるのは、ボールがひとつしかなく、自分で蹴っては拾いに行っているせいだとわかった。ボールの空気がゆるく、鈍い大きな音になるのだろう。それにしても、かなりのキック力の持ち主だ。

しばらくして眼《め》が闇になれてきた。白いゴールポストから二十五メートルほど離れた位置に人影が見える。ひとりでボールを蹴っている。まるでフリーキックの練習でもするように。

その男は力を入れずに正確にボールを蹴ることができた。インステップキック、インフロントキック、押し出すようなインサイドキック。時折鋭く落ちる無回転ボールも蹴った。何度か連続してゴールのバーに命中して、ボールが男のいるほうへはね返った。子供の見本になる、シャープでしっかりした蹴り方だ。

もう少し近くで見たくなった健吾は場所を移動した。その気配を察知したのか、男が動きを止めた。ちょうどそのとき、雲に隠れていた月が顔を出し、男の顔に明かりが差した。おそらく向こうからもこちらが見えたであろう。目が合ったような気がした。

――また、あいつだ。

健吾は安堵《あんど》しながらも、度重なる偶然に胸をざわつかせた。

なぜ彼は再びこのグラウンドに姿を現したのか。

わざわざ月見野ＳＣの試合を観にいったのか。

物事には必ず理由があるはずだ。

若者は夕方まで俊作たちと川の近くの空き地でサッカーをし、それからここへやって来たと考えられる。あれから二時間近く経過していた。その間、いったいなにをしていたのだろう。ずっとここでボールを蹴り続けていたのだろうか。

男は再びボールに向かって助走をつけ、均整のとれた美しいフォームでボールを蹴った。闇に放たれたボールは鈍い音を残して、三日月のようなカーブを描いてゴールネットに突き刺さった。その瞬間、彼は両手を挙げ、二つの指先を天に向けて微笑んだ。その顔は死人のように青白く、そして恍惚《こうこつ》として、祈るように夜空を見上げていた。

男はそのままゴールに向かい、ネットに絡みついたボールを拾い上げた。近くに置いてあるリュックサックをつかむと、ゆっくりと歩き出した。どうやらさっきのゴールで終わりにしたらしい。

しかし、男のつま先が向いているのは校門ではなかった。あきらかにその二本の足は、ある地点を目指していた。彼の向かう先には、月明かりに照らされた健吾のひそむ植え込みがあった。

トレーニングシューズが砂を食《は》む音が次第に近づいてきた。健吾は息を凝らしながら、彼の到着を静かに待った。


「晶子か?」

「どうしたの、今どこ?」

低く冷めた声が携帯電話から漏れてきた。

「じつは財布を忘れちゃって」

「やだ、また忘れたの。どこのお店、持って行こうか」

「いや、そうじゃなくて……、夕飯のしょうが焼き、すごくうまかったから」

「なにそれ？　黙りこくって食べて、出て行ったくせに」

晶子はふきだした。

「それでさ、まだ肉ってあるのかな？」

「あるけど、もうお腹空いたの？」

呆《あき》れたような声がした。

「じつは今から、客を連れて帰りたいんだ。食事がまだだって言うもんだから」

「どなた？」

訝《いぶか》しげな声に変わった。

「ほら、彼だよ」

「彼って、え、まさか……」

「そうなんだ、偶然近くで会ってね。クラブの子がお世話になったしさ、いいだろ？」

健吾は興奮を抑えきれなかった。

しばしの沈黙があった。

「わかった、お肉もご飯もあるから連れてきなよ」と晶子は言った。

植え込みの奥にいた健吾に、若い男のほうから声をかけてきた。グラウンドを勝手に使っていたことを咎《とが》められると思ったらしい。そのことを詫びようとするので、自分はそういう立場にないと健吾は答えた。

代わりに「いいキックだったね」と誉めたら、ようやく緊張を解いて、「ありがとうございます」と言って微かに笑みを浮かべた。

健吾はボールの蹴り方についていくつか質問した。若者は誠実に答えようとしたが、説明はあまり上手とは言えなかった。

「ボールを蹴る音が大きかったけど、空気が抜けてるんじゃない？」

「ええ、空気入れがなくて」

ボールは全体が擦り切れ、黒かったはずの五角形のパネルが六角形と同じ色になってしまっている。パネル自体が脱落している部分もあり、ずいぶんと使い込まれていた。

「拾ったの？」

「いえ、自分のです」

「それは失礼。今の子はボールをここまで使い込まないから」

健吾の言葉に、若者は照れくさそうに笑った。

「ところで、腹へってない？」と健吾は尋ねた。


マンションのドアを開け、狭い玄関に入ると、普段は見かけない花柄の玄関マットの上に、スリッパが揃《そろ》えて置かれていた。どうやら来客用らしい。

「どうぞ、上がって」

健吾がうながすと、「失礼します」と少し緊張した声がついてきた。

狭く短い廊下を抜け、リビングのドアを開けて声をかける。

「帰ったよ」

「早かったね」

キッチンから慌てたような声がして、晶子が顔を出した。さっきは着古しのスウェットパンツにTシャツだったのに、ジーンズによそ行きのサマーニットを着ていた。

「ええとね……」

健吾は紹介しようとして口ごもった。「そういえば、サッカーの話ばっかりで、お互い名乗ってなかったね」

その言葉に晶子が棒立ちになった。

「おれは月見野SCのコーチで、森山健吾。で、こっちは、かみさんの晶子」

「すいません、急にお邪魔しまして」

若者は居心地悪そうに頭を下げた。

晶子の顔がこれまで見たことのない表情に変わり、こくりと頭を下げた。

「いいのよ。どうせ無理に連れて来られたようなものでしょ。いらっしゃい」

声は明るかったが、今にも泣き出しそうな顔だ。

「ショウタといいます」

若者がそう言ったとき、自分の喉がおかしな音を立てるのを健吾はたしかに聞いた。

「ショウタ？　――ショウタだって？」

「ええ、そうです。仲間からは、名前で呼ばれていたんで」

健吾は晶子と顔を見合わせた。

「漢字は？」

「飛翔の〝翔〟に〝太〟いです」

それは生まれてくる息子につけるつもりだった名前とまったく同じだった。そんなはずはない、とわかっていた。翔太という名前は当時人気だったらしく、今ではめずらしくない。しかし、運命を感じずにはいられなかった。

「そうか、翔太君か……」

動揺を隠しながら健吾は何度もうなずいた。「いい名前だ」

困惑した笑顔で翔太は突っ立っていた。

「ねえ、もしよかったら、まずお風呂にでも」と晶子が口にした。

「ああ、それもそうだな」

健吾は早口で言い、食事の前に風呂に入るように勧めた。

最初は固辞していたが、汗臭さに気づいたのか、「じゃあ、シャワーだけお借りします」と翔太は折れた。

翔太がバスルームに消えたあと、「まいったね」と健吾はつぶやいた。

晶子はなにも言わずキッチンにもどり、料理をつくり始めた。その後ろ姿は動揺しているようでもあり、どこか浮かれているようでもあった。

晶子に言われ、健吾は翔太のためにタオルや着替えを用意してやった。まるでひさしぶりに息子が里帰りした家庭の一場面を演じている、そんな気分だった。でも悪くない役まわりな気がした。

翔太は本当にシャワーしか使わなかったらしく、十分足らずで湿った髪でリビングにもどってきた。

健吾が用意したシャツに着替えていた。健吾が普段着ているシャツを身に付けた翔太の姿に、二人は見入ってしまった。

「急だったんで、なんにもないけど」

晶子がそう断りを入れたわりには、テーブルにはしょうが焼きのほかに、健吾のときにはなかったチーズ入りのオムレツやコーンサラダが付いていた。ジャガイモの味噌汁《みそしる》まで新しくつくりなおしたようだ。

席に着いた翔太は、湯気を立てている料理を見つめ、なぜだか黙りこくった。

「さあ、冷めないうちに食べてよ」

健吾にうながされ、翔太はようやく「いただきます」とつぶやき、両手を合わせた。

最初は嚙みしめるようにゆっくりと、それから、箸を小気味よく動かし始めた。よほど腹が減っていたのだろう。その食べっぷりは、若いって素晴らしいと思えるほどだ。

「うまいか？」

尋ねると、「うまいです」と返ってきた。

晶子は目を細め、穏やかな笑みを浮かべた。

実際、翔太の食べ方はうまそうだった。なにも言わず、黙々と料理を口に運んでいく。

冷たいお茶のグラスがすぐ空になり、注ぎ足した。

健吾が勧めると、翔太はご飯をおかわりした。晶子はそんな姿をキッチンから静かに眺めていた。

缶発泡酒を冷蔵庫から取り出した健吾は、いつものテーブルの席に着いた。

「やるか？」

グラスを差し出すと、「いえ、お酒は飲めないんで」と翔太は答えた。

「もしかして未成年？」

「いえ、二十歳です」

「そうか、二十歳か。いいね」

なにがいいのか自覚しないまま、勝手に口が動いた。健吾は口元がゆるんでしかたなかった。

翔太の食事中、健吾は酒を飲みながら、少しずつ彼について聞き出した。苗字《みようじ》は当然〝森山〟ではなく、〝井上《いのうえ》〟であること。食べ物の好き嫌いはとくにないこと。最近こっちに越してきたこと。

途中から、健吾に呼ばれ、椅子を持ってきた晶子も同じテーブルに着いた。

「じゃあ、出身は？」

「もともとこっちのほうです」

翔太は上目遣いになった。

「ご両親は？」

「親は、今は別のところに」

「じゃあ、ひとり暮らしか。それはなにかと大変だね」

「ええ、まあ」

ソファーの上で寝ていたチャコが目を覚まし、大きく伸びをした。

そのとき、翔太の箸の動きが止まった。チャコは音もなく床に降り、テーブルの近くにやって来た。

「猫、飼ってるんですね」

「ああ、そうなんだ。うちは二人だから」

「失礼ですが、お子さんは？」

「東京に下宿してるとか、独立したとかじゃなくて、いないんだ。だからなにかと寂しくてね。猫を飼うことにした」

「なるほど」

「私はそんなつもりじゃない」

晶子が冷ややかな口調で言った。「ただ単に猫が飼いたかっただけ」

気まずい沈黙が続きそうになったとき、晶子が口を開いた。「猫はだいじょうぶ？　嫌いな人もけっこういるし、アレルギーとかない？」

「ぜんぜん平気です。僕も子供の頃、かわいがってました」

「おうちで飼ってたの？」

「いえ、半分野良猫みたいなやつでしたけど、その猫に似てるかも」

「そう。ならよかった」

晶子が静かにうなずいた。

健吾はほっとして、しゃべりすぎたことを反省した。

食事のあと、晶子がコーヒーを淹《い》れ、自分で焼いたクッキーを一緒に出した。健吾は、硬くてそれが苦手だった。

「これカントッチョですね。昔、食べたことがあります」

「そうそう、よく知ってるね。イタリアの伝統的な焼き菓子」

晶子はうれしそうに答えた。

「ところで、このあいだ全少の試合を観に来てたんだって？」

健吾は話題をサッカーに変えた。

「ええ、行きました」

「それはまたどうして？」

翔太は少し考えてから、「興味がわいたからです」と答えた。

「興味？」

「ええ、そうです。グラウンドでお会いしたとき、コーチを手伝ってみないかって、言ってくれたじゃないですか」

「ああ、言ったね」

「あのときは混乱して、失礼な態度をとってしまったんですけど」

「そんなことないさ。こちらこそ突然失礼だったと反省してる。そんなに簡単に決められることじゃない」

「あれから考えて、コーチの経験はないですけど、興味を持って……。だったら、そのチームの試合を観ておこうかと思って」

「ほんとに？」

「ええ、雇ってもらえるなら」

翔太は少し前屈《まえかが》みになった。

「雇う？」

「駄目ですか？」

切れ長の目が懇願するような色を映した。

「雇うということは、金銭の支払いが発生するということだよね。君はバイトかなにかのつもりで？」

「ええ、それもありますけど」

「――そうか」

健吾は低い天井を見上げ、視線をもどすと言った。「うちはボランティアで運営しているクラブなんだ。だから、つまり、お金は支給されない。自分もずっとそれでやってきた」

「そうでしたか」

翔太は少し慌て、「それは失礼しました」と頭を下げた。

「いや、こちらこそ説明不足でもうしわけない」

「なるほど、そうですよね……」

翔太は口にしたことを後悔するように唇を強く結んだ。若さのせいか、すぐに感情が面《おもて》に出る。でもそれは自然なことでもあった。

「でもさ、クラブにはコーチが足りないんでしょ？」

晶子が口を挟んだ。

「まあね。サッカーを経験したことがないお父さんにも協力してもらってる。そういうお父さんも、もちろん必要だし力になるよ。でもね、子供たちにしっかりした技術の基本を見せられる、見本になるコーチは残念ながら少ない」

「だったら、せっかくの休日を潰して見てくれるんだから、それに見合う報酬くらい出してもいいんじゃないの」

「たしかにね」

以前からそういうやり方もあると健吾は考えていた。健吾自身、ボランティアとはいえ、試合会場までの交通費を自費で出すことに最初は抵抗があった。無償で奉仕するだけでなく、持ち出しまであるのかと。

近隣にあるクラブでは、月謝から手当を支給する、いわば〝雇われコーチ〟がいると聞いている。指導者を保護者から募るのは、いろんな意味で限界がある。メリットもあるが、問題になるケースもときには出てくる。保護者にサッカーの経験があるからといって、コーチに向いているとは限らないからだ。

「いえ、いいんです。僕の勝手な勘ちがいですから」

すまなそうな翔太の表情が、どこか晶子に似ているような気がして、はっとした。普段感じたことのない胸のうずきを味わい、なんとかしてやりたくなった。

「いや、代表に相談してみるよ」

健吾は言って、コーヒーをすすった。

「ところで、あなたは学生さん？」

晶子が尋ねた。

「いえ、僕は高卒です」

「じゃあ、お仕事は？」

「今は、ちょっと」

言葉に詰まった。

「ちょっとって？」

「仕事を探している最中というか……」

翔太の顔がこわばり、うつむいた。そのことを恥じるように。

「てことは、以前は定職に就いてたの？」

「ええ、言ってみれば、契約社員みたいなものですけど」

「じゃあ、契約が切れたわけだ」

「そうですね。残念ながら更新はしてもらえませんでした」

「そんな状況だと、サッカーのコーチどころじゃないかもね」

「そうかもしれませんね。でも……」

「でも？」

「――晶子」

健吾がたしなめた。

そこからは月見野ＳＣの現状などについて、健吾がぽつりぽつりと話した。翔太は口数が少なく、サッカーの話題には相づちを打つものの、自分からなにかを語ろうとはしない。自身のサッカー歴について尋ねても、「たいしたことないです」と言葉を濁した。出身校を口にしたが、いわゆるサッカーの強豪校ではないらしく、聞いたことのない校名だった。

帰り際、携帯電話の番号とアドレスを交換した。晶子が手作りのカントッチョと一緒に、家に買い置きしてあるインスタント食品をいくつか袋に詰めて、翔太に渡した。

恐縮しながら、「ごちそうさまでした。しょうが焼き、とてもおいしかったです。それにカントッチョも」と翔太はまじめな顔をして言った。

晶子は感激したのか、何度もうなずく。その横顔は「がんばって」と言っているようにも見えた。

「コーチの件、わかり次第こちらから連絡するから」

健吾が言うと、翔太は頭を下げ、感謝の言葉をくり返した。

翔太が帰ったあと、ひさしぶりに夫婦で酒を飲んだ。

思いがけない交流に、いつになく二人の会話は弾んだ。

「なんだか、不思議な縁を感じないか?」

健吾が言えば、「怖いくらい」と晶子はため息をついてテーブルに突っ伏した。

「電話をもらったときは、心臓がどきどきしたもん」

「おれもびっくりだよ。『ショウタといいます』って言われたときは、喉が詰まった」

「こんなことって、あるんだね」

「あるんだな」

「でもあの子、すごくいい子だよね」

「まあ、サッカーやってるからいい子、と単純に言うつもりはないけど、きまじめな気はするよ」

「そうだね、どこか頼りないけど」

「それは言えてるかも」

「でも、うまくいくといいね」

「なにが?」

「なにがって、あの子のこれからの人生」

「そうだな。コーチの件はわからないけど、いろんなことがうまくいくといいよな」

健吾は缶発泡酒を傾けた。

「また会えるといいな」

晶子はからだを起こし、目尻に細かいしわを寄せた。

夏のうつつ

「アンケートのほうが、けっこう集まったからさ」

林からの連絡で、健吾はその夜、「憩い」に顔を出した。

店にはほかに客はなく、カウンターに二人で肩を並べ、ママにグラスをもらい、健吾は自分でウイスキーの水割りをつくった。

「はい、これ」

手渡された封筒の中身はアンケート用紙のコピーだった。

「次のコーチ会議の際、私のほうからアンケート調査について発表しようと思う。コーチで話し合って、今後の方針を検討していきたい。それまでに健さんはアンケートに目を通して、クラブ再生が可能かどうか、具体的な方策と併せて報告してもらいたい」

「わかりました」

健吾はその場で見るのをやめ、封筒にしまった。

「で、どんな感じでした」

林の感想だけ聞くことにした。

「どんな感じって、やっぱりいろいろだよ。たしかにそうだよなって思う回答もあったし、自分が気づいてなかった指摘も、いくつかあった。まあ、多くはクラブへの批判というか、注文なんだけどね。良い話は正直少なかったな。コーチだけでなく、クラブ員の保護者も危機感を抱いている。そのことが確認できた」

林は疲れたような口調になった。

「わかりました。とにかく目を通してみます」

「ああ、そうしてください。それから、例のアルバイトコーチの件だけど、すぐには難しそうだな」

「どうしてですか？」

「会則に引っかかるんだよね。会計に関する条項に、会費の使い道について明記されてる。そこには指導者への金銭の支払いは含まれていない」

「変えればいいじゃないですか？」

「そう簡単でもなくてね。会則の改定には総会の承認が必要になる」

林は渋い声で応じた。

「総会は、年に一回しか開催されないじゃないですか」

「そう、例年三月下旬。二ヶ月ちょっと前にやったばかりだ。重要な議題が発生した場合、臨時総会を開くことはできるけど、会則を変えるには、総会に出席した三分の二以上の賛成が必要になる」

「林さん」

「ん？」

健吾は黙ったまま視線を向けた。

「わかるよ、言いたいことは。たしかにここで叫んだよ。やめるなら、活《い》きのいい、サッカー知ってるコーチを連れてこいってさ。でも、規則は規則だから」

こんなことで、クラブの改革が本当に進むのだろうか。林への失望の意を込めて、健吾は黙った。林自身、気持ちが揺れ始めている気もした。

「物事を進めるには、順序ってものがあるじゃない」

林は弁解を試みるように言った。「だからこそ、アンケートを分析して、これから準備をするわけだし」

「まだ読んでないからわかりませんけど、アンケートには指導に関する要望もあるんじゃないですか？」

「たしかにある。あった。不満ばかりね」

「足りてませんよね、コーチが。量的にも質的にも」

「でもさ、その人、だれだっけ？」

「井上翔太です」

「そう、その井上さん。そもそもお金を払う価値が本当にあるのかね。指導経験もないんでしょ？」

「まあ、そうですけど」

健吾の声のトーンが下がった。

「いきなりっていうのはね、どうなんだろう。健さんだってそうだし、ツカさんだって今はクラブに自分の子供がいるわけじゃない。でも無償でやってくれている」

「林さんもね」

「まあね。そういうクラブに長年貢献してきたベテランを差し置いて、最初から新人にお金を払うというのは、どうなの？」

「我々はたしかにそうやってきました。それでいいと思ってもいました。けど、彼の場合は」

健吾はそこで言葉を呑《の》み込んだ。翔太にとって不利になる情報は口にしたくなかった。

「それに会則にはコーチに関する条項もあってね。コーチになるには、月見野ＳＣの代表及び現コーチの三分の二以上の承認が必要になる。まずはそこからじゃないの？」

健吾はため息をつき、「わかりました」と口にした。

「じゃあ、一曲、歌うか」

林が赤ら顔でマイクに手をのばした。

「アンケートに目を通したいんで、今日はこれで」

健吾は言って、ママに勘定を頼んだ。

「水割り一杯じゃ、お金なんかとれないよ」と道代は言った。

「いえ、払いますよ。そういう、なあなあは好きじゃないんで」

健吾は精一杯の皮肉を込めて言った。

「じゃあ、こんどまとめて、どーんといただくよ」

そう言って道代は笑った。

「なあ、健さん、一曲ぐらい付き合えよ」

「またにします」

背を向け、店の外に出た。塀の上に座ったチャッピーが健吾を見た。

「心配するな。おまえの娘のチャコは元気にしてるよ」

声をかけ、歩き出す。

林が歌う音程の外れた演歌が聞こえてきて、思わず舌を鳴らした。


「結局、そういう話になるんだ」

晶子は小さくため息をついた。

家に帰った健吾は、林との話を晶子に聞かせた。その後の翔太の件を気にしていたからだ。

「あきらめたわけじゃないさ」

「でもどうなんだろ、彼にとって、今コーチになることが本当にいいことなのかな」

「まあ、定職に就くのが先決っていうのはあるよな。でも、月見野ＳＣの活動は休日なわけだから。それに内にこもりすぎるのも、よくないだろ」

「二十歳とはいえ、親御さんだって心配してるだろうにね。で、なんて言うつもり？」

「言われた通り伝えるしかない」

「ところでクラブの活動って一日何時間くらいなの？」

「練習は二時間、試合の日は半日くらいかな」

晶子は「ふうん」と鼻を鳴らしたあとで、「ねえ、差し出がましいようだけどさ、こういうのはどうかな」と思わせぶりに微笑《ほほえ》んだ。

「こういうのって？」

「クラブからお金が出ないんだったら、私が援助するよ。時給、八五〇円とかでいいなら。ただし、仕事が決まるまでだけどね」

「なんだよ、それ？」

「そういうボランティアの方法だってあるじゃない。だって、私にはサッカーのコーチはできないもの」

「本気か？」

健吾は晶子の提案に正直驚いた。これまで月見野ＳＣの活動には一切関わらなかった晶子だったので、なおさらだ。おかしな提案ではある。でも健吾はうれしかった。

「じゃあ、翔太のやつを二人で雇うか？」

「雇うっていうか、力になれたらいいよね」

「そうだな。サポートっていうか」

「なんだったらさ、お金じゃなくてもいいのかもよ。夕食を食べさせてあげるとか」

「それ、いいアイデアかもな」

健吾は自分の会社の危機的状況すら忘れて、しばらくその話題で晶子と盛り上がった。


風呂に入ったあと、健吾は林から預かったアンケートを手にした。保護者の直筆による言葉は、かなり生々しく、不満だらけだった。回答に怒りを滲《にじ》ませている人もいる。

〈ほかのクラブのように学年単位での活動にしてほしい。そのためにも各学年の人数を増やすべき〉

〈練習日が少ない。試合も少ない。コーチも少ない。よって子供も少ない〉

〈ホームページがほかのクラブと比べて見劣りするだけじゃなく、かなり前から更新されていない。クラブの限界を感じます〉

〈もっと厳しく指導してください〉

〈特定の子ばかりたくさん試合に出ている。そのわりには試合に勝てない（笑）〉

〈保護者の負担が多い〉

〈月謝を少しくらい高くしてでも、活動日を増やしてほしい。子供はもっとサッカーをやりたがっています〉

〈うまい子は、ほかのクラブに移りたがっているというウワサを聞きました。うちの子はへたくそなので、ここでいいと言ってます〉

〈練習が古くさい。バルサのようなトレーニングを取り入れてほしい。戦術も低学年から教えるべき〉

〈チームが弱すぎる。強くならなければ子供は集まらない。結局は競争なので〉

健吾はそこまで読んで、なるほど林が言っていたように、いろいろだなと思った。

批判が多く、なかには首をかしげたくなる内容もあるが、アンケートに答えてくれた保護者は少なくともクラブに無関心ではない。託児所のように考えている親がいるなか、わざわざ意見を寄せてくれているわけで、読むのは苦痛を伴うが真摯に受けとめるべきだろう。

クラブに対する不満が募っているのは明らかだ。アンケートの実施は、林が認めた通り無駄ではない気がした。

ノートパソコンを開き、アンケートの意見を書き写した。それらを分類することにより、不満の内容や度合いを分析できると考えたからだ。その作業を進めるなかで、気になる回答に出くわして、パソコンのキーボードを叩《たた》く手を止めた。

〈月見野ＳＣの子は、中学校に入るとサッカーをやめる子が多いと聞きました。なぜですかね？〉

それはアンケートの回答ではなく、投げかけられた疑問だった。

――サッカーをやめる子が多い。

最初に読んだときは言いがかりのような気がした。なにを根拠にと思った。それに中学生になってサッカーをやめる子がいてもおかしくはない。しかし、もしも月見野ＳＣ出身の子にやめる子が集中しているのであれば、そこにはなんらかの原因があるはずだ。

健吾はここ数年、月見野ＳＣの高学年チームの監督を務めてきた。三月の卒団式の際、卒団生の多くは別れの挨拶で、「中学生になってもサッカーを続けます」と宣言する。

でも彼らが今どうしているのか、多くは把握していなかった。もちろん健吾としては、サッカーを続けていてほしかった。

アンケートの最後の回答を読むと、〈クラブ名が今どき「ダサすぎる」と息子が言ってました〉とあった。

アンケートの回答を読んで気分は重たくなった。ただ、クラブ再生のためにできることはある気がした。問題はそれをどう実現していくか。

健吾はその夜、遅くまでひとりで酒を飲みながら考えてみた。

コーチの件について、携帯電話で翔太と連絡をとり、クラブの代表との話を伝えた。翔太は黙って聞いていたが、おそらく気落ちしたのだろう。話が終わると、「わかりました」とだけ言った。

「でね、おれも考えてみたんだ。なにかいい方法がないかって」

健吾が言うと、「え？」と声がした。

「たしかに代表が言うように、君には指導者としての経験がない。それは事実だ。そうだろ？」

「ええ、その通りです」

「だから、認めてもらえばいいわけだ。金を払うだけの価値があるコーチなんだって。そう思わないか？」

「ええ、まあ……」

つぶやく声が聞こえた。

「自信ない？」

「ていうか、子供を教えるのははじめてですからね」

「君はサッカーの経験者であり、かなりの技術を持っている。それはこれまでサッカーを続けてきたからだろ。その間に、何人もの指導者を見てきたはずだ。その人たちを手本にしたらどうだい？」

少しの間があり、「けど、素晴らしいコーチばかりではありませんでした」と翔太は言った。その言い方には、苦々しい経験への憤りが滲んでいた。

「なるほど、そうかもしれない。だったら、そういう指導者を反面教師にすればいい。どうだろう、今度の土曜日、午後から都合がつけばグラウンドに来れないかな。まずはコーチの体験みたいな感じでもいいから」

翔太はしばらく黙ったあとで、「考えてみます」と答えた。

「もしよければ、夕食はまたうちで食べるといい。晶子もそう言ってる」

健吾は付け加え、通話を終えた。

翔太からはその後連絡がないまま週末を迎えた。

土曜日、午後一時少し前に、健吾は小学校のグラウンドに到着した。するとゴール前に人だかりができていた。

何事かと思って近寄ってみれば、子供たちが囲む輪のなかで翔太がリフティングをしていた。生では見たことのない難易度の高い技に、「おっ」とか「すげっ」と声が上がる。そして達樹の自慢気な声が響いた。「この人すげえだろ、おれの知り合い」

健吾の口元がゆるんだ。

この日も戸倉親子は休んだ。広瀬には事前に翔太について説明しておいたので、顔合わせはうまくいった。サッカー経験者であることに好感を抱いたらしく、「ぜひうちの学年のコーチになってよ」と、広瀬は翔太に握手を求めていた。

そこへ午前中の低学年の練習を終えた林がやってきた。

「井上君だよね、いい男じゃない」

林は目を細めた。「サッカーもうまいなら、モテるでしょ」

「彼、かなりやりますよ」

広瀬が横から口を出した。「子供たちも大喜びです」

翔太は照れくさそうに、「いえいえ」という感じで首をすくめた。

「そっか、そうだよな。子供にとっちゃ、君の若さなら〝お兄さん〟みたいなもんだ。くたびれたおじさんコーチばかりだから、若い指導者がいてくれたらありがたいよ。正式なコーチになるには、コーチたちの承認も必要なんで、ぜひ今度、コーチ会議にも顔を出してよ」

翔太は林に背中を叩かれ、困ったような笑みを浮かべた。

「ただね、聞いてると思うけど、うちは基本、コーチは全員ボランティアなんでね。まあ、いろいろと検討していきたいとは思ってるけどね」

林は言葉を濁し、「じゃあ、よろしく」と言って、その場を離れた。

健吾にはなんだかずるいやり方にも思えた。翔太が正式にコーチになったとしても、現状ではクラブからの報酬は見込めない。言ってみれば、ただ働きをさせられるようなものだ。その点は翔太にきちんと説明するべきで、うやむやにするのはよくない。

「さあ、挨拶するぞ」

広瀬が声をかけ、六年生と五年生が整列した。

キャプテンの涼太の声がけで「よろしくお願いします」と全員が声を合わせたあと、あらためて全員に翔太を紹介した。

「新しいコーチですか？」としっかり者の康生が言う。

「まだ、正式に決まったわけじゃない」と健吾が答えた。

「ちゃんと言うこと聞けよ。そうしないと、ほかのクラブへいっちゃうかもしれないぞ」

広瀬が脅かした。

「えーっ」という達樹の声。

「コーチのこと、なんて呼べばいいですか？」という質問が出る。

「そうだなぁ」

健吾が首をひねると、「翔太コーチでお願いできれば」と本人が答えた。

初日ということもあり、翔太はオブザーバー的に広瀬が進めるトレーニングを見守りながら、時折サポート役にまわった。新しいメニューに取り組む際は、広瀬に頼まれ、子供たちの前で見本をやってみせた。翔太は良い例と悪い例をわかりやすく実演して見せた。

「彼、すごくいいですね」

休憩時間に広瀬が近づいてきて、健吾に耳打ちした。

翔太はトレーニングで使ったマーカーを子供たちと一緒に回収している。

「かなり高いレベルでやってたんじゃないですか」

「そうみたいだね。どちらかといえば口で説明するんじゃなくて、やってみせるタイプなのかな。口数が少ない。その点がコーチとしてどうか。子供たちとうまくコミュニケーションとれるといいんだけどね」

「その心配なら必要なさそうですよ。ほら」

広瀬がえらの張った顎をしゃくった。

休憩もそこそこに翔太のまわりに子供たちが集まりだした。そしてすぐにリフティングでのパス回しが始まった。

「やっぱりちがうんだよな、サッカー経験者は。子供たちもわかるんですよ」

広瀬は満足そうにうなずき、水筒の水をうまそうに飲んだ。

練習の締めにやるミニゲームには翔太も参加した。チーム分けの際、どちらのチームに翔太が入るのかジャンケンでの奪い合いになった。子供たちはいつもより口数が多く、そのぶん自分を出しているようにも見えた。とくに達樹はよくしゃべり、よく笑っている。

ゲームが始まると、翔太は自分のドリブルは封印し、シンプルにパスを受けては出す黒子役に徹していた。ゲームでの主役はあくまで子供たち。そんな翔太を見て、彼はコーチの役目を理解していると健吾は安心した。

ミニゲームの途中で、グラウンドの反対側で中学年の練習を見ていたツカさんが、健吾のところへやってきた。

「新しいコーチの候補って、彼？」

「ええ、そうです」

「ずいぶん若そうだね」

「サッカーの経験はじゅうぶんあるようです」

健吾が言ったあと、「あれ？」とツカさんの声色が変わった。「もしかして彼って？」

「ええ、そうなんですよ」

健吾は笑ってみせた。「前に僕がグラウンドから追っ払った〝不審者〟です」

「なんだ、彼、コーチになりたかったってわけだ」

誤解だったが、余計なことは口にしなかった。

「あれから偶然会って、やってみたいって言うんで」

「へえー」

半ば呆《あき》れたような声だった。

「ツカさんはどう思います？　彼みたいな若者がうちのコーチになってくれるとしたら？」

少し間を置いて言葉が返ってきた。「いいことじゃない。健さんだっていなくなっちゃうわけだし、コーチの数も足りないわけだから」

健吾はミニゲームを眺めながらうなずいた。

「ただね」とツカさんは断りを入れた。「サッカーがうまいだけじゃコーチは務まらない。それに相手は子供だからね。コーチは友だちじゃない。保護者との関係も難しいところがあるしね」

「そうですね」

翔太は子供たちのなかで時折笑みを浮かべながらプレーしていた。

その姿を見て、最初に公園墓地で会ったときの翔太を健吾は思い出した。あのときは思い詰めたような顔をしていた。今は別人のように生き生きとしている。それは彼にとって〝サッカー〟がどういう存在なのか、はっきり示している気がした。

子供たちにサッカーが必要なように、翔太にもサッカーが必要なのだ。サッカーが必要なのは、なにもサッカーをプレーする子供だけではない。もしかするとそれは、自分にも当てはまるのかもしれない。

サッカーのない人生なんて……。

「まあでもね、コーチになってくれるなら歓迎するよ」

ツカさんが言った。

「それを聞いてほっとしました。よろしくお願いします」

健吾が大袈裟に頭を下げると、「どうしたの？　なにも健さんの息子じゃないんだから」と笑われた。

翔太がシャワーを浴びたあと、三人で夕食のテーブルを囲んだ。

食卓に並んだ料理はいつもと変わりなかった。イカとホタテの貝柱が入った海鮮野菜炒《いた》め。カマスの塩焼き。タマネギとワカメの味噌汁。市販の漬け物。そしてご飯。

翔太が来るからといって、とくに豪華にするような真似《まね》を晶子はしなかった。それには健吾もおおむね賛成だった。無理をしても長続きはしない。かえって翔太に遠慮させる惧《おそ》れもある。それは避けるべきだ。

最初に話題に上がったのは、はじめて翔太が参加した月見野ＳＣでの練習に関して。つまりはサッカーだ。健吾は晶子の顔色をうかがいながら、翔太の質問に答え、アドバイスを送った。その間、晶子は黙ったまま食事をとった。健吾は内心ハラハラしていた。

「じゃあ、高学年には、コーチがもう一人いるんですね？」

翔太は茶碗《ちゃわん》と箸を手にしたまま言った。

「じつはそうなんだ。戸倉さんって言うんだけど、今日は親子で休み。井上君がはじめてうちに来た日、川の近くの広場で子供たちとサッカーをしてたろ。そのなかに六年生が二人いたはずだ。一人は今日練習に来ていた小太りの達樹。もう一人の小柄な子が、戸倉さんの息子の俊作だよ」

「ああ、あの子ですね」

翔太は首をゆらした。「なんで休んだんですか？」

「ちょっとね」

健吾は顔をしかめてみせた。「まあ、ここだけの話、今は微妙な状況でね。親子でクラブをやめるかもしれない」

「え？　そうなんですか。もったいない、せっかく六年までやってきたのに」

「たしかにね。じつはこのあいだコーチでもある父親と話したとき、自分たちはサッカーには向いてない、そう言われたんだ」

「ちょっと待って？」

突然晶子が口をひらいた。

健吾は思わず目を見開いた。なにか失言をしたかと焦ったが、思い当たらない。「どうかした？」

「ていうかさ、中学校に入ってから続けないなら、早くやめるのは利巧なんじゃない？」

意外にも晶子がサッカーの話題に加わってきた。黙っていたのは、話に入れず怒りをため込んでいたのではなく、二人の会話に聞き入っていただけらしい。

「でもですよ、続けてもらいたいじゃないですか」

翔太がはじめて異を唱えた。

「その子、どうせうまくないんでしょ？」

晶子の冷めた口調に、健吾は「まあ、たしかにね」と認めた。

「それはちがうんじゃないですか。うまいとか、下手とかは。要はサッカーを楽しめるかどうかですから」

翔太の口調は落ち着いていたが、毅然《きぜん》としてもいた。

「でも楽しめてないから、やめるんでしょ？」

晶子も簡単には引き下がらない。

「俊作君でしたっけ、彼、川原の広場で遊んだときは、楽しそうでしたよ」

「そうかなぁ。下手じゃ、楽しくないと思うけど」

「続けていれば、うまくなりますよ。必ず前に進める。自分が変わっていくのを実感できれば、おもしろくなるはずです」

「そういうもんかしら」

「だって上には上がいるじゃないですか。そんなこと気にしてたら、楽しめなくなる。要するに人と比べるんじゃなくて、自分なんですよ」

翔太は握ったこぶしで自分の胸を叩いてみせた。

「井上君も、サッカー好きなんだねぇ」

晶子は半ば呆れるように笑い、「はい、おかわりしなさい」と右手を差しのべた。

その言葉の調子に、健吾は胸をなで下ろした。

と同時に、アンケートにあった、あの回答を思い出した。

〈月見野ＳＣの子は、中学校に入るとサッカーをやめる子が多いと聞きました。なぜですかね？〉

食後のコーヒーを飲みながら、月見野ＳＣで実施したアンケートの話を健吾は始め、疑問を抱いたその回答について口にした。そのため話題は、さらにサッカーのまま突き進むことになった。

「まちがいなく批判でしょ」

晶子が最初に感想を口にした。「小学生のとき、つまり月見野ＳＣに問題がある。そう言いたいんじゃない」

「たしかに、そう受け取れる」

健吾は認めた上で尋ねた。「井上君は、どう思う？」

「翔太でいいですよ」

笑いながら言った。「なんだか、調子狂うんで」

健吾は、晶子と顔を見合わせた。

「僕も、これからは健さんって呼ばせてもらいますから」

その声の響きは、以前のような緊張や気後れを感じさせなかった。心からおかしそうに笑っている。

「そうか、じゃあ、そうさせていただくかな」

「なんですかそれ、なんか大袈裟だな」

翔太の目尻が下がった。

健吾はどこか照れくさかった。「で、どう思うわけ？」

「たしかに批判なのかもしれません。でも中学に入ったら、サッカーをやる環境は当然変わりますよね。それもあるんじゃないですか」

「どういうこと？」

晶子の疑問には、健吾が解説を加えた。「月見野ＳＣを卒団したほとんどの子は、最寄りの公立中学校に入学する。萩塚中だよ。サッカーをやりたい場合は、学校のサッカー部で続けることになる。もしくはクラブチームに入るわけだ」

「みんなサッカー部に入るわけじゃないんだ」

「今は選択する時代だからね。ただ、クラブチームの多くには、セレクションと呼ばれる入団テストがある。それにこの近くには中学生年代を対象にしたクラブチームはない。通うとなれば、いろんな意味で負担になるだろうね」

「いろんな意味って？」

「部活とちがって、クラブチームの平日練習は始まるのが遅いから、終わるのも遅い。午後九時になるクラブもあると聞いたことがある。だとすれば、練習場所まで一時間なら、家に着くのは十時くらいにはなるよね。それから食事をして、風呂に入って寝る頃には十一時。それが週に二日から三日。週末には遠征試合も入る。成長期の子供には、かなりの負担だ。子供だけじゃない。家計的には月謝だけでなく、交通費だってかかる」

「なるほどね。入団テストがあるってことは、クラブチームにはうまい子しか入れないわけだよね」

「一概には言えないけど、強いクラブチームほどその傾向は強まる。たとえば海浜マリンズがそうだ。クラブチームは部活とちがって時間もお金も余計にかかるわけで、どうしても競技志向の選手が集まることになる」

「へえー、今やそういう時代なんだ。じゃあ、中学校のサッカー部は弱くなるね。勝つことよりも、むしろ楽しむって方向なのかな」

「どうかな、そこらへんは部活をやってる子に聞いてみないとわからないな。ただ、萩塚中のサッカー部は、このところ県大会には出場してない。言ってみれば、低迷してるらしい」

「でもその低迷している理由は、月見野ＳＣとも関係があるんじゃないですか」

翔太が鋭くつっこんできた。「サッカー部員の多くが月見野ＳＣ出身であるならば」

「かもしれない」

健吾は簡単には認めたくなかった。

たしかに特別な選手を輩出してきたとは思わない。それでもサッカーの基本はそれなりに身に付けさせて、送り出してきたつもりだ。素質のある子もいた。がんばり屋もいた。思い出せば、いくつもの六年生の顔が浮かぶ。

「でもさ、中学生になって続けないとしたら、親としてはがっかりだよね。小学生時代、サッカーやってたことが無駄になるわけでしょ」

晶子がこの日のために焼いた例の硬いクッキーをつまんだ。今回はチョコレートが塗られている。

「すべて、とは言えませんけどね」

「私だったら、続けてほしいな。もちろん、本人の気持ちを尊重してあげたいけど」

「親としたら、当然でしょうね」

翔太もカントッチョを手に取り、コーヒーをすすった。

「小学生時代にどういう経験をすれば、続けられるんだろう。翔太はどう思う？」

晶子がなにげなく言った。

「サッカーを楽しむこと。それに尽きるんじゃないですか」

「そうか、そこなんだね」

晶子はうなずいたあと、健吾をちらりと見た。先に「翔太」と自分が呼んだ優越感に浸るような誇らしげな表情だった。少しおかしく、少し腹立たしかった。

「明日、萩塚中のサッカー部の様子を見てくるかな」

健吾が言うと、「コーチってのも、大変だね」と晶子がからかうように笑った。

そんなふうに健吾が晶子とサッカーやサッカークラブの話をしたのははじめてのことだった。これまではお互い不自然なくらいに話題として遠ざけてきた。他人の子供の話など、晶子は聞きたくないだろうと健吾は気を遣っていたし、実際、そう感じる瞬間もあった。夫婦といえども、共通の興味や世界を持つのは容易《たやす》いことではない。サッカーは自分の世界だと割り切ってもいた。

ではなぜそうなったのか、そのことを突き詰めれば、やはり自分たちが子供を失ったことが原因のような気がした。血のつながった子供という存在があれば、二人の関係さえも、もっとちがったものになったかもしれない。もちろんそのことを口にするつもりは健吾にはなかった。

ただ、今夜の晶子は、自分がなれなかった母親の立場になって意見を口にしているように見えた。健吾には純粋に驚きであり、うれしくもあった。悲しみを克服しかけていると思いたかった。あれから二十年という歳月が経《た》とうとしていた。

「健さんって、ディフェンダーでした？」と翔太が口にした。

「え？」

「しかもキャプテンでしょ」

「なんでわかった？」

「わかりますって。すごいですよ、健さんは」

翔太がまじめな顔で言った。

「そうかな、お人好《ひとよ》しなだけじゃない」

晶子は楽しそうに笑っている。

「そうだ、仕事が見つかったんです。しばらくそれをやりながら、今後のことを考えようと思って」

「仕事って、アルバイト？」

「ええ、家の解体の手伝いです。日雇いなんですけど、日給はかなり出してくれるんで」

「肉体労働だね」

「そうですね。からだを動かすのは嫌いじゃないんで」

「じゃあ、コーチのほうは？」

健吾は心配になって尋ねた。

「仕事は不規則なんですけど、空いてる時間はありますから、やらせてください」

翔太は晴れやかな表情で答えた。

「それはありがたいけど、無理はするなよ。おれも引き続き、報酬の件は代表に頼んでみるから」

健吾はそのことを約束した。

「自分もボールを蹴りたいんですけど、放課後なら小学校のグラウンドを使ってもかまわないですかね？」

翔太は両手を膝の上に置いて言った。

「問題ないんじゃないか。ただ、あたりまえだけど子供が優先。それだけは守るように。もし学校の関係者に注意されたら、素直に指示に従うことだね。だれかに会ったら、自分から挨拶するといい」

「そうですね。わかりました」と翔太はうなずいた。

「今日もおいしかったです。ごちそうさまでした」

翔太はそう言って、晶子に手渡された土産を携え、帰っていった。

日曜日の午前九時過ぎ、地元の小学生の多くが進学する中学校のグラウンドへ自転車を走らせた。市立萩塚中学校は、月見野小学校と萩塚小学校の卒業生が進学する中学校だ。健吾の家からは約二キロ。月見野に住む中学生は徒歩で三十分近くかけて通学している。

国道を左に折れ、畑の点在する新興住宅地を進み、最初の十字路を右に曲がる。色褪《いろあ》せたブルーの体育館の屋根、四階建ての古びた校舎が視界に入ってきた。道路側からはグラウンドは見えない。校門を入ったところにある駐輪場に自転車を停めた。

萩塚中学校には何度か訪れたことがある。健吾の所属する草サッカーチームが試合をやった際、グラウンドを使わせてもらった。五年くらい前の話だ。

その試合にサッカー部顧問の先生も、味方チームの選手として飛び入りで参加をした。健吾は簡単な挨拶を交わし、自分が月見野SCのコーチであることを伝えた。サッカー部の顧問は同世代の体育大学出の体育教師だったが、運動不足のせいかすぐにバテてしまい、早々とピッチを去った。その数年後、他校に転任したと噂《うわさ》で聞いた。

校舎と体育館をつなぐ渡り廊下を突っ切って、グラウンド側に出ると、野球のバックネット、そして向き合った白いゴールポストが見えた。しかしそこには健吾が思い描いていた風景は広がってはいなかった。ボールの弾む乾いた音も、潑剌《はつらつ》としたかけ声も聞こえてはこない。

よく晴れた気持ちのよい日曜日だというのに、グラウンドには人の姿がなかった。サッカー部だけでなく、野球部もテニス部も活動していない。どの部活も対外試合に出かけているのだろうか。それにしても、もったいないと思わせる景色だ。

コンクリートの階段を下り、一段低くなっているグラウンドに立ってみた。サッカーのピッチを示す白いラインは消えかけ、ところどころスパイクの裏についているスタッドの跡が残っている。ぬかるんだ日に使ったせいかもしれない。地面はやけに凸凹していた。

片づけ忘れたのだろうか、グラウンドの整地に使うトンボが、ゴールの近くに放置されていた。

「だらしねえな」

健吾はつぶやいて歩み寄った。

片手でトンボを持ち上げたら、砂を均《なら》すための板が外れていた。

「なんだこりゃ」

舌を鳴らし、トンボから手を放した。

太陽が照りつけるなか、気味の悪い静寂がグラウンドを支配している。国道を走るトラックの音が時折耳鳴りのように低く響いた。なにかの気配を感じて後ろを振り返ったが、だれもいない。四階建ての灰色の校舎が迫るように突っ立っていた。

サッカー部が活動していなければ話にならない。健吾はグラウンドをあとにした。どこか釈然としない気分だった。

その帰り道のことだ。自転車のペダルをこいでいると、反対側の路肩をこちらに向かって一台の自転車がやってきた。見覚えのある顔は、まだこちらに気づいていない。それはこの春、萩塚中学校に入学した向井《むかい》暢人《のぶと》だった。

「おい、ノブ！」

健吾は自転車を止め、躊躇《ちゅうちょ》せず声をかけた。月見野ＳＣに所属していた暢人に、サッカー部の話を聞こうと閃《ひらめ》いた。

暢人は顔を上げ、たしかにこちらを見た。しかしなぜかスピードをゆるめずに、そのまま通り過ぎていく。

首をねじって目で追うと、Ｔシャツの上に羽織った暢人のシャツの裾が、風にそよいでいた。サドルから腰が浮いている。スピードを上げたのだ。

もう一度、名前を呼ぼうかと思ったが、声が出なかった。

――人ちがい？

一瞬思ったが、そうではない。まちがいなく、ノブだ。

今年の三月まで、ノブは健吾が率いるチームのキャプテンだった。でも今は、自分はもうノブのコーチではない。そんなつまらない遠慮があった。あるいは思春期を迎えた子供への、大人が抱く根拠のない畏れだったのかもしれない。

向井暢人はキャプテンということもあり、その年代の選手のだれよりもコミュニケーションを密にとってきたつもりだった。六年生の秋には、サッカーの進路について個人的な相談を受けた。本人は中学校の部活ではなく、クラブチームへの入団を望んでいたから、複数のクラブについて自分なりの情報を与え、その気があるならセレクションを受けるようにアドバイスを送った。結局は親の反対もあり萩塚中サッカー部に入ると、卒団式の日にノブから直接聞いた。

――いったいどうしちまったんだ？

健吾は、暢人の背中を見送りながら、小さくため息をついた。

「どうやら池田《いけだ》さん、手を挙げるらしいぞ」

ネクタイの結び目をゆるめながら、北村が上目遣いになった。

池田は東京営業所の所長で五十七歳。所轄の売上の低迷が続き、年々髪の生え際を後退させ、鬱ではないかと思うくらい、最近は口数が少ない。北村の話では、嘱託扱いの打診を上層部から受けたらしい。

「要するに肩たたきだ。だったら、さっさとやめたほうがマシだって判断じゃないか」

北村の言葉に、健吾は小さくうなずいた。が、真に受けたわけではない。所内ではだれがやめるだのやめないだの、数々の噂が飛び交っている。北村は、池田からその手の情報を引き出しては、時々健吾を居酒屋へ誘って教えてくれる。上役よりも若手との付き合いの多い健吾にとって、ありがたい存在と言えた。

希望退職者を募る具体的な時期について、会社は依然明らかにしていない。健吾はこれまで通り、担当エリアの家具専門店への卸売り営業を淡々と続けていた。若手の営業マンのなかには、あからさまにやる気を失った態度を示す者もいる。健吾はなるべく声をかけ、相談に乗ってやった。精彩を欠いた池田のとくに若手への求心力は今や地に落ち、東京営業所はコントロール不能になりつつあった。

「で、おまえはどうする?」

またその話か、と思いながら健吾はビールジョッキに手をのばした。

「おれとしては、とくに戦力になるやつだけ残るべきだと思う。そう思わないか？」

北村の確信に満ちた言葉に、「かもな」と答えた。

「会社の再生には、経験豊富なベテランがまちがいなく必要なんだ。若いやつらだけじゃ乗り切れない。かといって、ベテランばかり残ったら、会社としても具合が悪いだろ。人件費の削減にも結びつかない」

なんだかワールドカップ日本代表の選手選考話を思い出させた。若手とベテランは、どこの世界でも天秤《てんびん》にかけられる運命のようだ。健吾は一緒に社歴を重ねた男の話を静かに聞いた。

会社は経営不振であるとはいえ、北村は東京営業所のトップセールスマンだ。担当するエリアや店舗に恵まれた部分はたしかにあるが、競合する家具メーカーの営業マンより秀でたものを持っている。だからこそ、数字を積み上げてきたとも言える。大手家具メーカーのブランド力だけがすべてではない。そのことをある意味証明してみせてきた。その北村の地位を脅かし続けてきたのが健吾だ。しかし競争にはなかなか勝てず、会社からの評価は常に所内で二番手であることを健吾自身自覚していた。

「じゃあ、おまえは残るんだな？」

今度は健吾が尋ねる番だった。

「面子《メンツ》にもよるだろうな」

「面子？」

「ああ、だれが残るのかってことさ。戦えないやつばかり残るなら、それこそ沈みゆく船にしがみつくようなもんだろ。それはごめんだ」

「けど、選べないだろ？」

「だからこそ、情報の収集や事前の根回しが大切なんだ。リストラで業績を一気に盛り返す企業だってある。その一方で最悪の事態だって起こり得る。先を読まないとな。おれは船長じゃないから、沈むであろう船の甲板に最後まで残る謂《い》われはない」

「じゃあ、ほかの船に飛び移る気か？」

健吾は相手の目を見て尋ねた。

北村は淡く笑みを浮かべ、首を弱く振る。「まだわからん。今後、会社がどういう方針で経営改革に取り組むのか不明だし、早期退職の条件なんかも開示されてない」

結局、北村も自分と同じ立場なのだと健吾は受けとった。同期ながら、この男についていけば、自分もなんとかなるだろうか。おそらく会社は、北村を手放さないだろう。

「ところで、サッカークラブのコーチ、まだやってんのか？」

北村はめずらしく仕事以外の話題を口にした。

「今のところな」

「コーチはコーチで大変なんだろ。おれも長男の野球チームのコーチを頼まれたことがある。断って正解だった。そのあとすぐにチーム内でもめ事が起きたって、かみさんから聞かされたよ」

北村はうんざりした顔で言った。

「サッカーもいろいろある」

「もめてるのか？」

「もめてるというか、問題はいろいろとな」

健吾は言葉を濁した。

「おまえんとこ、強いんだっけ？」

「強かない。このあいだの六年生大会は初戦敗退。ほかの学年も伸び悩んでる」

「だったら、張り合いないだろ」

その質問には答えなかった。

「問題って、たとえばどんな？」

興味本位だとわかっていたが、今度は答えた。「年々、子供が集まらなくなってきた。それに指導者不足。保護者のクラブへの不満が募ってる」

「なんだか大変そうだな」

北村は言葉とは裏腹にうれしそうにビールを飲んだ。

「まあな」

健吾はその顔を眺めながらうなずいた。「ただ、指導者については、いい人材が見つかった」言いながら、自分の口元がほころぶのがわかった。

「へえー、ベテランなのか？」

「いや、若い。二十歳だ」

健吾は前屈《まえかが》みになり、北村の前にある刺身の盛り合わせのアジに箸をのばした。気づいた北村が、刺身の皿をテーブルの真ん中に押し出した。

「おまえんとこ、たしか保護者を中心としたボランティアによる運営だったよな。じゃあ、新しく入った若いコーチも同じ立場ってわけだ。そりゃあ、いくらなんでも続かないだろ」

北村は声に笑いを含ませた。

「さあ、それはどうかな」

「続くとすれば、よっぽどの暇人か、無能だろうよ」

「たしかに本人は失業中で、今はアルバイトで食いつないでいる。でもサッカーについての技術や知識はたしかだ。ベテランに引けをとらないところがある」

「危ういぞ」

「なにが?」

「今の若いやつは長続きしない。急に仕事をほっぽり出す。おれは何度もひどい目にあった。まあ、無給なら無理もない。あまり期待しないことだな」

――翔太はちがう。

そう言いたかったが、健吾はもちろん口にしなかった。

これまで北村の下には何人か若い部下が付いた。しかしことごとく職場を離れていった。ある者は一年で、ある者は半年も保《も》たなかった。とくに北村が厳しく扱ったというわけではなく、たまたまなのかもしれない。

ただ、そういった経験が北村を若者不信に陥らせたのは確かなようだ。その後、若手の指導は、健吾が担当するようになった。部下を育てることは北村よりも長《た》けていた。そのことは自覚していたし、あるとき酒の席で池田から誉《ほ》められた記憶がある。

「まあ、うまく利用することだな」と北村は言った。

「そんなつもりはないよ」

健吾はそれだけは、はっきり否定した。「クラブを存続させるためには、大きな変化が必要だと思う。それこそ根本的に運営の方法を見直すとかね。でも足かせはいろいろとある。様々な立場の人間の知恵が、必要になるはずだ」

「ていうか、強くなるしかないだろ。弱くちゃ、うまい子は集まらない。チームのなかでも淘汰《とうた》が必要なんだ。自然にだけでなく、人為的にもね」

「そうかな？」

「息子の野球チームがそうだった」

「たしかに、そういう考え方もあるかもしれない。結局は強くなるしかないってね。でも、多くのクラブが同じ発想で運営されている。その競争に参加するためには、環境や人材やブランド力なんかも必要になってくる。うちのクラブはボランティアで運営されている。競争に勝つのは容易なことじゃない」

「変えるって、おまえがやるつもりか？」

「おれだけじゃ無理だ」

「思うに、そういうときは血を流すしかないんだよ。だれかが犠牲になるしかね。組織ってのは、そういうもんだ」

北村の言葉に、曖昧にうなずいてみせた。

「で、クラブの方針は定まったのか？」

「いや、結論は出てない」

「なんだか、うちの会社みてえだな。ぐずぐずしてたら、会社もクラブもつぶれちまうぞ」

北村はそう言うと、脂の乗ったマグロに箸をのばした。

健吾には笑えない冗談だった。

いつになく北村は苛立《いらだ》っていた。でもそれは不思議なことではない。お互い苛立つ理由はいくらでもあった。

「野球をやってる長男は、その後どうしたんだ？」

健吾はなにげなく尋ねてみた。

北村はわさびを溶いた醬油《しょうゆ》につけたマグロを舌の上に運んだ。しばらく咀嚼《そしゃく》したあと、つまらなそうに言った。「やめさせたよ。うちの子はレギュラーになれそうもなかった。毎試合ベンチだ。野球だけが人生じゃない」

苦い記憶を飲み下すように、ごくりと喉仏が動いた。

「なんだかね、すごく盛り上がってたよ」

そのことを教えてくれたのは晶子だった。

翔太はアルバイトの合間の時間を使って、放課後、小学校のグラウンドでサッカーを始めた。思えば翔太が我が家にはじめて訪れた日、彼は夜中に小学校のグラウンドでボールを蹴っていた。以前から日が高いうちにやりたかったのかもしれない。

放課後のグラウンドは、晶子の話ではいつも閑散としている。子供がいるとしても、親子連れの幼子か、携帯ゲームを手にした子供くらいだと話していた。野球をする子も、サッカーをする子もめったに見かけなかったそうだ。

最初は、翔太一人でランニングをしたり、ボールを蹴ったりしていたらしい。そのうち、子供が加わってきた。晶子は気になって、仕事帰りに見に行っていた。そしてその日、グラウンドをのぞいたら、サッカーのゲームをしていたという。

「何人くらい？」

「十人以上いたと思うよ。大きい子も小さい子もいた」

「翔太は？」

「一緒にやってた。楽しそうに」

その姿はすぐに脳裏に浮かんだ。

その件を翔太に電話で尋ねたところ、子供は月見野ＳＣのクラブ員らしかった。はじめに加わったのは、偶然グラウンド脇の歩道を歩いていた六年生の達樹。友だちの家に遊びに行く途中で、カードゲームのファイルを手にしていた。達樹は翔太に気づくと、そのままグラウンドにやって来て、一緒にボールを蹴りだした。

その次の日には、達樹が友だちを連れてきた。見覚えのある顔は、「俊作でした」と翔太は言った。

それから毎回人数が増えてきたと言う。

「でもさ、翔太がいつグラウンドに来るか、子供たちはわからないんだろ？」

「アルバイトは事前に連絡が入るようになりましたけど、子供には僕の予定は伝えてませんからね。僕としては、あくまで自分のトレーニングのつもりなんで」

「じゃあ、どうやってあいつらは参加するわけ？」

「待ってるんですよ。――たぶん毎日」

翔太は楽しそうに話した。


数日後、会議室での打合せの最中に健吾の携帯電話が鳴った。画面で確認したところ、コーチの戸倉からだった。反射的に通話ボタンを押してしまった。

「息子から聞いたんですが、クラブに新しいコーチが入ったようですね」

戸倉が唐突に口にしたのは、翔太のことだとすぐにわかった。

「いや、まだ正式には決まってないけど、なにか？」

健吾は口元を隠し、声をひそめて答えた。

「そうなんですか」

戸倉はこちらの状況を察することなく話を続けた。先日会ったとき、ＩＴ関連の職業だと話していたが、どうもそこらへんの配慮に欠けるタイプなのかもしれない。

「俊作に言ったんです。そろそろ、はっきりさせようって。クラブを退団する件です」

戸倉の言葉が途切れた。

テーブルを挟んで向かい側に座った北村が、こちらを見て、書類を差し出した。営業支社の再編に関する重要事案についてだった。ちょっと待ってくれと目で合図を送り、健吾は席を外した。といっても退室するわけにもいかず、ドアの近くまで歩き、テーブルに背中を向けた。

「俊作が言うには、最近その翔太コーチと一緒にサッカーをやってるって言うんです。放課後のグラウンドで。どうもそれがおもしろいらしくて」

「いいじゃないですか」と健吾は言った。

「ええ、基本的には私もそう思います。ありがたいと思ってます。それで俊作に問い質《ただ》したところ、自分はサッカーをやめたくないと言われまして。次の練習から参加したいと言ってるんです」

「待ってましたよ、その日が来ることを」

健吾は快く受け入れる気持ちを、声に込めた。

「すいませんが、またよろしくお願いします。そういうわけですので、誠に勝手なんですが、やめるのは私一人ということで、ご了承いただけますでしょうか？」

戸倉の声は小さくなった。

少し間を置いて、健吾は答えた。「たしかにそうですね」

「え？」

「それは勝手じゃないですか、戸倉さん」

自分でも冷たく感じる声色を健吾は使った。

「はい、それは重々承知しております」

声がうわずっていた。

「戸倉さんとしては、翔太コーチが入ったから、自分はもう必要ないとでも？」

「ええ、息子に聞いたところでは、若くてすごくサッカーがお上手だと。教え方もわかりやすく、楽しいと言ってました」

「そうです。彼は将来優秀なコーチになる素養があると、おれも思ってます。でもね、あいつにだって、できないことはあるんですよ。それにまだ、月見野ＳＣのコーチになることを正式に認められてはいない。そういう立場でもある」

「いや、ぜひなってもらいたいです。俊作のためにも、もちろんクラブのためにも」

戸倉は声を高くして訴えた。

「では、協力してください」

「協力?」

「ええ、次のコーチ会議に必ず出席してください。井上翔太をコーチとして承認するために。それから、戸倉さんにぜひお願いしたい件があります。それは私にも翔太にも、おそらく広瀬コーチにもあまり得意でないことだと思われます」

「それは?」

健吾は背後をうかがった。打合せは中断し、北村がこめかみに親指を当てて書類に目を落としている。所長の池田は両腕を組んだまま、まるで冬眠に入ったように、目を閉じて動かない。

「すいませんが、その件はこちらから後ほどご連絡します」

健吾は声を大きくし、大袈裟に頭を下げた。得意先からの電話のように装って通話を終えた。


「えー、まず最初に、新コーチの承認について、採決をとらせていただきます」

林のかしこまった声が、自治会館の蒸し暑い広間に響いた。

七月第二週、土曜日の夜に開かれた定例のコーチ会議には、めずらしくすべてのコーチの顔が揃《そろ》った。

「それでは井上翔太さんを当クラブのコーチとして承認する方は、挙手をお願いします」

健吾はだれの顔色もうかがわず、最初に右手をすっと挙げた。

視界に入っているコーチの手が挙がっていく。それを見て、ほっと胸をなで下ろした。

「えー、代表及びコーチの三分の二以上の手が挙がりました。ちなみに私も賛成です。よって、井上翔太さんは、月見野SCのコーチスタッフに正式に加わります」

林の言葉のあと、拍手が起こった。本人不在ということもあり、自然と健吾は自分の頭を下げていた。

先週末の三、四年生の練習試合で翔太は主審として笛を吹いた。ツカさんに審判の応援を頼まれたからだ。というよりも、試されたのだろう。審判はコーチにとって必要な技能でもある。ツカさんはチームでただひとり、県協会が主催する試合で笛を吹くことができる三級審判員の資格を持っている。いわばクラブの審判指導員的立場にある。

試合後、あまり人を誉めないツカさんが、翔太は練習試合だということを頭に入れて笛を吹くことができていた、と周囲に漏らした。要するに杓子定規《しゃくしじょうぎ》に笛を吹いてプレーを止めず、スムーズにゲームをコントロールし、よい練習になった、という意味だ。健吾の目から見ても、臨機応変に対応できていた。なにより場慣れしているような落ち着きがあった。

コーチ承認の採決には、ツカさんのそんな言葉も影響を与えたかもしれない。でもツカさんのおかげというよりも、この数週間で翔太自身が自分の能力を示したからと言えるだろう。承認が満場一致だったことが、健吾にはうれしく、誇らしかった。

「うちの学年でぜひ」という声が上がったが、翔太は当面、高学年グループに属しながら、各グループのヘルプを担当することが、その場で確認された。

新コーチ承認の議決のあと、アンケート調査について林から報告があった。配られたプリントは健吾が作ったもので、保護者からの回答を「運営」「練習」「試合」「その他」の四項目に分類して掲載している。全回答者数は、対象クラブ員である保護者の約七割。関心は低くないことを示していそうだ。

回答で挙げられた長所と短所では、明らかに後者が上まわり、現状のままでよいとする者は全体の二割にも満たなかった。アンケートの回答者のほとんどが、なんらかの変革をクラブに求めている。

林はそう結論づけた。

「うへっ、文句ばっかだなぁ」

児島が茶髪の頭を掻《か》きながら、顔をしかめた。

「でも、そんなもんじゃない」

そう言ったのはツカさんだった。「ご意見ご要望はないですかって求めれば、大抵の人間は不満を書き込んでくるもんだよ。アンケートってそういうもんでしょ」

「で、問題はこれらの声に今後どう答えていくかなんだけど、再生委員長、どうですか？」

林はツカさんの言葉を無視するように、健吾に意見を求めてきた。

ほかのコーチたちは押し黙ったままプリントに目を落としている。児島も再び回答に目を向けたが、ツカさんの手にはすでにプリントはなく、両膝を外側に拡げて脚を組み、背筋を伸ばすヨガのようなポーズをとっていた。

今回のアンケートで健吾が強く感じたのは、問題はそう単純ではないという深刻さだった。批判や要望は多岐にわたっているが、それぞれはつながっていて、根深いものがある。それは言ってみれば、クラブの根幹に関わるのだが、これまでそのことに、だれも触れようとしなかった。ある意味、避けてきた。

だが、健吾はそのことに今触れるつもりはなかった。大切なのはチームの改革をまず動かすことで、一歩でも前に進めるべきだと判断した。

出した答えは、できることから始める、ということ。そのための根回しには、すでに着手していた。

「たしかに、クラブへの要望はたくさんあります。ただ個別に見れば、どうでしょう、解決できそうな事案もあるかと思います。まずはそのあたりから始めてみてはいかがでしょうか？」

健吾は呼びかけ、反応をうかがった。

「たとえば？」

林が額に幾筋ものしわを刻んで言った。

「まずは『運営』に関する回答にある保護者の負担について。これはボランティアベースのクラブでは一定の義務と位置づけられ、いわば慣習化してきたものです。そのひとつに、練習や試合のときにコーチや審判に水分などを用意する役目がありますよね」

「ああ、いわゆるお茶出し」

「そうです。ほかのクラブでもたまに見かけますけど、うちの場合、学年によって今も行われています。それをお母さんたちの好意と受け取っていたわけですが、アンケートの回答にもあるように、実際は負担と考える方もいるようです。最近は仕事を持つ母親も増えて、できる親とできない親がどうしても出てしまい、それについて不公平だという意見もありました。だったら、すべての学年で統一してはどうかと思いますが、いかがですか？」

「つまり、やめるってこと？」

「そうですね。そうなります」

健吾は林に向かってうなずいてみせた。

「すいません、一、二年ではやってませんけど、どこの学年がやってるんすか？」

児島がなにげない感じで尋ねた。

「三、四年は今もやってますね」

中学年コーチの西が答えた。「というか、練習のときに当番制で保護者が必ず二名つくことになってます。お茶出しは、その方たちの仕事でもあります」

「へえー」と児島が驚きの声を漏らす。

「昔はそれがあたりまえだったんだよね」と林がつぶやいた。

「当番制にしてる理由は？」

健吾が尋ねると、「まあ、なにかあった場合に備えてのことですよね。それと、やっぱり不公平にならないように、かな？」と西が曖昧な回答をした。

「でも今は、携帯電話を子供まで持ってる時代ですからね」

発言したのは、同じく中学年コーチの佐々木で、「やめてもいいんですかね？」と逆に問いかけた。あまりやっている意味を感じていない声色にも聞こえた。

「うちの会社じゃあ、現場でのお茶出しは逆に断ってますよ。今はトイレも借りちゃいけないって」

住宅リフォーム会社に職人として勤めている児島ならではの情報だった。

「そうなの？」

「ええ、それでも、たまに三時のお茶を出してくれるお客さんもいますけどね。逆に困っちゃったりして。だいたいが、年寄りですよ」

「寂しいご時世だね。まあ、負担だって言うなら、やめればいいんじゃない」

話が横道に逸《そ》れるのを嫌うように、ツカさんが不機嫌そうに割って入った。

「じゃあ、お弁当もやめていいですかね？」

「弁当？」

「ええ、試合なんかで昼食をはさむ場合、保護者がコーチの分の食事を用意するんです。おにぎりとか簡単なものなんですが」

佐々木は、別件の保護者の負担に関しても持ち出してきた。

「それはどの学年で？」

「中学年ではやってます」

「低学年はやってないけど、高学年は？」と林が言った。

「今の六年生は、五年生になったときにお茶出しも昼食の用意もやめました。健さんが必要ないって言ってくれたんで。だから試合のときの審判へのお茶出しというか、水分補給は子供たちにやらせてます。コーチの食事については、各自が用意してますけど」

広瀬が言いにくそうに答えた。

「ああ、なるほど……」

西と佐々木が顔を見合わせた。

「まあ、考えてみれば、最近のクラブチームではありえないのかな」

林の声が小さくなる。

中学年のヘッドコーチであるツカさんは黙っていた。

おそらくツカさんは、昔のやり方を保護者に踏襲させているのだろう。ボランティアでやっているコーチにお茶や弁当を用意するくらい当然と考えているのかもしれない。健吾も以前はあたりまえのように感じていた。でも、そのことを負担に思う保護者がいるのであれば、それはすでに好意ではなく、気持ちよく受けることは難しい気がした。

「べつに、私はどちらでもいいですよ」

ツカさんはなに食わぬ顔をした。「もともと頼んだわけではないし」

もちろんその通りなのだろう。保護者の中心的人物がよかれと思って始めたことが、代々受け継がれてきたたに過ぎない。

「じゃあ、そういう方向で統一しましょうかね」

林は咳払《せきばら》いをひとつして、めくばせするように健吾のほうを見た。「では、ほかにありますか？」

意見が出ないのを確認してから、健吾が口を開いた。

「運営面では、クラブのホームページについても、何件か回答がありました。ホームページがほかのクラブと比べて見劣りするとか、更新がなされていないとの指摘です」

「ああ、たしかにね。あれはみっともないね」

広瀬が言うと、佐々木や西も気づいていたのか大きく首を縦に振った。

「ホームページの管理は、だれが？」

「佐藤《さとう》さんに任せてたからね」

林はやめてしまったコーチの名前を挙げた。佐藤は転勤で引っ越し、すでに月見野の住人ですらなかった。どうやら申し送りもなく、そのままほったらかしになっている、というのが実情のようだ。

「どなたか、クラブのホームページの件について力を貸していただけませんか？」

健吾はコーチたちを見渡した。

ホームページの運営はそう簡単ではない、という声が何人からか上がった。業者に任せる案が出かけたが、そんな予算があるわけではないし、個人でやるとすれば当然更新には時間と手間がかかる。それにグラウンドから離れた、いわば事務方の仕事とも言えそうだ。

「林代表は、どうですか？」

健吾が振ると、「私はぜったい無理。ああいうの、やったことないし」と拒否反応を示した。

「あのー、私でよかったら、やりましょうか？」

ひょろりとした手を挙げたのは、並べた座卓の一番端に座った戸倉だった。

「ほんとですか？」

健吾はわざとらしくならない程度に驚いてみせた。というのも、この件については事前に戸倉に相談済みだったからだ。

「そっちのほうは得意なんで、新しくつくり替えますよ」

「マジですか？」と児島が目をまるくする。どうやらこの男も苦手らしい。

「ええ、私、自分のホームページも持ってるんで、ついでってわけじゃないですけど」

「どんなジャンルですか？」

「いやあ、サッカー観戦もので、主に欧州のリーグなんですけど」

「へえー」という驚きまじりの声が上がった。

「やっていただけるなら、大歓迎ですよ」

林が身を乗り出した。

今や街クラブのほとんどがホームページを活用している。クラブの紹介はもとより、新たなクラブ員の獲得にもなくてはならないツールといえた。その点からも改革の大きな柱のひとつであると、健吾はとらえていた。

新ホームページの立ち上げについては、すんなり落ち着いた。戸倉自身まんざらでもない表情で請け合った。

「いやあ、なんか変わりそうっすね」

児島の明るい声に、笑いが起きた。

次に検討に入ったのは、以前から耳にする機会の多かった、練習面の要望についてだ。

「こいつはなかなか難しいわな」

林が両腕を組んで渋い表情をつくる。

「でもチームが弱いのは、練習が少ないせいでもありますからね」

広瀬はアンケートの回答に同調するように不満げな声を出した。それは広瀬自身がクラブ員の保護者の一人であることを健吾に思い出させた。

「ちなみに回答で一番多かったのが、この練習問題です。練習をもっと増やして欲しいとの要望です。クラブ員のなかには、平日に別のクラブのサッカースクールに通っている子さえいると聞きました。

この不満を解消できれば、大きく前進できるはずです」

健吾が解説を入れた。

口にしなかったが、サッカースクールに通っている子とは、広瀬の息子、涼太のことでもあった。涼太が海浜マリンズのスクールに通っている事実が発覚したのは、去年の春のことだ。すでに半年ほど通っていることがわかり、林から健吾に話があった。呼び出され、スナック「憩い」に顔を出すと、ツカさんもいた。コーチの子が別のクラブのスクールに通うというのはいかがなものか、と二人から散々意見された。示しがつかない、ということだと理解した。

一方ではボランティアで運営しているクラブに所属し、もう一方で金を払ってスクールに通うのは、我々の考えとは相容れないのではないか、という趣旨のことをツカさんは口にした。それはある意味では、裏切り行為ではないかと。

健吾は広瀬と二人だけのときに、涼太が海浜マリンズのスクールに通っている理由を尋ねた。ばつの悪そうな顔で、息子が伸び悩んでいるからだと父は打ち明けた。それは自分たちの指導を否定する言葉のようにも聞こえたが、これが親というものなのかとも健吾は思った。広瀬にしてみれば、なんとか涼太のサッカーを上達させたい一心だったのだろう。それにスクールに通うのは個人の自由だと広瀬は言いたげだった。

「スクールをやめろということですかね」と広瀬は苦々しげに言った。それに対して、練習日が少ない現状を理解している健吾は、「そうは言ってない」と答えた。

一連の話のなかで、海浜マリンズのスクールに通っている月見野SCの子供は、涼太だけではないことがわかった。健吾は、その件について、おおっぴらにはしないように、それとなく伝えるにとどめ、その件はそのままになった。

「あのー、平日の放課後のグラウンドは使えるんでしょうか？」

練習に関する保護者からの要望の件で、沈黙を破ったのは戸倉の少々間の抜けた声だった。

「クラブとしての利用については、学校側の了承が必要でしょうね」と林が答えた。

「うちの息子がそうなんですけど、最近、放課後の学校のグラウンドでサッカーをやってるらしくて。そのとき、翔太コーチにお世話になってるって、聞いたものですから」

「ああ、それは」

健吾が言いかけた。

「いや、けっこう集まってるって聞いたよ」

佐々木が早口で割り込んできた。「うちの雅也もすごく楽しいって」

「そうなの？」

広瀬が話に食いつき、各自が勝手に話し始め、広間がざわついた。

「どうなの。それをクラブの活動として、定期的にやることは可能なの？」と林が言った。

「いや、ちょっと待ってください」

健吾が両手を広げて制した。「それはですね、翔太コーチがやってるというか、自分のトレーニングのつもりで始めたことで、彼抜きには考えられません。だから、今ここで話すのは無理があるでしょ」

「でも、子供は喜ぶよね」

「なん曜日ならできるとか、あるの？」

「今は水曜日が多いみたいですね」

「ちょうどいいじゃない。週のまんなかだし」

「それって、低学年でも参加できるんすか？」

「だから――」

健吾が声を大きくした。「たしかに、平日に練習ができれば、うちのクラブとしては画期的ですよ。でも、それを一人の新人のコーチに、しかも無償でやれと言うのは、どうなんですかね」

「いいかな？」

手を挙げたのは、黙っていたツカさんだった。

コーチたちはようやく私語を慎み、ベテランコーチに視線を集めた。

「アンケートにはさ、たしかにもっと子供たちにサッカーをさせてやりたい、という意見が多いようだね。子供たちもそう思ってるんでしょ。ただ、さっきのホームページの件もそうなんだけど、ちょっと心配でもあるよね。続けられなければ、余計に失望を買う破目になるんじゃない？」

会議の場が、さらに静けさを増したような静寂に包まれた。時に暴走しそうになる議論に、水を浴びせる役目をツカさんは以前から担ってもいた。

「というのは？」

林が下からのぞき込む目をした。

「戸倉さんがホームページを担当してくれる。とてもありがたいよね。でも、本当に続けられますかね。だれかさんが残したホームページみたいに、ああいうのがネットに残るのは、どうかと思う。またそうならなければいいけどね」

ツカさんは迷惑そうに言った。

「それはよくわかります」

戸倉が答えた。「継続的な運営管理が必要ですよね。それについては、引き継ぎできる仕組みを考えるつもりです」

「ぜひ、そうしてください。息子さん、六年生だもんね」

「ええ、来春卒団です……」

戸倉の声が小さくなった。

「平日の練習も同じことでしょ。続けられなければ意味はない。やっぱり大変なんでやめますっていうのは、無責任だし、子供を裏切ることになる」

「いやあ、ですが……」

佐々木が目元に落ちかかった横分けの髪を搔き上げて言った。「翔太コーチにお願いできるのか、一度訊《き》いてみたらどうですかね？」

ツカさんと林、それに健吾をのぞいた父兄コーチたちは、平日練習の実現を熱望しているように受けとれた。立場のちがいかもしれない。彼らはコーチとはいえ、まず親であり、自分の子供にもっとサッカーをやらせてやりたいのだ。

結局その件に関しては、健吾が持ち帰り、翔太と相談してみることになった。無理はさせたくなかったが、できるとすれば彼しかいない。

「だけどあれだよね、平日の夕方が空いてるなんて、翔太コーチ、どんな仕事なの？」

ツカさんが怪訝《けげん》な表情をしたので、「今は建物の解体の仕事らしいです」とだけ健吾は答えた。

「へえ、そうなんすか」

同じ業種でもあるせいか、児島が興味を示した。

アンケートの回答にどう対応するか、その後も話は続いた。

午後九時をまわり、その日最後に上がった案件について、「おれに任してください」と児島がめずらしくやる気を見せた。その案件とは、「その他」の項目に振り分けられた回答についてだ。

〈クラブ名が今どき「ダサすぎる」と息子が言ってました〉

「おれも、激しく同感です」

児島は口をとがらせた。

「いや、月見野ＳＣは伝統あるクラブだから、安易に名前は変えるべきじゃない」

林が言った。

「そうなのかなぁ。そもそも改革というのは、古いものを新しく変えるってことでしょ」

ツカさんが異を唱えた。「それこそ思い切った手も必要じゃない？」

その言葉は皮肉とも受け取れたが、児島はいっこうに察する様子もなく、「海浜マリンズとか、やっぱかっこいいっすもんね。最近のクラブはＦＣで、今時ＳＣとか使わないし。おれ、考えますよ。任せてください」と意気込んだ。

「そろそろ時間なんで、とりあえずその件は児島コーチにお願いするよ。いちおうね。でも最終的な判断は、それこそ総会レベルの話だから」

林は渋い表情で釘を刺した。

コーチの全体会議後に、学年グループに分かれて打合せの時間が設けられた。五、六年生グループは、健吾と広瀬と戸倉の三人で集まり、当面のスケジュールを確認し合った。

明日の日曜日から五年生大会が始まる。トーナメント形式で、勝てば同日二回戦が行われる予定だ。五年生は六年生同様にメンバーが十一人揃わないので、四年生から選手を数人借りる手筈《てはず》をとった。

そのいわば〝助っ人選手〟については、中学年のヘッドコーチであるツカさんがすでに選んでいた。

「それで明日なんですけど、六年生は大会には行かず、学校のグラウンドで練習してもいいですか？」

広瀬が言った。「私が見ますので、五年生の試合のほうは、お任せしたいのですが」

「おれと翔太ってこと？」と健吾は言った。

「ええ、あるいは健さんと戸倉さんでも構いませんけど」

その言葉に戸倉がぎょっとした。

大会には二名の審判有資格者を帯同させなければならない。前回の六年生大会では、健吾が行けなかったため、応援のツカさんと広瀬が次の試合で副審を務めた。戸倉も講習に一日参加し審判資格を取得してはいたが、練習試合の副審の経験はあるものの、公式戦ではまだ務めたことがない。

「翔太コーチは、審判資格持ってるんですかね？」

戸倉が不安そうに尋ねた。

「持ってるって聞いてるよ」と健吾が答えた。「明日も問題ないと思う。ただ、審判服は自前のものがないから、おれのほうで用意するけど」

「それはよかった」

戸倉がほっとしたような声を出した。

「でもね、戸倉さん。あなたもコーチなら、審判くらいやってもらわないと」

広瀬が不満げに言った。

健吾にしてもその通りだとは思った。しかし現実的には、今の戸倉に公式戦の審判は任せられない。クラブで行った審判講習会の際に、もっと経験を積むようにツカさんからも求められていた。

審判もチームワークがとても大切になる。今回の大会では、試合を終えた二チームの帯同コーチから、各二名の審判有資格者が出て、次の試合の審判を務めることになっている。一人はピッチ内で判定を下す主審、二人はタッチライン沿いからジャッジする副審、もう一人は選手交代やボールの管理などを担う第四審判だ。

「第四審判でしたら……」

戸倉が小声になると、「そう言うんじゃないかと思いましたよ」と広瀬は呆れ顔だ。

「明日の五年生大会は、おれと翔太で行くから」

「そうしていただければ、ありがたいです」

話がまとまりかけたのに、「私も試合のほうに行っちゃ駄目でしょうか？」と戸倉が言い出した。

「あなた、六年生のコーチでしょ？」

さすがに広瀬も嫌気が差した顔を見せた。

「いえ、自分は五年生のコーチでもありますから」

しかしその言葉はまちがってはいなかった。

「でも、俊作は？」

「練習には参加するはずですので、よろしくお願いします」

「いいですよ、勝手にしてください。六年生は私一人で見ますから。どうせ七人だけなんだし」

「まあまあ」と健吾が取りなした。

戸倉は、本人の希望通り、五年生大会に帯同させることにした。もちろん、コーチとしてできることをやってもらう前提で。

その後、土日を絡めた二泊三日の夏合宿や、秋に月見野ＳＣが主催する、六年生以下対象の「月見野杯」についても話し合った。話のなかで、健吾は広瀬の苛立ちを感じとった。戸倉とのぎくしゃくした関係からも薄々わかった。息子がキャプテンである六年生チームをなんとかしたいという焦りの表れかもしれなかった。

「健さん、お疲れ」

自治会館をあとにする際、林に肩を叩かれ、いつものように飲みに誘われた。「今日はこれで」と断ると、「最近付き合い悪いんじゃない」と言われた。

「明日、五年生の大会ですから」

健吾が言うと、「四年生よろしくね」とツカさんの声がした。

コーチの多くは近くにある居酒屋へ向かった。めずらしく戸倉もそのグループに加わっていた。

帰り道、会議で正式にコーチに承認されたことを携帯電話で翔太に伝えた。翔太は疲れているのか、寝起きだったのか、どこか反応が鈍かった。

明日の五年生の試合への帯同について頼むと、「問題ないです」と細い声が返ってきた。集合時間などを伝えたあと、会議の席で平日の夕方の練習が話題になったことを話した。ツカさんから出た意見も伝えたが、翔太は「やりますよ」と意欲を見せた。

「まあ、その件はまた明日にでも話そう。じゃあ、おやすみ」

そう言って、健吾は通話を切った。

とにかくクラブ再生への第一歩は踏み出せた気がして、健吾はほっとした。夜道を歩きながら、空を見上げると、雲はなく、星が見える。どうやら明日は晴れそうだ。


十一人制の五年生大会は三チームでのリーグ戦を行い、各リーグ一位のチームが決勝トーナメントに進出できる。月見野ＳＣは五年生八人、言わば助っ人の四年生五人を合わせ、十三人で試合に臨んだ。五年生は、六年生と同じく練習試合でも負け試合が続いている。今大会も厳しい戦いが予想された。

四年生の五人については、ツカさんから事前にポジションや特徴を聞いていたが、健吾が直接担当していない学年であり、上の学年の試合でだれがどれだけやれるのか、正直わからなかった。ただ、子供同士は中学年グループで一緒だった時期もあり、お互いを知っている。その点はプラスに考えられる。

ツカさんからは、「ベンチで試合を観《み》るだけでも経験になるから、五人行かせるので、あとは任せる」と言われていた。

試合会場である小学校のグラウンドで子供たちを集めたとき、健吾は意外なことに気づいた。五年生だけでなく、四年生の子供たちまでもが、やけに翔太になついているのだ。健吾は、佐々木コーチの息子の雅也ら何人かしか顔と名前が一致せず、その点は驚きだった。聞けば、今日呼ばれた四年生のほとんどが、翔太との放課後のサッカーによく顔を見せる連中だという。

試しに第一試合の先発メンバーの組み方を翔太に相談したところ、すらすらと名前やあだ名を口にし、持参したホワイトボードに青色の磁石を並べていく。

「なるほど、そうくるか……」

健吾は口元をゆるませた。

「ええ、僕としては、五年生のリクトやカイトでしっかり守るのもアリかと思います。彼らは上の学年の試合だと中盤をやってますけどね」

「ワントップは四年生か」

「マサは四年生チームではセンターバックです。でもそれはチーム事情によるところが大きい気がします。四年生キーパーのゴールキックが飛ばないので、キック力のあるマサが任せられているんでしょう。でも、マサは放課後のサッカーでけっこうゴールを決めてます。本人も本当は前をやりたいんじゃないかと」

「なるほどね」

健吾は組んでいた腕をほどき、ホワイトボードをもう一度見つめた。それぞれのポジションには、翔太なりの狙いがありそうだ。

横から戸倉がのぞき込んでいた。

試合前のアップのあと、青と白の縦縞《たてじま》のユニフォームに着替えた子供たちをベンチ前に集め、健吾はこの大会に臨むにあたって短く話をした。五年生大会であるけれども、四年生が加わってひとつのチームとして戦うこと。今日は蒸し暑いけれど、二試合ともどんな展開になっても最後まであきらめないこと。そして全員がチャレンジすること。

「いいね？」

健吾の問いかけに、五年生だけが「はい！」と返事をした。

「いいね？」

もう一度言うと、全員の声がひとつになった。

「それじゃあ、正式に月見野ＳＣのコーチになった翔太コーチから、先発メンバーを発表してもらおう」

健吾が目配せをし、翔太が一歩前に出た。

子供たちの顔はどれもにこにこしている。

「では、先発メンバーを発表します」

翔太の言葉に耳を澄ました十三人からは、驚きや戸惑いの声が漏れた。五年生は全員先発メンバーに入ったものの、ポジションはかなり変わったからだ。

五年生でポジションが後ろに下がった子の表情は冴《さ》えなかった。反対に、ワントップに抜擢《ばってき》された雅也は「マジかよ」を連発しているが、どう見ても顔はうれしそうだ。

「なにか質問は？」と翔太が尋ねた。

「僕とカイトで守るってことですね」

黄色のキャプテンマークを右腕に巻いたリクトが言った。伸びすぎた芝生のような前髪の奥の瞳は、しっかりと見開かれている。

「この大会、君たちはどうしたい？」

「勝ちたいです」とリクトは答えた。

「じゃあ、どうすればいい？」

翔太は答えるのではなく、静かに問いかけた。

リクトは唇を引き締め、顎を引くようにした。

「守るだけじゃなく、……攻める？」

言ったのは、同じ髪型、同じ顔をしているが、性格はひょうきんな双子のカイトだ。唇の下に、おそらくそれが兄弟を判別するもっともわかりやすい印になる、少し大きめの黒子《ほくろ》がある。

「自分たちでも考えてみようよ」

翔太は明るい声でうながした。

「いいか？」

健吾が声をかけた。「相手チームは十五人の選手が登録されてる。すべて五年生だ。その相手にどうやって立ち向かえばいいのか、コーチたちが考えたのが、この布陣というわけだ。さっき言ったように、チャレンジしようぜ。コーチたちも勝ちたいのは一緒。でも、グラウンドでプレーするのは、おまえたちだ」

リクトが「はい」と返事をした。


第一試合、試合開始のホイッスルが鳴った。

前半、月見野SCは押し込まれる場面も多かったが、六年生の試合を経験しているリクトやカイト、それに長身のスグルが中心になって、懸命にゴール前を守った。放たれてしまったシュートは、キーパーのケンタが落ち着いてセーブした。

そしてチャンスと見るや、カイトがドリブルで果敢に前へボールを運んだ。そのスペースをリクトがしっかりカバーした。

前半はチャンスこそ数えるほどだったが、多くのピンチをしっかり凌《しの》いだ。

——ハーフタイム。

健吾は翔太にまず話をさせた。

翔太は子供たちにじゅうぶん給水をさせ、落ち着かせてから、試合の状況を説明した。子供たちは静かに聞き入っている。このコーチの話をしっかり聞けば、もしかしたら自分たちは勝てるかもしれない。そんな目付きで翔太を見ている気がした。

「後半、最初の五分を集中しよう。そうすれば、試合終了の笛が鳴るまであと十五分。とくに最後の五分、もう一度集中だ。いい選手というのはね、試合終了間際にこそ力を発揮するよ。今日は大会だから勝つことも大事だけど、負けないことも大事だと思う。サッカーはバランスが大事。みんなで攻めも守りもがんばろう」

翔太は意識的にゆっくりしゃべっているようだ。

「わかってると思うけど、ただ蹴っちゃうのはナシだぞ。わけもわからず蹴るんじゃなくて、顔を上げてパスをつなごう。短いパスだけじゃなく、長いのも狙えよ。行けるときはドリブルを使え。自分でしっかり判断しよう」

健吾がいつも使う言葉をかけ、選手たちをピッチに送り出した。

後半、月見野ＳＣが攻撃で何度かよい形をつくった。すると相手ベンチからコーチの声が飛んだ。

「おい、向こうは四年が入ってるチームなんだぞ。なにやってんだ！」。声には苛立ちが滲んでいた。

「ふん」と健吾が鼻を鳴らす。

「サッカーに学年や年齢なんて関係ないんですけどね」と言って、翔太が隣で笑った。

つられて笑ったけれど、健吾はどきりとした。自分自身、どうしても学年で子供を括りがちな気がしたからだ。

後半の途中で四年生の選手を二人交代させ、全員を出場させた。最後にピッチに立たせた四年生は、ほかの子と比べてスキルが低く、冷や冷やさせられたが、試合は膠着《こうちゃく》状態のまま後半の二十分が過ぎ、結局両チーム共にノーゴールの引き分けに終わった。

試合後、対戦したチームが健吾らのいるベンチ前に整列した。勝つことを求められていたせいか、全員しょんぼりしていた。

相手ベンチへの挨拶から月見野イレブンが帰ってきた。

「ナイスゲーム！　ナイスゲーム！」

めずらしくベンチに入った戸倉が、選手たちを拍手で迎えた。

試合中、戸倉は膝の上にノートを開き、熱心にメモをとっていた。欧州のプロサッカー観戦を趣味としているらしいが、どうやらサッカーの試合を観ること自体が好きなようだ。試合中に声を上げるわけではなく、時折ぶつぶつ言ってはいるものの、その点は好感が持てた。

応援に駆けつけた保護者たちからも、あたたかな声や拍手が送られた。

翔太が言ったように、子供たちは負けなかった。そのせいか、勝てなかったものの、キーパーのケンタをはじめ、守備で奮闘した五年生たちの表情にはいつになく明るさがある。汗だらけのリクトが紅潮させた頰をめずらしくゆるませているのを見て、あらためて負けないことの大切さを感じた。

対戦したチームのコーチとの話し合いにより、次の試合の審判は、月見野ＳＣが主審と第四審判を受け持つことになった。

「主審は僕がやりますよ」と翔太が言った。

「第四審判なら、私が」

戸倉がそう言ってくれたので、二人に任せることにした。

次の試合に出場するチームがやって来たので、慌ただしくベンチを明け渡し、子供たちと体育館の近くにあるクスノキがつくった木陰に移動をした。

各自の体調を確認し、ひと息ついた頃合いを見て、健吾は試合の感想を尋ねた。概《おおむ》ね、前向きな意見が多かったが、多くの子は終わった試合のことよりも、次の試合を気にしている様子だ。「次勝てば決勝トーナメントですか？」とか、「ポジションどうなりますか？」などと声が上がる。

そんななか、リクトはキャプテンらしく、試合を振り返ってみせた。はじめてセンターバックをやって戸惑うところもあったけれど、守備の大切さと一緒に、そのおもしろさを感じたと話した。

カイトはもっとチームの全員が走らなければ勝てないと悔しそうだ。四年生ながら慣れないトップを任された雅也は、よくボールを追っていたが、シュートを決めることはできなかった。でもはじめてのポジションがおもしろかったらしい。

「負けなかったから、次に勝てば決勝トーナメント進出の可能性はもちろんあるよ」

健吾が言うと、「よっしゃー」とスグルが声を上げた。いつになく子供たちの顔は明るく、モチベーションが高そうだ。

「じゃあ、ポジションはどうするかな」

健吾が言うと、第一試合と同じ布陣を多くの子が望んだ。その反応からも、各自がそれなりの手応えを感じている様子だ。

二試合時間が空くので、少し早めの昼ご飯を食べるよう子供たちに伝え、健吾はグラウンドへ目を向けた。

第二試合はすでに始まっていた。スコアはわからないが、審判服を着用した翔太は軽やかにステップを踏みながら、ゲームをコントロールしている。健吾は今になって、翔太との出会いは、自分にとっても、クラブにとっても幸運だったと思わずにはいられなかった。

六年生の練習を広瀬に任せ、こうして試合後のミーティングに専念できるのは、翔太のおかげと言えた。

買い被《かぶ》りすぎるつもりはないが、第一試合、チームが結果を残せたのも、翔太の子供を見る目の確かさと、サッカーの戦術眼に助けられた。大胆なポジションの変更にも、子供たちが抗わなかったのは、すでに翔太がコーチとして、彼らから認められている証拠だ。それはコーチとして素晴らしい手腕であり、資質である気がした。

今期を最後と決めた健吾としては、翔太を指導者として育て、言ってみれば自分の後継者になってくれればと思い始めていた。もちろん、焦ってはいけない。しかしそれほど時間に余裕があるわけでもない。どこまで翔太が応えてくれるか、楽しみでしかたなかった。

ただ、そんな翔太も今はアルバイト暮らしに甘んじている。その理由がよくわからない。翔太はこれまでどんな人生を送ってきたのか、気になってもいた。グラウンドの一歩外に出れば、自分も職業的には危うい立場にあるせいか、翔太には早く安定した職を得てほしかった。

「あれれっ?」

サンドイッチをぱくつきながら試合を見ていたカイトがおかしな声を上げた。

笛が鳴ったあと、ゲームがなかなか再開されずにいる。翔太はと見れば、タッチラインを挟んで副審と何事か話している。中年の太り気味の男は、前の試合中、ベンチで大声を上げていたコーチだ。フラッグを脇の下に挟んで、両手を膝に置いたままうつむいている。

その副審の元を離れた翔太は、今度は反対側のタッチラインに向かって走ってきた。どうやら試合の途中で、なにかしらのアクシデントが副審の身に起きてしまったようだ。

翔太は、パイプ椅子に腰かけている第四審判の戸倉に話しかけている。同じく黒の審判服を身につけた戸倉は立ち上がり、自分の身なりをたしかめてから、あたふたと反対側のタッチラインに急いだ。何度も振り返る戸倉の表情までは確認できなかったが、かなり慌てていた。

「あの審判、足が痛いみたいだね」とカイトが言った。「続けるの、無理なんじゃない」

「コーチ、こういう場合、どうなるんですか?」

スグルが質問した。

健吾は説明する前に「まずいな……」とつぶやいた。

第四審判の役割のなかに、審判としてのリザーブがある。主審、あるいは副審がその職務を執行不可能になった場合、第四審判――つまりこの試合の場合、戸倉が、主審か副審を務めねばならない。

反対側のタッチラインに到着した戸倉が、膝に手を置いた男から、フラッグを受け取った。太り気味の男は何度も頭を下げ、足を引きながらピッチから離れていった。

主審の翔太が、対角線式審判法の原則に則った位置につき、笛を吹き、試合を再開した。

「俊作君のお父さんがやるみたいだね」とカイトが言った。

「ちょっと行ってくる」

健吾は子供たちに声をかけた。

とはいえ、試合は公式戦であり、審判服を着用していない健吾が戸倉と代わるわけにはいかない。近くにいけば、余計なプレッシャーを与えるかもしれず、離れた場所から見守るしかなかった。

急遽《きゅうきょ》副審をやることになった戸倉は、最初にボールがタッチラインを割った際、フラッグを上げたのはいいが、どちらのチームのボールか判断を下せなかった。翔太が右手でチームサイドを示すと、それに倣ってフラッグを横に向けた。完全に混乱している様子だ。

旗の持ち方からしてぎこちない副審は、その後も不安定なジャッジに終始した。そのたびに翔太が判断を下し、あるいは修正した。

「だいじょぶかよ、あのラインズマン」

近くにいた年配の男が言った。

副審をかつてはラインズマンとか、線審と呼んだ時代があった。

完全な〝もどりオフサイド〟のシーンでは戸倉の旗が上がらず、ベンチから「オフサイドだろ！」とコーチが怒鳴る場面もあった。

翔太は即座に笛を吹き、「オフサーイ！」と声をかけ、右手で宙を掻く〝もどりオフサイド〟のジェスチャーをした。翔太の落ち着いた対応がベンチを黙らせた。

途中、タッチライン沿いの戸倉に近づき、何事か声をかけ、親指を立てる仕草をした。

オフサイドではない場面で戸倉の旗が誤って上がると、翔太は右手でオイデオイデをするようにして、戸倉に旗を下げさせた。翔太は主審だけでなく、グラウンドの半面の副審まで務めているかっこうだ。

それでも翔太はグラウンドの子供たちと一緒に走りながら、時折笑みを浮かべている。笛の音を必要以上に尖《とが》らせず、ファウルしたプレーヤーには相手に声をかけさせ、ゲームを落ち着かせた。

試合は途中からワンサイドゲームの色合いが濃くなったせいか、緊迫した雰囲気は次第に薄れていく。しかし戸倉に公式戦の審判をやる技量がないのは明らかで、それを許した自分の判断ミスだったと健吾は反省した。

試合後、審判の務めを終えた二人がチームに合流した。翔太は、副審の足が攣《つ》ったのはアップを怠ったせいでしょうと話し、何事もなかったように審判服を着替え始めた。

戸倉はさすがに意気消沈した様子で口数が少なかった。

リーグ戦の二試合目、月見野SCは前の試合とほぼ同じ布陣で臨み、1対0で勝利した。ゴールを決めたのは四年生の佐々木雅也。ドリブルで上がったリクトのミドルシュートをキーパーがはじいたところを、走り込んだ雅也が詰め、ゴールに流し込んだ。その一点を守りきり完封勝利を果たした。

しかし残念ながら得失点差により、決勝トーナメント進出とはならなかった。キャプテンのリクトはとても悔しがっていた。五年生が八人しかいないなか、以前の戦い振りからすれば、かなりの善戦といえたが、そのことは敢《あ》えて口にしなかった。チーム事情を言い訳にしたところで、どうなるわけでもない。

「今日負けなかったことは、次にきっとつながる」

健吾は子供たちに前を向かせる言葉を贈った。

試合会場から学校にもどって、チームは解散となった。

校門で子供たちを見送ったあと、軽く食事でもどうですか、と元気のない戸倉に声をかけた。名目は五年生大会の残念会。

「いいですね」と翔太が乗ってきた。

午後六時半に自治会館近くにある居酒屋集合で話をまとめた。

六年生の練習を任せた広瀬には電話で試合の結果を伝えた。今日の練習は達樹と敦也が休んだという。「五人じゃ、ミニゲームもできませんよ」と嘆き、気乗りしないのか、「今夜は遠慮しときます」と広瀬には断られた。ツカさんには試合結果をメールしておいた。

「それじゃあ、お疲れさまでした」

健吾が汗をかいたジョッキを持ち上げ、三人で乾杯した。健吾と戸倉は生ビール、翔太はウーロン茶。

「暑かったですね、今日は」

翔太が赤く日焼けした頬で笑った。

「これで梅雨も明けるのかな」

健吾は家でも水分を控えてきたので、ビールがひどくうまく感じた。

「まあ、残念ながら決勝トーナメントには進めなかったけど、なんていうか、チームの新しい一面が見えた気がするよ。可能性というかさ。五年と四年の混合チームとしては、よくがんばった」

「お互いに相乗効果があるんじゃないですかね」

「あるね」

健吾は言い切った。「六年生の大会ではあまりパッとしなかった、リクトやカイトの成長を感じたよ」

「へえー、それはよかった」

翔太がくだけた調子で相づちを打った。

さっきから二人だけで話をしていた。

戸倉を見れば、ジョッキを右手で握りしめたまま、虚《うつ》ろな目をテーブルの一点に落としている。

「戸倉さんも日に焼けましたね」

翔太の声にはっとして戸倉が顔を上げた。

「たしかに、収穫のある試合ができた。そう思いません？」

「あのー、その話の前に、今日は本当にご迷惑をおかけしました」

戸倉はからだを縮こませるようにして頭を下げた。「急遽副審をやることになって、思い知りました。コーチという仕事が、どれだけ幅が広く、精神的にタフでなければ務まらないのか。というか、私はまだコーチとは言えない。正直、甘く見てました。ほんとにすいません」

「そんな……」

翔太は言葉を詰まらせた。

「情けないですよ。役に立つどころか、迷惑をかけてる」

「だから、これからですよ」

健吾が励ました。「ホームページだってやってもらうんだし、今日だって、戸倉さんがいてくれて助かった場面もあった」

「いえ……」

と戸倉は首を横に振る。「このままじゃ駄目です。家では俊作にえらそうなこと言ってるくせに、自分では努力してない。このままじゃ、私自身が許せないんです」

「だから……」

「わかったんですよ。コーチをやるのであれば、もっと本気にならなきゃいけないって。勉強しないと駄目なんだって」

戸倉は顔を上げ、口元をゆるめた。

健吾はその笑みの意味を飲み込めず、翔太の横顔をちらりと見た。

「救われましたよ、あの言葉には」

「え？」

「私が副審をやってるとき、翔太コーチが試合中に声をかけてくれたんです。オフサイドを見逃して、ベンチから非難の声が上がって、頭が真っ白になったときです。『戸倉さん、楽しみましょうよ』って」

戸倉は健吾に向かって言った。「でもね、正直私には楽しめませんでした。それは私に審判としての基本的なスキルが足りないからです。勉強不足だったし、熱心に取り組んでこなかった。言ってみれば、どこかでなめてたんです」

話の途中で料理の皿がいくつか運ばれてきた。でも、だれも箸をつけない。

「そうですか。でもそれは、おれにも欠けてる部分かもしれないな」

健吾はうなずいた。「審判だけじゃなく、コーチをやっているときも同じだよね。楽しむ、という姿勢を忘れていた気がする。というか、日頃から、そう心がけるべきなんだろうね」

「すごいことですよ。試合中、あの緊張のなかで、迷惑ばかりかけてる私に声をかけ、笑顔で言うんですから。私が何度ミスをしても、親指を立てて笑ってるんですから」

戸倉の小さな目が潤んでいた。

「たしかに、翔太はたいしたもんだ」

健吾は誇らしかった。

「またぁ」

翔太は照れながら、「いただきます」と言って大根サラダに箸をのばした。

「なるほどな、そうなんだよね。子供のサッカーでも同じことが言える。基本的なスキルがない子に、いくら求めても難しい。楽しむ姿勢を失わせてはいけない」

「そうですよね。でもね、そういう気づきが、子供にも必要なのかもしれないって、今日思いました」

戸倉は言うと、生ビールのジョッキをようやく傾けた。

「気づき、ですか？」

「ええ、いつもとちがう立場に立って自分を再確認する、みたいな」

「それって、リクトやカイトも同じだったかもしれませんね。いつもとちがうポジションについて、今までしたことのないサッカーを経験した」

「ああ、たしかに」

戸倉は頬をゆるませた。

「ところで戸倉さん、ベンチでノートにメモを取ってましたよね」

翔太が尋ねた。「あれは？」

「ああ、僕なりにスタッツをつけてたんです。いわゆる選手やチームの成績というのかな。成功したパスの数とか、シュートの数なんかを、できる範囲で記録してたんです」

「やっぱり」と翔太はうなずいた。

「ビデオで撮影すれば、より分析できるんですけどね」

「なるほどね」

健吾はポケットのケータイが震えたので、取り出して着信したメールを開いた。ツカさんからの返信かと思ったがそうではなかった。読み終えると、メールを表示したままケータイをテーブルの上に置いた。

「だれからですか？」

「読んでいいんですか？」

健吾がうなずくと、二人は身を乗り出すようにした。

〝本日はお疲れさまでした。雅也から話を聞きました。上の学年でゴールを決めさせていただき、本人はとても喜んでいました。きっと自信になると思います。四年生も全員出場したそうで、とても楽しかったと言ってます。ありがとうございました。　佐々木〟

「今日の試合のこと、ちゃんとお父さんに話したんだね」

「いいな、こういうの」と翔太が言った。

「こういうのって？」

「子供の頃、けっこう苦い思い出があるんで」

「サッカーで？」

「自分にはひとつ上の兄がいて、同じクラブに所属してたんです。兄に憧れてサッカーを始めたようなもんですから。常に目標は、ひとつ学年が上の兄でした」

「お兄さんもサッカーうまかったんだ」

「ええ」と翔太はうなずいた。「あるとき僕が上の学年の試合に呼ばれて、兄と一緒に試合に出たんです。そのときはすごくうれしかった」

「ポジションは？」

「兄も僕もフォワードでした」

「じゃあ、ツートップを組んだってわけだ」と戸倉が言った。

「そうですね、最初は。でも、だんだん一緒に試合に出られなくなりました。出られなくなったのは僕ではなく、兄のほうです。僕は兄を追い抜いたと喜びました。兄はたぶんそのことがひどくショックだったんだと思います。冷静に考えてみれば、僕と兄にたいした差はなかった。僕から見れば、兄のほうができることもあった。たまたまその頃、僕のほうがゴールという結果を出せていた。と言っても、そのゴールのチャンスの多くは、チームメイトが用意してくれたものでした。兄はちょうど成長期に入った頃で、身長もグンと伸びて、からだのバランスを崩していたようです。もしかしたら、心のバランスも……」

翔太はウーロン茶のジョッキに手をのばした。

「そりゃあ兄さんとしては、辛《つら》いとこだよね」

「それで？」

健吾は静かに尋ねた。

「性格的に温厚だった兄は、僕におかしな態度はとりませんでした。感情を表に出すタイプではなかったので、僕も当時は兄の気持ちがわかりませんでした。でもやっぱり、ベンチに座っている兄は寂しそうでした。僕と比べられるのが苦痛で、家族とあまり口を利かなくなりました。だんだん、おれはいいから、おまえはがんばれって感じになっちゃって。

中学に上がる際、兄は周囲から勧められたクラブチームのセレクションを受けませんでした。中学校のサッカー部に入部はしたんですが、一年も経《た》たずにサッカーから離れていきました」

翔太は淡々と語った。親や兄弟の話を自分からしたのは、はじめてだった。時折、なにかに耐えるように、唇を嚙《か》んだ。

「そのチームの指導者だけど、もう少しやりようがなかったのかな」

健吾はコーチの立場から言った。

「そう思いますか？」

「ああ、思うね」

「チームの監督は、父だったんです」

翔太は言うと、感情を紛らすように笑おうとした。が、うまくはいかなかったようだ。

「お父さんコーチか……」

「父は、兄を試合に出さないことで、覇気のない兄を発奮させたかったんでしょう。でも、そのやり方はうまくいかなかった」

翔太の顔から表情が消えた。

「難しいんだよね、お父さんコーチって」

戸倉が苦笑いを浮かべた。

「だから今日、五年生も四年生も全員が試合に出られて、僕としてはすごくいいなって思いました。そういうことが普通にできるチームって、いいですよ。同じ時間は無理でも、チャンスはすべての子に与えられるべきです。子供たちがサッカーをやるのは、リフティングがうまくなるためじゃない。そもそもサッカーといえば、ゲームなんですから」

「そうだよな」

健吾はうなずいた。

「そうか、そういう考え方もあるんですね」

戸倉は表情をゆるめた。

「健さん」

翔太が不意に名前を呼んだ。

「ん？」

「僕らコーチにとって、一番大切なことってなんですかね？」

「一番大切なこと……」

健吾は少し考えてから、口を開いた。「そういう基本的な考え方だよね。コーチが共有すべき、大袈裟に言えば哲学っていうのかな。おれ自身は、サッカーの楽しさを教えるというより、楽しさを感じる機会を与えることじゃないかと思ってる。自分で楽しいと実感できるチャンスをね。でも、それができているかどうかは、正直自信がない」

翔太は微笑むと、ゆっくりうなずいた。

戸倉が早々に酔いつぶれてしまったあと、健吾は今後の月見野ＳＣのあり方について翔太と話し合った。翔太の目には、サッカーの環境は、自分が小学生の頃とそれほど変わっていない印象が強いようだ。たしかに、未《いま》だスポーツの世界で体罰の是非が論じられるこの国には、根本的になにかが足りない。

翔太が具体的な心配を口にしたのは、六年生についてだった。最高学年である彼らは人数も少なく、試合に勝てず、自信をなくしている。そんな状況で結果ばかりを大人が求めては、サッカーの楽しささえも見失ってしまう気がすると翔太は言った。

六年生は今年がクラブで過ごす最後の年だけに、サッカーを続けたい、という気持ちを持たせ、卒団を迎えさせてやりたい。そのためにはどんなサッカーの時間を過ごさせるべきなのか、指導者としての抽出《ひきだ》しが試される。

「それと、個人的には、涼太のことが心配ですね」

翔太はぽつりと言った。

四、五、六年生対象の二泊三日の夏合宿が迫るなか、翔太は参加するか迷っていた。月見野SCの場合、コーチであっても費用がかかる。若い翔太については、健吾がクラブでの負担を求めたが、今回も前例がないと却下された。ならば個人的な援助ができないか晶子と話したところ、それを察したように、翔太のほうから断りの連絡が入り、残念ながら不参加が決まった。

夏休みに入っても、翔太は平日夕方の子供たちとの練習を続けていた。晶子の話では、参加者の人数が増え、日増しに盛況になっているという。そんな翔太に対する報酬の件はいっこうに話が進まず、その場しのぎのクラブの体質をあらためて健吾は垣間見《かいまみ》た気がした。

夏合宿に帯同したコーチは、高学年グループの健吾、広瀬、戸倉、中学年グループのツカさん、佐々木、西の六名。低学年グループの林と児島は外れた。代表である林に参加をうながす声もあったが、結局見送られた。

合宿地は茨城県神栖《かみす》市。風はいくぶんあるものの幸い初日から好天に恵まれ、午前中は海辺でのレクリエーション、午後からは宿泊施設が保有する芝生のグラウンドで四、五、六年合同での練習を行った。

そして二日目は、練習試合。月見野SCと同レベルの地元チームとの交流戦を予定していた。健吾の目論見《もくろみ》としては、練習試合で善戦し、勝ちから遠ざかっている子供たちに自信を取りもどさせたかった。合宿委員長の広瀬にはその旨を伝え、マッチメイクの窓口を任せた。広瀬が宿と連絡を取り、地元チームを紹介してもらい、試合を申し込む手筈になっていた。

しかし前日になって、試合相手は同じく神栖市に滞在しているチームだと判明した。合宿直前に宿側から対戦相手の変更の打診があり、広瀬が自分の判断で了承してしまったというのだ。

チーム名を聞いた健吾は思わず訊き返した。「マリンズって、海浜マリンズ？」

「ええ、そうなんです」

広瀬はばつの悪そうな表情を浮かべた。

よりによって、どうしてマリンズなんだと、健吾は顔をしかめた。

海浜マリンズとはなにも敵対しているわけではないが、活動場所が萩塚スターズほど近くないものの、入団する可能性のある子供のエリアが重なっている。そのため、月見野ＳＣ、萩塚スターズ、海浜マリンズの三クラブは、いわばライバルクラブという側面がある。

月見野ＳＣと萩塚スターズは同じくサッカー少年団から発展したボランティアが運営する任意団体で、お互いクラブ員の減少傾向に悩んでいる。一方、法人化されたマリンズは新興のクラブながら、小中一貫指導を売りにクラブ員を飛躍的に増やしている。

月見野小学校に通いながら、マリンズに入団する子も最近増えているし、なかには月見野ＳＣから移籍する子も出てきた。その流れにはクラブの舵取《かじと》り役である林やツカさんも神経質になっている。

しかし健吾が顔をしかめた最大の理由は、なんといってもマリンズが強敵だからだ。

「マリンズって言っても、Ｂチームのほうですから」

広瀬は口元をゆるめてみせたが、そもそもＡとＢ二チームつくれる人数がいること自体驚きだ。それに相手がＢチームであるならば、なおさら負けられない試合にもなる。

対戦相手がマリンズと聞くや、ほかのコーチたちは健吾とは異なる反応を見せた。

「いいじゃないですか、マリンズ」

佐々木が言えば、「めったにないチャンスかもな」とツカさんまでがうなずいている。

月見野SCの現状のレベルでは、強豪マリンズに練習試合は申し込みにくく、公式戦で偶然当たるしか試合をする機会はない。マリンズは多くの大会でシード権を獲得していることもあり、上に勝ち進まなければ対戦できないというわけだ。

「Bチームだろうが、ありがたいよ」

そんな声さえ聞こえ、健吾はその件について広瀬を追及することは控えた。ただ、なんとなく出来すぎた話にも思えた。


試合当日、青白赤のトリコロールカラーのユニフォームの子供たちを引き連れてきたのは、二十代後半くらいの若いコーチで、鳥谷《とりたに》と名乗った。やけに丁重な態度で迎えた広瀬があいだに入り、チームの代表として健吾が挨拶を交わした。

おそらく鳥谷は高いレベルでサッカーにたずさわってきたのだろう。見るからに足の短いサッカー体型で、上背こそないが、引き締まった体軀《たいく》をしている。ここ数年でマリンズが急激に実力を付けてきた要因のひとつに、コーチスタッフの充実が挙げられる。鳥谷の日に焼けた顔に、余裕の笑みを読み取ったのは、やっかみに過ぎないかもしれないが。

マリンズの子供たちの学年は四年生から六年生で、人数もこちらと同じくらい。この合宿で試合出場の機会に恵まれていない子供たちだと鳥谷は説明した。どうやら、そういう境遇の選手にチャンスを与えるのが目的のようだ。おそらくAチームは別のグラウンドで、月見野SCとは異なるレベルのチーム相手に試合をしているのだろう。

「それじゃあ、よろしくお願いします」

簡単に練習試合のレギュレーションを決め、健吾は握手を交わした。

「彼とは面識あるの？」

ベンチのほうへ歩きながら尋ねると、「いえ」と広瀬は否定してから、「見かけたことは何度かありますけど」と言い直した。

「もしかして、涼太のスクールのコーチ？」

「ではないですけどね……」

どこか歯切れが悪かった。

鳥谷は四、五、六年混合でチームを組むと言っていたが、こちらはこちらのやり方でいくことにした。というのも、秋に六年生以下対象の月見野杯を控えている。広瀬は六年生チームでの試合にこだわってもいた。そのため月見野ＳＣは、第一試合は六年主体、第二試合は四、五年主体でチームを組む段取りになった。

ユニフォームを見て、今日の対戦相手を知った子供たちは驚きを隠さなかった。

「オーマイゴッド！」

達樹はベンチでだれかがよくするように、両手で頭を抱えた。

「なんでここまで来て、マリンズとやるわけ？」

俊作は冷めた口調で、もっともな感想をもらした。

「おまえたち、マリンズってどうよ？」

わざと軽い調子で健吾は口を挟んだ。

「どうって、強いに決まってるじゃないですか」

背番号10を着けている康生がつまらなそうに言った。

「六年生は対戦したことあるよな？」

「ありますよ、四年のとき」

「どうだった？」

康生は答えず、子供たちは顔を見合わせた。

「負けました」

はっきり口にしたのは、涼太だった。

「スコアは？」

「それは聞かないでくださいよ」

達樹がおどけたが、だれも笑わない。

どうやら完敗だったようだ。

リクトとカイトは、マリンズの様子を静かにうかがっている。

「五年生は？」

「やったことないですけど……」

どこか自信なげにスグルが答えた。

今回は練習試合であるのに、いつもとは雰囲気がちがう。おそらく彼らにとってマリンズは、特別なチームなのだろう。

「大物喰《ジャイアントキリング》いのチャンス」という言葉がコーチの口から出たのは、明らかにマリンズが格上の存在と見なしてのことだ。

しかし健吾はそういう情報も、相手がBチームであることも強調しなかった。なぜなら、始まったマリンズのウォーミングアップを見ただけで、厳しい戦いになると、だれもが予想できたからだ。整列し、声を合わせて行われるブラジル体操に子供たちは目を奪われていた。

試合開始の午前九時半、すでに汗ばむほど日差しは強くなり、近くに日陰は見当たらなくなった。熱中症を防ぐために水分補給をじゅうぶんにさせてから、緑の芝生のピッチに十一人の先発メンバーを健吾は送り出した。

「立ち上がり集中だぞ！」

広瀬が大きな声をかけた。

主審の笛が鳴り、月見野ＳＣのキックオフで試合は始まった。

しかし、笛が鳴って三分も経たないうちに、センターサークル付近でボールを奪われ、ショートカウンターからあっけなく先取点を奪われてしまう。ゴール前への敵のスルーパスをセンターバックとサイドバックがお見合いするミスも重なり、すばしっこいフォワードにシュートをゴール右隅に流し込まれた。

またしても悪い癖が出た。ゲームの入り方があいかわらずよくない。

「なにやってんだ、達樹、俊作！」

広瀬は叫んだあと、いつものようにベンチで頭を抱えた。

達樹は唇をとがらせてぶつぶつ言い、俊作は黙ってうつむいた。

ベンチには健吾と広瀬、それに控えの五年生の選手が座っていた。今回、戸倉には試合のビデオ撮影を頼んでいる。

広瀬は苛立ちを隠せず、反射的に声を上げては選手の名前を呼んだ。もともと熱くなるタイプのようだが、その度合いが、明らかに以前より増している気がした。フラストレーションを溜《た》めている様子で、足を置く位置がさかんに変わる。

健吾は腕を組み、目深にかぶった帽子のつばの陰から、緑の色濃いピッチを見つめた。特に気にかけたのは、選手同士の距離感。なかでも前線で孤立している、右腕にキャプテンマークを巻いた涼太に注目した。

「個人的には、涼太が心配ですね」という、翔太の言葉を思いだしていた。

六年生チームのツートップは、これまで涼太と敦也でほぼ固定されてきた。しかし二人の連係は今ひとつだ。チームのポジションは基本的には子供の希望を聞き、そのポジションで試しつつ決まってきた。ただ、人気のないポジションというのはどうしても出てきてしまい、センターバックとキーパーについては健吾のほうで指名した。といっても、それが必ずしもチームにとってベストチョイスだとは思っていない。人数が足りないせいもあり、キーパーは五年生頼みになってもいる。

涼太はマークを外すためか、さっきから右サイドに大きく開いている。敵のマークを外したいのはわかるが、これではフォワード同士の距離が離れすぎていて、連係するプレーは望めそうもない。

フォワードは自力でゴールを決めるもの。そんな勘違いをしているのだろうか。自分のゴールにこだわるあまりに、味方を活かすことも、活かされることも忘れてしまっているかのようだ。涼太はまちがいなくチームの中心選手なのだが、最近は壁にぶつかっている印象が強い。もっともパスの多くは、フォワードの手前でことごとくカットされてしまう。失点した際のカウンターもそのパターンからだった。

　マリンズは奪ったボールを中盤の背の高い14番の選手に集め、そこからパスサッカーを展開してくる。短いパスが小気味よくつながり、ゴールへと迫ってくる。Ｂチームの選手というが、時折はっとさせられる連係プレーを見せた。小学生とはいえ、ちゃんとサッカーになっている。

　試合早々の失点に気落ちしたのか、月見野ＳＣのディフェンスラインはずるずると下がってしまい、いつものことではあるが黙ったままプレーを続けている。そのため、いっこうに修正ができない。キーパーのケンタや、この日は中盤の両サイドでプレーしているリクトやカイトも、上級生に対してどこか遠慮がちで精彩を欠いた。マリンズという名前に呑《の》まれてしまった観すらある。

　それでも何度か涼太にボールがつながり、チャンスが生まれた。しかしボールを奪われるまでドリブルでゴールに突き進むプレーで、あえなく潰してしまう。

「いいぞ、いいぞ、積極的に自分で仕掛けろ」

　隣で大きな声が上がった。

　広瀬は、どうやら涼太のプレーを肯定的にとらえているようだ。

　たしかに、涼太の近くには敦也がいないし、彼を追い越して視野に入っていく味方選手も見当たらず、ひとりで行くしかない、そんなシチュエーションにも見えた。でもそういう状況を招いているのは、涼太のプレースタイルにも原因があるように健吾は感じていた。

　涼太がボールを持つと、チームメイトの足が止まってしまう。あとは涼太に任せればいい。そんなあきらめにも似た姿勢が味方にある気がした。そしてそのやり方がうまくいかなくても、だれもなにも言い出せない。涼太の父親である広瀬コーチが、自分で勝負に行くその選択を認めているからだ。

前半だけでかなりのシュートを打たれた。それでも二失点で収まったのは、キーパーのケンタのがんばりと、マリンズのシュートの精度が低かったおかげだ。

「今日もあっちーなぁ」

ハーフタイム、ベンチに帰って来るなり、達樹が汗だらけの顔をゆがめた。クセのある前髪が、くるりとカールしたまま汗で額に貼りついている。

「暑い？　暑いのはマリンズも同じだろ」

広瀬の声がとがった。

達樹は口を閉ざし、自分の水筒に手をのばした。

ハーフタイムは、試合の途中で選手全員に直接指示を与えられる貴重な時間であり、コーチの手腕が試される。

今年の春から、週末の練習の多くを広瀬に任せていたので、試合の采配もある程度そうするつもりでいた。今期の自分の役割は、自分がいなくてもクラブの運営がスムーズに運ぶ環境づくりであり、コーチを育てることだと健吾は強く自覚していた。

広瀬はそういう意図を察してか、自分から子供たちに前半の感想を話し始めた。達樹や俊作など一部の選手はまだ水筒やタオルを手にしていたが、前半の失点したシーンを振り返り、だれのどんなプレーに問題があったか、それぞれ明らかにした。

名指しされたのは、いずれも達樹と俊作。一点目は、集中力を欠いたお見合い。二点目は体勢を崩した達樹のヘディングでのクリアが短く、そのボールへの俊作の寄せが甘く、敵にミドルシュートを打たれた、と分析した。一歩及ばなかった俊作が、「びびっていた」と表現した。

「もっと自分のプレーに責任を持てよ」

「はーい」と達樹がどこか間の抜けた返事をした。

「俊作は？」

「あ、はい」

小さな声が、選手たちの後ろから聞こえてきた。

では、あの場面はどう対応するべきだったのか、広瀬は自分の考えを説明した。

子供たちは逃れられない日差しに顔を火照らせ、黙って聞くしかなかった。

しかし後半頭から、達樹と俊作をベンチに引っ込め、五年生二人を出場させることを決めた。

後半に向けては、戦術についてかなり細かく広瀬が話をした。ディフェンダーの四人には、最終ラインを自陣ゴールから高く保ち、なおかつ揃え、敵のフォワードにオフサイドトラップを仕掛けるように指示した。ディフェンスリーダーに指名されたのは光で、スグルら五年生のディフェンダーは、光の動きに合わせることになった。

彼らは黙って聞いていたが、納得しているかは疑問だ。

中盤の康生と元気には、敵の14番への徹底的マークを言いつけた。たしかに前半14番に自由にやらせすぎていた。「とにかくあいつをつぶせ」と広瀬は厳命した。

両サイドのリクトとカイトには、ドリブルで持ちすぎず、早めに六年生にボールを渡すことを求めた。チャンスの際は、「ゴールの可能性の高い選手にパスしろ」と言った。

その言葉は、フォワードの涼太にボールを集めることを選手たちに要求していた。

「いいか涼太、おまえはパスを受けたら迷わず勝負しろ」

「じゃあ、おれは？」

もうひとりのフォワードの敦也が自分を指差した。

その口調に健吾はあやうく笑いを漏らしそうになった。

「そうだな……」

広瀬は真剣な表情を崩さず、「まず、ポストプレー。それからダミーになってゴール前にスペースを作る。そういう動きを心がけろ」と伝えた。

「ポストプレー？」

「そうだ。前でボールを収めて、涼太に落とすんだ」

「ダミーって？」

「だから囮《おとり》だよ」

敦也は首をかしげている。

さらに広瀬は指示を送ったが、その数が多すぎて、結局話は散漫な印象を受けた。達樹があくびを嚙み殺していた。聞き役にまわった子供たちは、すでに集中を欠いてしまっている。ベンチ前はどこかしらけた雰囲気に包まれ、ハーフタイムは過ぎていった。

黒の審判服を着用したツカさん、Tシャツ姿の副審担当の佐々木と西がピッチに姿を現し、試合再開の準備を始めた。

海からの風が、子供たちの髪を同じ方向に撫《な》でつけている。日差しは強いが、風は幾分涼しかった。迷い込んだアゲハチョウが風に抗いながら、緑の芝生の上を渡って、やがて見えなくなった。

主審がゲーム再開をうながす笛を短く鳴らすと、マリンズの選手たちが先にピッチに出てきた。

「さあ、元気出していこう！」

時間もなくなったので健吾は最後に声をかけた。なぜなら、そのことを一番強く思ったからだ。

青と白の縦縞のユニフォームの十一人は、のろのろと白いラインを越えていった。

「おい」

と広瀬の声がした。振り向いた涼太を手招き、その肩を抱くようにしてベンチに背中を向け、何事か耳打ちしている。

その姿を見た健吾は小さくため息をつき、戸倉を呼んだ。

広瀬は最後に「いいな」と声をかけ、９番の背中をポンと押した。

なに食わぬ顔をして広瀬がもどってきた。

「広瀬さん、後半、ビデオの撮影をお願いします」

健吾はなるべく穏やかに言った。

「え、おれがですか？」

「申し訳ないけど、戸倉さんと交代して。場所はハーフウェーライン辺りから映してください」

広瀬は憮然《ぶぜん》とした表情を見せたが、戸倉からビデオカメラを受け取ってベンチを離れた。

「後半も、僕が撮ってもいいですけど」

「いいえ、ベンチに入ってください」

ピッチに目をやると、康生がベンチのほうをしきりに気にしていた。

「どうした?」

健吾が声をかけると、「コーチ、14番いませんけど、どうします?」と不満げに答えた。

マリンズは選手交代をしたため、ハーフタイムの広瀬の中盤への指示は無駄になってしまった。

後半、チームは盛り返すことができなかった。

押し込まれる時間帯が続き、ディフェンス陣はなんとか守ろうとするが、中盤を含めてボールを落ち着かせることができず、追加点を許した。

最終ラインは、指示された通り高い位置でオフサイドトラップを仕掛けようとしたが裏目に出た。ディフェンスラインの上げ下げがぎこちなく、敵は戦術を見破ったのか、パスではなくドリブルで突破を図り、キーパーのケンタとの一対一をしっかり決めた。声の出せない光には、どうやらディフェンスラインの統率は荷が重すぎたようだ。

ベンチに座った戸倉は、五年生大会の日と同じく膝の上にノートを広げ、熱心にメモを取っていた。感情を露《あら》わにする場面はなく、静かにゲームに目をこらしていた。

この合宿で健吾は、子供たちのある変化を感じていた。最も変わったのが、ハーフタイムに広瀬が言わば戦犯に挙げた、達樹と俊作だ。

達樹は、元々はおしゃべりだったが、ある時期から言葉数が減った。思春期ゆえという見方もできたが、それだけではない気がした。母子家庭で育った達樹は、母親同様に太っていて、すぐにあきらめてしまう性格のため、チームのお荷物的な存在だった。そのことを本人も自覚していたようだ。それがどういうわけか、ここへきてよくしゃべるようになった。開き直ったわけではあるまいが、明るさを取りもどしつつある。しかもこのところ、からだが少し締まってきたようにも見えるのだ。

俊作については、サッカーを続けること自体難しいかもしれないと感じた時期がある。引っ込み思案で、接触プレーを怖れるため、チームメイトから厳しい声を浴びせられた。おそらく戸倉がコーチになったきっかけは、そんな息子を少しでもサポートするためだろう。いじめられてはいないか、心配したのかもしれない。土曜日の練習でさえ休みがちだったのに、最近は翔太の平日練習にも毎回参加しているらしく、彼なりに動きも積極的になった。

前半の失点のシーン、お見合いをした際は、二人とも敵のスルーパスのボールを追い、あと一歩で追いつくところでもあった。二点目を決められたときは、以前の達樹なら最初から頭を出していなかったかもしれない。からだを投げ出すようにしてヘディングしたボールは、たしかに飛んではくれなかったし、俊作の寄せも敵よりわずかに遅かった。

でも、二人ともあきらめてはいなかった。

俊作を「びびっていた」と広瀬は表現したが、怖がりながらもボールに挑んでいた。少なくとも健吾には、そう見えた。それらのプレーに、彼らなりの成長を垣間見ることができた。

それから五年生のリクトとカイト。二人は敵をよく追いかけていた。その表情は、戦う顔になっている。普段はのほほんとしているスグルも身長だけでなく、足元の技術が上達した。ケンタは横っ飛びでボールに食らいつき、失点を二ゴールに抑えた。

コーチによって子供たちの見え方は変わってくる。それはある意味ではしかたないことでもある。しかし健吾としては、そういった部分は見過ごさず、認めてやりたかった。ハーフタイムの広瀬の話を聞いていて、残念ながら見ている風景がちがう気がした。視野が狭すぎる。

後半もあいかわらず敵にパスをカットされた。選手間の距離も改善されず、なかなかパスがつながらない。芝生が深く、普段よりボールが走ってくれないことに気づかない子がいる。教えることは簡単だが、気づきを待つことも必要だろうと、健吾はあえて口にしなかった。しかし貴重なハーフタイムに、ヒントくらい出すべきだったと後悔してもいた。

前線で孤立したままの涼太は、為《な》す術《すべ》もなく時間を費やしている。時折ポジションの修正を試みるが、相手ボールの際、自分ではほとんど敵を追わず、味方ボールになるのをただ待っている。持っている能力をじゅうぶん発揮しているとは言い難い。それにキャプテンとしての役目も果たせていない。

低学年の頃からキャプテンマークを腕に巻いてきた涼太は、その流れで今もキャプテンを務めているが、ここへきてその自覚があるのか、よくわからなくなる場面が増えた。

サッカーのチームでは、守備的なポジションの選手がキャプテンを担うケースが多い。たとえばセンターバックや、キーパー。後ろからチーム全体を見渡すことができるし、守備こそ組織的に機能しなければならないからだ。

フォワードである涼太は、試合中にあまり声を出すこともなく、とくに最近は独りよがりなプレーに走りやすい。自分のことで精一杯で、どこか空回りしているようにも見える。

そんな涼太の異変にいち早く気づいたのは、戸倉だ。膝の上に開いたノートから顔を上げ、「あれ？涼太君どうかしたのかな？」とつぶやいた。

注意して見ていると、左足を気にする仕草をした。傷めたのだろうか。しかしそれ以前に接触プレーはなかったはずだ。

考えられるのは、膝の下の脛骨《けいこつ》が出っ張って痛みを生じるオスグッドだ。涼太は五年生のときに発症したが、最近はよくなったと広瀬から聞いて安心していた。

後半の十分を経過したとき、健吾は決断した。

「戸倉さん、マサをここへ呼んでください」

「え？　マサって、四年生の佐々木君ですか？」

「ええ、急いで」

健吾がうなずくと、戸倉は慌ててノートを閉じ、パイプ椅子から立ち上がった。

どうやら形勢を逆転することは難しそうだ。しかし、このまま試合を終わらせたくなかった。チームを変えるためのメッセージを送り込む選択をした。

戸倉に連れられてやって来た雅也の手には、緑色のショウリョウバッタが握られていた。

「捕まえたのか？」

「うん、ここのはデカイよ」

「じゃあ、切り替えようか？」

健吾と視線を合わせた雅也は、バッタを空に放り投げるようにした。

羽ばたいたバッタは風に乗り、遠くまで飛んだ。

「いいか、今回もポジションはフォワードだ。敵のフォワードのひとりは、たぶんマサと同じ四年生だ。さあ、どっちが走れるかな？」

「おれ、負けないと思う」

「よし、その意気だ。攻めるだけじゃなく、守りのほうも頼んだぞ」

健吾はハーフウェーラインのほうへ一緒に歩いた。

「レフェリー！」

ボールがタッチラインを割ったとき、健吾がツカさんに声をかけ、選手交代の合図をした。

——だれと？

という顔でピッチの青と白の縦縞のユニフォームの選手たちが一斉に注目する。

「9番アウト」

健吾が声をかけると、選手たちは「え？」という表情を見せた。

涼太は、困惑した表情で固まった。

ツカさんにうながされ、ようやく涼太はとぼとぼベンチへ歩いてきた。右腕のキャプテンマークはだれにも渡さなかった。ベンチにはいつも声をかけてくれる父親の姿はない。

「お疲れ」と達樹が声をかけたが、涼太は無視した。

ベンチ慣れしているせいか、それなりに賑《にぎ》やかに応援している達樹や俊作と対照的に、涼太は黙って試合を見ていた。そういえば、最近の涼太は、彼らとは反対に口数が少なくなっている気がした。

健吾はあえて声をかけず、両腕を組んで戦況を見つめた。

マサはさっき逃がしたバッタのように、元気よくピッチを跳びまわっていた。


「あいつらさ、文句言ってたね」

試合後、達樹がしゃべっているのを耳にした。

「なんて？」

康生が訊くと、「『これじゃあ、練習にもならねえ』って」

達樹はなぜだかうれしそうだ。

「ひどいよね」

めずらしく俊作が怒った口調になった。

「でも、しょうがないんじゃね」

「それ、おまえが言うか？」

康生が呆れながら、達樹につっこんだ。

試合のスコアは5対0の完敗で、試合直後のチームは沈んでいた。正直、見せ場はなかった。リクトはなにも言わず汗を拭いている。カイトは両足を広げて芝生に仰向けになり、外したすね当てを顔に乗せて動かない。結果を受け入れられないでいるようにも見えた。

「ああいうサッカー、やりてえな」

ぽつりと言ったのは、元気だった。しかし声は、あきらめに似た響きを含んでいた。

「ああいうサッカーって？」

敦也が訊いたが、だれも答えようとはしなかった。

試合前に対戦相手がマリンズと知ったとき、子供たちはたしかに表情を曇らせた。月見野ＳＣの六年生に限らず、最近ではチーム名を聞いた途端、「今日は負けだ」と口にする子も少なくないという。あきらめが早いというか、子供は計算高くなっている。試合が始まりゴールを決められたら、無駄な抵抗とばかりに、無気力に失点を繰り返すチームをたびたび見かける。健吾が最も嫌う展開で、この日の試合もそういう部分が見えた。

「おまえら、負けたのにへらへらしてんなよ。悔しくないのか？」

ビデオ撮影を終え、ベンチにもどってきた広瀬が仏頂面で言った。子供たち以上にひどく落ち込んでいる様子で、自分の言葉の反応も確かめず、すぐにその場を立ち去った。

次の試合の審判は、マリンズから鳥谷、月見野ＳＣから広瀬と戸倉が担当することになった。戸倉はめずらしく「やらせてください」と自分から申し出た。試合の采配はツカさんら四年生のコーチに任せ、健吾はピッチから離れたところにあるベンチへ、涼太だけを呼んだ。

「マリンズ、強かったな」

並んで腰かけ、健吾はなにげなく切り出した。

涼太はうつむいたまま、なにも言わなかった。母親似なのだろうか、無骨な感じの広瀬とは異なり、顔は小さく、目鼻立ちはすっきりしていて、唇も薄かった。チームのなかでは女子に一番人気だと、以前達樹が教えてくれた。

「どうだった？」

健吾が訊くと、「なかなかボールにさわれませんでした」と答えた。

「それは、なぜだと思う？」

答えないので、質問を変えた。「どこか痛むのか？」

「膝がちょっと」

「オスグッド？」

涼太はコクリとうなずいた。

「練習、やり過ぎてないよな？　スクールは？」

少し間を置いて、「行ってます」とうなずく。

どこか伏し目がちな表情が気になった。

「火曜日だったよな？」

「今は月曜日も」

「じゃあ、日曜に試合があるときは、土、日、月、火とサッカーやってるのか？」

「そうです」

「それはいつから？」

「今年の、五月から」

「五月か……」

健吾はその頃の出来事を思いだした。

「オスグッドなのに、やり過ぎじゃないか？」

「でも今やらないと……」

涼太は強い意志を示すように目を細めた。

——今やらないと、どうなる？

そう尋ねようかと思ったが、ためらった。それは涼太だけの考えではない気がしたからだ。

そういえば、放課後の練習には、涼太は一度顔を見せたきり現れない、と翔太が言っていた。練習日は、翔太自身の都合によるので曜日はまちまちらしいが、今の話を聞いて無理もない気がした。

「じつはさ」

健吾は涼太をそれとなく観察しながら言った。「今日、涼太を途中で交代させたのは、足が痛そうだったからじゃない。それに気づく前に、代えると決めた。なぜだかわかるか？」

「動きが、よくなかったからですか」

涼太はうつむいたまま言った。

「それもある。でも、それだけじゃない。涼太はチームのために自分の力をじゅうぶんに発揮できていなかった。ボールに絡めていない。そうだったよな」

小さくうなずく。

「でもな、ほんとうの理由は別にある。それはコーチから見て涼太が、楽しそうに見えなかったからだ」

涼太は顔を上げ、こっちを向いた。

「おれの勘違いかな？」

涼太は視線を外したが、否定はしなかった。しゃべってはいけないと自分を戒めるように、唇の端を強く結んだ。

涼太はチームのキャプテンでありながら、ヘッドコーチである健吾にどこか心を閉ざしている。そのことは以前から気になっていた。信頼関係を築けない理由はどこにあるのか。それはもう一歩踏み込まない自分のせいかもしれないと最近になって気づいた。子供たちの輪のなかに入っていく翔太を見ていて感じたのだ。でも、理由はそれだけではない気もした。

「このチームで試合をするのは、あと半年しかない。涼太は、このチームでなにをしたい？」

「勝ちたい」とすぐに答えた。

「そうか、試合に勝ちたいか。もうずいぶん勝ってないもんな」

黙ったままうなずいた。

「どうして勝ちたい？」

「勝って……」

と口に出し、言葉に詰まった。

「勝って？」

「勝って、みんなと笑いたい」

「そうか……、そうだよな。じゃあ、どうすればいい？」

涼太はなにか言いたげな表情を浮かべたが、うつむいている。

「このチームを変えられるのは、もちろんチームの一人ひとりだけど、おまえなんじゃないかとずっと思ってきた。今日の試合を見ていて、おまえならもっとチームのために戦えるはずなのにと思ったよ。ほんとうは、もう気づいてるんじゃないか？」

健吾の言葉に、涼太は身じろぎもせず、地面を見つめていた。そして瞳から涙をぽとりと落とした。それはどこから出てきたのかと驚くくらい、唐突で大きな一粒だった。

試合が動いたのか、子供たちの喚声が風に運ばれてきた。審判服を着た戸倉が、タッチライン沿いをハーフウェーラインに向かって懸命に走っていく。どうやら、マリンズのゴールが決まったらしい。

少し遅れて、「切り替えようぜ！」という声が聞こえた。

五年生の試合ではキャプテンマークを右腕に巻いているリクトが、チームメイトに向かって叫んだのだ。

「もし」

と健吾は言った。「広瀬コーチとおれの言っていることがちがって、涼太が悩むようなことがあれば、そのときは教えてくれ。おれは、おまえの親じゃない。でもな、おまえのコーチだ。それだけは忘れるなよ」

その言葉に、涼太の首がわずかに縦に振れたように見えた。


「そりゃあ、子供たちは喜んでますよ。保護者からも、ぜひ続けてほしいって、今日も練習のあとで言われました」

発言したのは、中学年グループコーチの西。八月に入って最初の土曜日、午後七時から始まった、自治会館でのコーチ会議の席だった。

「〝夕練〟じゃなくて、〝翔練〟のことでしょ」

佐々木が頰をゆるめた。

「〝しょうれん〟?」

ぱたぱたと扇子を動かしながら、林が首をひねる。

「そうそう、最初は夕方の練習だから〝夕練〟って呼ばれてたらしいけど、今じゃ翔太コーチの練習だから、〝翔練〟って子供たちは呼んでます。お母さんたちもけっこうグラウンドに見に来てるって、かみさんから聞きました。クラブのお茶出しがなくなったのに、〝翔練〟には差し入れに来る親もいるらしくて」

「え、そうなの?」

「ね、翔太コーチ?」

西が声をかけると、翔太は「ええ、まあ」と照れくさそうに笑った。

翔太が始めたというより、彼の個人的なトレーニングに子供たちが集まるようになった平日夕方の練習は、多くの子が参加しだし、保護者のあいだでも評判になっている。予《かね》てからサッカーをやる時間を増やしてほしいという要望は強かった。それを叶《かな》えたかたちの〝翔練〟は、月見野ＳＣの再生に向けたクラブ改革の目玉になりつつある、と言っても過言ではない。

今や翔太は子供たちの人気ナンバーワン・コーチであり、他のコーチや保護者の評価も高まっている。実際、短い期間にもかかわらず、翔太の指導により、子供たちは変化を見せている。技術云々《うんぬん》だけでなく、サッカーに対する姿勢が積極的になったという声を聞く。そんな翔太の活躍は、健吾としても鼻が高かった。

とは言うものの、放課後の練習について、クラブとしては未《いま》だに学校側に許可を申請しておらず、あくまで翔太と子供たちの自主的な活動というかたちが続いている。

「まあ、子供も親も喜んでるなら、続けたらいいんじゃない」

どこか素っ気なくも聞こえる林の言葉のあと、翔太をねぎらう声や励ましの声が上がった。

「では次に、クラブのホームページの件に移ります。ご存じかと思いますが、戸倉さんのご尽力により、先月末から新たなホームページが開設されました」

クラブの再生委員会の長である健吾が話題を変えた。

「いやあ、やること早いもんな」

児島の軽い調子の声が響いた。「比べものにならないくらい、よくなったっすよ」

「ホームページも保護者の評判は上々です。なんだか、強いチームになったみたいって、冷やかされたくらいです。『夏合宿レポート』はタイムリーな記事でしたね。クラブのスケジュール管理機能も付いたので、コーチとしても助かってます」

佐々木の声は明るかった。

「さすがだね。審判のほうはまだまだ経験が必要だけど、ホームページの出来はプロ並みですよ。素晴らしいよ」

ツカさんの言葉に和やかな笑いが起きた。

「めったに誉《ほ》めない人が言うんだから、百点だね」と林がすかさず茶化した。

これまでは肩身が狭そうに座卓の一番端に座っていた戸倉だったが、この日はコーチたちの注目を集め、顔をほころばせている。グラウンド外での貢献とはいえ、月見野SCのコーチとしてはじめて認められた戸倉の姿に、健吾は目を細めた。

「じつは昨日、ホームページを通して、入会に関する問い合わせを受けました。まだ二週間足らずですが、アクセス数も順調に伸びてます」

「おおっ」というどよめきに続き、コーチたちから拍手が起こった。

「これからも、さらにホームページの充実を図ってください。それから、審判のほうもがんばって」

林の言葉に、「はい」と戸倉は笑顔で答えた。

続いて、クラブ名の改称について意見が交わされた。この件について任された児島が、改称案をいくつか挙げてみせたが、ほとんど思いつきの領域を出ておらず、笑いはとったものの、賛同は得られなかった。

「やっぱり、これだ！　っていうクラブ名じゃなきゃ、変えられないでしょ」

伝統あるクラブ名を安易に変更すべきではない、という立場の林が言った。

「たしかにね」とツカさんが認めた。

「でもね、なんだかいい感じですよね」

児島がだらしなく頬をゆるめた。

「なにが？」

「コーチ会議の雰囲気もいいし、クラブが変わるって感じじゃないっすか」

「そうね、たしかに。放課後の練習も、ホームページも、保護者は評価してると思うよ。ほら、お茶出しをやめた件なんかもね。そういう実感の積み重ねが大事ですよ」

西がすかさず同調した。

「あとは、どうしても結果だな」とツカさんが言った。

「結果って、試合に勝つってことですか？」

「それそれ」

「それこそ、クラブ再生の決定打になるでしょうね」

「それなら、月見野杯があるじゃない」

言ったのは林だ。

「上位、狙えますかね？」

児島は下心見え見えの笑顔だ。

「なんてったって、自主開催の大会だよ。そうなるように、手筈を整えましょうよ。どのチームを招待するかは、主催クラブである我々に決定権がある。対戦相手にしたって、組み合わせの抽選会をやる必要もない」

「なるほど、主催者ですもんね」

「とはいえ、長年付き合いのあるチーム、たとえば萩塚スターズなんかは、招待から外せないけどね」

「スターズあたりなら、なんとかなるでしょ」

ツカさんの強気な発言まで飛び出した。

コーチたちは月見野杯への期待と勝手な思惑を口にして、大いに盛り上がった。

全体会議での連絡周知のあと、いつものように各学年グループに分かれて話し合いを持った。高学年グループは、めずらしく広瀬が欠席。健吾と戸倉と翔太の三人で打合せをした。主な議題は十月に予定している月見野杯の招待チームについて。健吾としても自主開催のカップ戦なので、ホームグラウンドで子供たちに活躍させたかった。

招待するチームについては、前回参加してくれたチームのなかから検討したところ、四チームはあっけなく決まった。萩塚スターズ、穴川《あながわ》SC、茜台《あかねだい》ファルコンズ、FC椿山《つばきやま》。いずれも月見野SC同様に少年団時代から続いている、付き合いの古いチームだ。どのチームも近年人数が集まらず、成績は芳しくない。この四チームならば、互角に戦えるだろうと健吾は踏んだ。考えてみれば、去年もそう思って選んだチームなのだ。

ただ、去年参加して優勝をさらっていったクラブからは、他大会への出場を理由に、早々に辞退の連絡が入っていた。

「残り一チームは、最近のチーム成績を調べて、候補を絞ろう」

健吾が言うと、「僕が当たりますよ」と戸倉が手を挙げた。

その線で決まりかけたとき、翔太がめずらしく口を出した。

「どうでしょう、せっかくの自主開催ですから、子供たちの意見を聞いてみては？」

「対戦相手を選ばせるってこと？」

「ええ、自分たちの大会なわけですから」

「なるほどね」

翔太らしい意見だった。

「でも、具体的なチーム名が出てきますかね」

子供たちの性格を知る戸倉の眉毛が、八の字を描いた。

「もし対戦したいチームがあるなら、それもありなんじゃない」

健吾が意見を尊重する姿勢を示すと、「じゃあ、来週にでも聞いてみます」と翔太がうれしそうに言った。


会議のあと、夏合宿の話も聞きたいからと、林に誘われた。このところ断っていたので、健吾も逃げなかった。さっさと帰ろうとする翔太に、飲み代は自分が持つつもりで、少しだけ付き合うように耳打ちした。

自治会館近くにある居酒屋はあいにく臨時休業の札が下がっていた。

「しょうがない、『憩い』に行くか」

林が先頭に立って歩きだす。

「一軒目から、あのばあさんの店か」

「憩い」は生ビールがなく、つまみやドリンクの種類が限られているせいか、児島は少々不満げだった。その代わりと言ってはなんだが、いつも空いているので、大人数でも安心。林やツカさんの好きなカラオケもある。

「あそこ、やってますかね？」

西の心配顔に、「だいじょうぶ、コーチ会議のある日は、絶対休まない」と林が太鼓判を押した。

会議に参加したメンバー全員でぞろぞろと「憩い」へ向かった。

十六夜橋を渡るとき、ウシガエルの低い鳴き声と一緒に、川の匂いが風で運ばれてきた。長く繁った葦《あし》の枝がふれ合い、乾いた音を立てている。前を歩く翔太が、戸倉と歩道を歩きながら、なにかを探すように月見川の岸辺に視線を送っていた。その同じあたりを健吾は眺めたが、暗くてなにも見えなかった。

空を見上げたが、月は出ていなかった。


「今日はずいぶん早いじゃない」

客のだれもいない店で、茶虎のチャッピーを抱いた道代が迎えてくれた。

「大勢連れてきたから、つまみはおまかせで。若いのもいるから、腹にたまる物も頼みます。ビールは冷蔵庫から勝手に出すから」

林が声をかける。

「そうしてちょうだい」と道代は朗らかな声で答えた。

児島と翔太とで店の奥にある古めかしい冷蔵庫から瓶ビールを出しては、カウンターの前にある座敷席に運んだ。林が座布団を配り、グラスや取り皿は西と佐々木が道代から受け取って、健吾とツカさんで連結させたテーブルに並べていった。みんな場慣れしていて、すぐに宴会の準備が整った。

「あら、新顔もいるのね？」

最後に座敷に上がった翔太を見つけ、道代が声をかけた。

翔太は、かしこまって頭を下げた。

「イケメンじゃない」

道代の笑顔に、「でしょ、おれに似て」と児島が軽口で応じた。

ビールとウーロン茶で乾杯したあと、健吾が月見野杯の招待チームについて、さっきの高学年グループの打合せで決めたことを簡単に説明した。同レベルのチームを招待するのが慣例なので、異論を挟む者はいなかった。

「スターズのほうはオッケーだよ。代表の野尻さんには、今年も呼ぶって言っといたから。ほかもおそらく問題ないでしょ。残る一チームも早めに決めるべきだろうね」

林が自分のグラスにビールを注ぎ足しながら言った。「こうなったらさ、月見野杯、月見野ＳＣ優勝といきたいとこだよね」

「ホームページにバーンと成績載せれば、来年に向けて、絶好のアピールになりますよ」

児島がにやついた。

そのとき、「あっ」と戸倉が声を漏らした。

「どうかした？」

「そういえば昨日、参考にしようと思って、近隣のサッカークラブのホームページを覗《のぞ》いてたんです。そしたら、海浜マリンズのホームページに、うちとの練習試合の成績がアップされてました」

「それって、例の夏合宿の？」

「そういえば、マリンズとやったんだって。負けたのは知ってるけど、スコアどうだったの？」

林の顔が急に険しくなった。

「たしか、０－５、０－４でした」

「あちゃー」

林は薄くなった頭頂部に右手をかざした。「まさか、スコアまで書かれてるわけ？」

「ええ、○印のあとに、しっかり太字で書いてありました」

「なんだよ、それ」

児島が舌を鳴らした。

「まあ、でも事実だかんな」

ツカさんが静かに諫《いさ》めた。

「そのスコア見たら、うまい子の親は、うちじゃなくてマリンズを選ぶだろうな」

「でもいったいなんで、夏合宿でマリンズとやるはめになったの？」と林が訝《いぶか》しげに言った。

「それは、広瀬さんが……」

西がこの場にいないコーチの名を漏らした。「マリンズとやりたかったんでしょ」

「え、どういうこと？」

「ほら、秋にセレクションがあるじゃないですか」

「海浜マリンズの？」

「ええ、広瀬さんとしては、なんとしても涼太をマリンズのジュニアユースに入れたいようだから」

佐々木が声を低くして言った。

「そのことと練習試合、どう関係してくるわけ？」と健吾は尋ねた。

「あの日のマリンズのコーチ、覚えてます？」

「ああ、鳥谷さん、だっけ」

「あの人、マリンズのジュニアユースのコーチらしいんですよ。だから、アピールさせたかったんじゃないですかね、涼太に」

話の辻褄《つじつま》は合うが、健吾は半信半疑でもあった。

斜め向かいに座った翔太は黙って話を聞いていた。

「かなり落ち込んでましたよ、広瀬さん。涼太のやつ、後半の途中で交代させられちゃったでしょ」

「それは、おれが代えたから」

憮然《ぶぜん》と言葉を発した健吾に、事情を知っているのか、西も佐々木も口をつぐんだ。

「どういうこと？」

「いや、だから、広瀬さんとしては、おもしろくなかったんじゃないですかね」

「息子が交代させられたからか？」

林が煙たげな顔をした。

「ええ、しかも四年生のマサとの交代でしたからね……」

西の声が小さくなる。

今日、広瀬はグラウンドに姿を見せなかった。会議も欠席し、ここにいない。それは、そのせいではないかとさえ、健吾には思えてきた。練習に参加していた涼太は、元気がなかった。

もし広瀬が、息子のために夏合宿の対戦相手を海浜マリンズに変更したのであれば、コーチとして大いに問題がある。それに加え、自分の息子の選手交代について、根に持つようなことがあれば……。

さらに気になったのは、同じく父兄コーチである西と佐々木の態度が、どこか広瀬に同情的なことだ。

夏合宿の一件について、戸倉が翔太に説明していた。

ただ、健吾としては、広瀬はここにいないわけだし、推測でものを言いたくなかった。その話は終わりにしたかった。

雰囲気を察したのか、林が話題を月見野杯にもどした。参加予定チームを戦力分析し、どのチームを月見野SCと同じブロックに入れれば有利か、というある意味せこい話だった。

「ところで、去年は何位だったっけ？」

児島が訊《き》くと、「うちは四位、でもってその前が三位。優勝したのは、はるか昔のこと」と林が渋い顔をした。

「毎年、今年こそはって、言ってんだけどな」

ツカさんの言葉に、チームを任されてきた健吾は苦笑するしかなかった。

道代の手料理がテーブルに並んだ。肉じゃがや茄子《なす》の煮浸し、切り干し大根など、ざっかけないものを大皿に盛っただけだが、どれにも自然と箸がのびていく。瓶ビールの追加を翔太が冷蔵庫に取りに走った。

酒が入ったコーチたちは陽気になり、サッカーについて熱心に議論を交わした。試合のチーム戦術について戸倉が質問し、翔太が解説する一幕もあった。「フォアチェック」や「リトリート」といったサッカーの専門用語が飛び交うなか、翔太はひとつひとつ誠実に答えていた。

やがて酔った児島が、林とツカさんが曲選びに使っていたカラオケの端末を翔太に手渡して、なにか一曲おまえも歌えと絡み始めた。押し問答の末、翔太はカラオケの端末をしばらくいじっていたが、席を立ち、カウンターの隅でまるくなっているチャッピーのところまで退散した。すると今度は、道代に何事か話しかけられていた。それでも翔太は、彼なりに楽しんでもいるようで、健吾は安心した。

気持ちよさそうに林が演歌を一曲唸《うな》り、ツカさんがいつもの吉田拓郎で盛り上げたあと、その曲がかかった。

ゆったりとしたイントロが流れだす。

「これ、入れたのだれ？」と児島がマイクを振った。

しかし、手を挙げる者はいない。

「健さん？」

「おれじゃねえよ」

するといつの間にか、カウンターのなかの道代がマイクを握っていた。

「へー、めずらしいね」と声を上げたのは、林。

「おっ、この曲」とツカさんがまぶしそうに顔を上げた。

道代は、英語の歌詞のその曲を、少しかすれたやさしげな声で歌い上げた。

健吾にも聴き覚えのある古い歌だ。以前、この店で何度も聴いた。しかし道代が歌うのを聴くのは、はじめてだった。

哀愁漂う曲の終わりに近づくと、スナック「憩い」に拍手がわいた。店に訪れて一番の盛り上がりを見せていた。

「やっぱ、名曲だよなぁ」

林が何度もうなずいている。

「丹羽さん、よく歌ってたもんな」とツカさんが気分よさそうに言った。

「丹羽さんって？」

「こらっ！」

林が本気で児島を叱った。「丹羽さんといえば、月見野ＳＣ初代代表、丹羽嘉之さんに決まってるだろ。道代さんの旦那さんだ」

「すんません。で、その方は？」

「亡くなったの」

「そうね、去年七回忌でね、生きていれば今年七十」

「もうそんなになるんだ……」

ツカさんが氷を入れたグラスにウイスキーを注いだ。

「この曲を聴くと思い出すよな。まだ自分の息子がクラブにいた頃。夢中になって、子供たちとボールを追いかけてさ、丹羽さんも元気だった」

林がしんみりとした。

「じゃあ今の曲は、月見野ＳＣをつくった方が好きな曲だったんですね」

戸倉が赤ら顔で尋ねた。

「ああ、そうだよ。ハーモニカが得意な人でね。夕暮れのグラウンドで、この曲を子供たちにも吹いて聞かせてたくらいだ」

「へえー、もう一回聴いてみたいな」

児島が端末を手にした。

「あたしゃもういいよ。言っとくけど、今のはあたしが入れたわけじゃないからね」

道代が手を振って、めずらしく照れていた。

「健さん、知ってましたこの曲？」

「ああ、もちろんさ。おれもコーチに成り立ての頃は、丹羽さんにずいぶん世話になったから」

「たしか、映画の主題曲かなんかだよね？」

ツカさんが言うと、「そう、『ティファニーで朝食を』。オードリー・ヘップバーンが窓辺で歌うの」と道代が答え、「うちのは、アンディ・ウィリアムスの真似《まね》だったけどね」と笑った。

もう一度同じ曲がかかると、ベテランコーチの二人、ツカさんと林がマイクを握った。道代も健吾も口ずさんだ。知らない世代のはずの、西や佐々木や児島も歌い、なぜか大合唱になっていく。

翔太は猫を撫でながら、静かに聴き入っていた。

Moon river, wider than a mile
I'm crossing you in style some day
Old dream maker, you heart breaker

Wherever you're going
I'm going your way

Two drifters, off to see the world
There's such a lot of world to see
We're after the same rainbow's end
Waiting 'round the bend
My huckleberry friend
Moon river and me

リフレインが鳴り止み、曲が終わると、「いいっすね、この歌」と児島がにんまりした。

「そりゃあ、そうだ。月見野ＳＣを愛した丹羽さんが、クラブの讃歌《さんか》みたいにハーモニカで吹いてたんだから」

「なんて曲でしたっけ？」

「『ムーンリバー』」

「月の川か……」

「直訳すればな」

「歌詞の最後に、『ムーンリバー アンド ミー』ってあるでしょ。嘉之は、そこがとくに好きだったみたい。月の川と、わたし」

道代が煙草《タバコ》に火をつけながら言った。

「歌詞の意味はよくわからないけど、すげえ、いいじゃないですか」

児島が声を高くした。「そうだ、ムーンリバーでいきましょうよ」

「なにが？」

「だから、クラブの新しい名前ですって」

「へっ？」と林が鼻を鳴らした。

「月見川が流れる、月見野にある、伝統ある子供たちのためのサッカークラブ『ムーンリバー』」

「じゃあ、『ムーンリバーズ』だ」

と道代が言って、銀歯を見せて笑った。


木曜日、営業の外回りからの帰社が午後八時を過ぎてしまった。

会社の経営不振の噂《うわさ》はじわじわと広まっていて、バイヤーから質問攻めに遭い、新規の注文を取るどころではなかった。営業車を駐車場に停《と》め、キーを所定の場所にもどすと、所長の池田が一人ぽつんとデスクに残っていた。

最近、所員の一部は残業をしなくなり、定時に帰るようになった。残業手当のカットも要因のひとつだろうが、やる気をなくしているともとれた。

「すいません、遅くなりまして」

「やあ、ご苦労さん」

池田は弱々しく笑い返し、めずらしく「一杯どうかな」と誘ってきた。どうやらそのために待っていたようだ。

所員が立ち寄りそうにない、駅とは反対方向にしばらく歩いた小料理屋の暖簾《のれん》を二人でくぐった。

池田はその席で、自分は嘱託の身分であろうと会社に残るつもりでいたが、それも難しくなってきたと話した。東京営業所のトップという立場にありながら、不適切な行動があったと上層部にリークした者がいたそうだ。所長としての責任を感じているが、こういうかたちで去るのは残念だと顔を曇らせた。

「不適切な行動ですか？」

健吾は首をひねった。

「同業他社に大学時代の友人がいてね、ゴルフに行ったり、会食をしたりした。その際、何度か会社名義で領収書を切った。業界の情報収集の一環のつもりだったからね。その程度のつまらない話さ」

声は落ち着いていたが、悔しさが滲《にじ》んでいた。

「もう決まったことなんですか？」

「ああ、おそらく……」

融資元の銀行から派遣された人間に尋問のような面接を受け、嫌気が差したらしい。

「営業の現場も知らないくせによ」

肩を落とした池田は、唇をへの字にゆがめた。「でもまあ、息子は去年大学を卒業して、なんとか就職もできたんでね」

健吾は小刻みにうなずくことで同情を示した。

池田は、所長として有能だったかは別にして、やりにくい上司ではなかった。付き合いも長く、世話にもなった。そんな六十前の男の今後について気にはなったが、口には出さなかった。

池田の話では、東京営業所は名称を関東営業所に変え、エリアを拡大するものの所員は削減されるらしい。所員の選考については、新しい所長の意向を取り入れる見込みで、その所長には、現時点では北村の名前が最有力候補として挙がっているそうだ。

やはり、という思いと、果たしてあいつでうまくいくのか、という疑念が交錯した。同期の北村はセールスマンとしては優秀だが、人間関係において好き嫌いが激しく、マネジメント役としての能力は未知数だ。しかし健吾としては、北村が所長になれば、関東営業所の一員に自分を推してくれるだろうと期待もした。

「会社としては固定費の大幅な削減を目指している。営業所には正社員だけでなく、契約社員やパートを置く案まで挙がっている。経験のある即戦力は確保しておきたいところだが、要はコストパフォーマンスをより重視するやり方らしい」

そう口にした池田は、所員の具体的な名前については触れようとしなかった。

「自分は、残れますかね？」

健吾はビールグラスを握ったまま尋ねた。

「それは私が決めることじゃない。わからんな」

池田の眉根がその瞬間、狭くなった気がした。

「もし、関東営業所に残れなかった場合は？」

「どうかな。営業から外されるかもしれん。その場合、勤務先は君の通勤圏とは限らないだろう」

「そうなりますか」

ぬるくなったビールを喉の奥に流し込んだ。

「そろそろ早期退職についてつっこんだ話が出てくるはずだ。北村君は動くのがじつに早かったよ。『自分は残ります』と、早々に本社の人間に宣言したそうだ。上層部によいアピールになったんじゃないかな」

その話は初耳だった。北村も自分と同じように、気持ちは揺れているかに見えた。そういえば、最近二人で飲んでいない。

「君自身、どうしたいんだ？」

「私ですか。私はもちろん営業にこだわりたいです」

「正直に言えば、所員の君たち全員が関東営業所に残ってくれればと思う。でも、それは許されない。状況は依然厳しく、先が見えない。こんなときは、だれしもまずは自分のことになる。嫌なたとえかもしれんが、仲のよかった同僚だろうが、蹴落としてでも自分が生き残ろうとする。敵になり得る可能性のある者を排除しようとする力が加わる。私の場合、思えば所長という管理職について、自分の担当営業先を手放したのが運の尽きだったよ」

池田は急に老け込んだように背中をまるめて言った。「君も気をつけろよ」

愚痴のようにも聞こえたが、親しい者からの忠告とも受けとれた。池田がたとえに出した同僚が北村のようにも思え、背筋が寒くなった。北村と健吾の二人が同じ営業所に残る道はない、そう言われている気がした。だとすれば、自分にはどんな選択肢があり得るのか。

北村は、戦えないやつばかり残るなら、沈みゆく船にしがみつくようなものだ、自分は沈むであろう船の甲板に最後まで残るつもりはない、と話した。戦えるやつの側に、自分は含まれていると確信していたが、事はそう単純ではなさそうだ。

「いいかい、戦いに勝ち残りたいなら、だれも信じないことだ」

池田は穏やかな口調ながら、怖ろしい言葉を口にした。

それは、ふだん健吾が子供たちに口にしているのとは、真逆の言葉でもあった。


土曜日の練習前、月見野杯の大会運営委員である佐々木から、ホチキスで留められたプリントを受け取った。

「ムーンリバーズ・カップ?」

その表紙を見た健吾は、思わず訊き返した。

「ええ、今年から、それでいくことになりました。プログラム自体は、まだ試作ですけど」

佐々木は近くに寄ってきた戸倉にも手渡した。

健吾はもう一度表紙に視線を落とした。ドリブルをする子供を撮影した素人写真にかぶせるように、「ムーンリバーズ・カップ　交流大会」と大きく印字されている。

「林さんは、だいじょうぶなの?」

「コーチ会議の夜、『憩い』でカラオケになって、クラブの名前をムーンリバーズにしようって盛り上がったじゃないですか。ママさん、じゃなくて初代代表の丹羽さんの奥さんも賛成したでしょ。林さん、店を出る前になって、最後は折れたっていうか、変えるなら、さっさと変えようって言い出したんです。まあ、正式なクラブ名称の変更は先の話かもしれないけど、愛称として、まずは使うみたいです」

「愛称？」

「ほら、海外のチームであるじゃないですか」

横から戸倉が口を挟んだ。「香川の所属してたマンチェスター・ユナイテッドは、〝レッドデビルズ〟。本田のACミランは、〝ロッソ・ネロ〟とか」

「で、月見野SCは、ムーンリバーズ？」

「そうそう」

「ずいぶん大きく出たもんだな」

「いや、イメージは大切ですよ」

興奮した調子で佐々木が続けた。「月見川とムーンリバー、意味は近くても、響きがまったくちがいますから。うちの子も、『ムーンリバーズ』のほうが、絶対かっこいいって」

あの夜は、自分と翔太の飲み代を道代に預け、健吾はひとあし先に店をあとにした。自分の今後の身の振り方について不安を覚え、独りになりたくなった。その後、こんなに話がふくらんでいたとは知らなかった。クラブ名が変わるとすれば、それはクラブにとって大きなターニングポイントになるはずだ。

「絶対優勝してくださいね」

佐々木は笑顔で言うと、ほかのコーチにプリントを配りにいった。

「おはようございます」

と、そこへ翔太がやって来たので、大会のプログラムを見せた。

翔太は驚くわけでもなく、ぺらぺらとページをめくり、空白になっている対戦表に目を落として言った。「最後の一チームなんですけど、こないだ子供たちに意見を聞きました」

「なんだって?」

「ダービーマッチを望んでました」

「ダービーマッチ?」

「同じ地区にホームタウンを置いているクラブ同士の試合ってことですよね」

戸倉がすかさず解説した。

「地元のチームなら、萩塚スターズを呼ぶよ」

「でも、もう一チームありますよね」

「え?」

「海浜マリンズとやりたいって」

「えっ、マリンズ?」

健吾の代わりに、戸倉が驚きの声を上げた。

「どうしても、もう一度試合がしたいらしいんです」

翔太はにこやかに応じた。

「それって、だれが? もしかして涼太とか?」

「いえ、涼太はいませんでした。一番やりたがってたのは、達樹かな」

「達樹が?」

「それと六年では、康生と元気とか。五年ではリクトとカイト。四年のマサも」

「マサまで」

健吾は戸惑いを隠せなかった。

「ボロ負けして、よっぽど悔しかったんじゃないですか」

あくまで涼しい口調の翔太に対して、健吾と戸倉は顔を見合わせた。お互い腕を組み、真似するように顎を沈めた。

「そりゃあ、そうですよね。同じ小学生ですから、悔しいはずです。今の子は感情をあまり面《おもて》に出さないとか言われますけど、出しにくい雰囲気があるような気もします。そういうのは、うまく変えていかないと」

その言葉は、思ったことを口にできる環境を子供たちに与えていない、というコーチに対する批判にも受け取れた。変えるべきことは、まだまだあるのだと。

「夏合宿では、マリンズに大差で負けた。五、六年生チームは0－5だぞ。あいつら、リベンジしようって気なのか？」

「勝ちたいんでしょ」

翔太はうれしそうに答えた。「でもBチーム相手だろうが、もちろん簡単じゃない。彼らにとっては、月に手を伸ばすようなものかもしれない。それでも、目標として口に出すようになった。そういうのって、いいじゃないですか」

翔太自身、口が達者なわけでも、感情をうまく面に出せるタイプでもない。そういう意味では、子供たちと似ている気がした。だからこそ、彼らの内面までわかるのかもしれない。

「でもですよ。クラブとしては、無様な敗戦は極力避けるべきタイミングでもありますよね」

戸倉は両腕を組んだまま、言葉を選ぶように続けた。「それこそ自クラブ開催の大会で、ホームグラウンドでボコボコにやられたりしたら、子供たちもショックだろうし、大勢観に来てる親もなにを思うか。今クラブが、せっかくいい感じになっているところに、水を差すことになりませんかね」

戸倉の意見はもっともだった。

「彼らの希望を聞くことにしたのは、僕たちじゃないですか」

翔太の言葉に、「それは……」と戸倉が口ごもった。

「まさか、マリンズとやりたいと言うとは思わなかった」

代わりに健吾が答えた。「てっきり、弱いチームの名前を挙げてくると、おれは思ったよ」

「健さん」

翔太が言った。「あの子たちは、弱いチームを集めた大会で優勝することを望んだりしませんよ。彼らにもプライドがある。試合に負けて悔しかったけど、マリンズのサッカーに憧れたんだと思います。ああいうサッカーをやりたいって。悔しさだけでなく、なにかを得たというか、スイッチが入ったような気がします。だからこそ、もう一度マリンズとやりたいんです」

「ああいうサッカー？」

「つまり、仲間とパスをつなぐサッカーですよ」

「バルサみたいな？」と戸倉。

「というか、特定のプレーヤーの力ばかりに頼るんじゃなくて、みんなでやるサッカーですよ。実際、練習のときに試してもいます」

「それって、〝翔練〟のときってこと？」

「ええ、そうです。もちろん、まだまだですけど、意識づけはできていると思います」

「じゃあ、マリンズとやりたいって、本気なのか？」

翔太はコクリとうなずいた。

いつの間にか子供たちがグラウンドに集まっていた。どの顔も真っ黒に日焼けして、精悍《せいかん》に映る。以前なら練習前はだらだらしていたのに、なにも言われなくても、自分たちでボールまわしを始めている。学年の枠を取り払い、六年も五年も一緒になって声をかけ合っている。おそらく〝翔練〟のやり方であり、その効果なのだろう。

「達樹、トラップていねいに」

リクトが上級生に向かって声をかけた。

「それに、Bチーム相手だとしても、もしマリンズに勝つようなことがあれば、彼らにとって自信になるし、クラブにとっても明るい材料になるんじゃないですか。それには僕らコーチがよい準備をして、いい試合ができるように全力でサポートしてやることが大切だと思います」

翔太の言葉を聞いて、健吾の口元が自然にゆるんだ。

――マリンズに勝つ。

そんな目標を臆面もなく口にするコーチは、自分たちのなかにはだれもいなかった。それをごく普通に言っている。子供たちの可能性を信じている。そのことが愉快であり、頼もしかった。

「マリンズ対リバーズか……」

健吾のからだの奥から、ふつふつと笑いがこみ上げてきた。

「ダービーマッチです」

翔太が繰り返した。

「そりゃあ、マリンズに勝ったら、大物喰《ジャイアントキリング》いですけど……」

戸倉がやれやれといった感じで言葉を呑《の》み込んだ。

「試合をしなければ、勝つことどころか、負けることもできない。失うものを心配するより、勇気を持った彼らと一緒に戦いませんか」

大会は十月中旬の予定だから、あと二ヶ月しかない。

健吾は、翔太と目を合わせた。その目は、なにかを始める前の子供の瞳のように瑞々《みずみず》しく輝いていた。
五、六年生の大方のメンバーが集まった頃、ゴール裏に林が姿を現し、こちらの様子をうかがっている。なにか話でもあるのかと思いきや、そこから動こうとしない。
「あ、それから平日の練習のときに、中学生が二人来ましたよ」

翔太が思い出したように言った。

「月見野ＳＣの卒団生？」

「それは聞いてません。やりたそうに見えたんで、ミニゲームに誘いました」

「へえ、そうか」

健吾は林のことが気になって、「じゃあ、時間だから、挨拶してアップ始めちゃって」と翔太に頼み、ゴール裏へ向かった。

「なにか、もめてる？」

林が怪訝《けげん》そうな表情を浮かべた。

「いえ、べつに。月見野杯の対戦相手の件で、ちょっと」と健吾は言葉を濁した。

「ムーンリバーズ・カップね」

言い直した林の口元がかすかにゆるんだ。「残りの一チーム、決まった？」

「そのことなんですが……」

健吾は事の成り行きを説明しようとしたが、どこか林はうわの空で、話の途中で「ちょっといいかな」と歩き出した。前を歩く林の腰回りには一段と贅肉《ぜいにく》が付いたように見えた。

「今日、広瀬君、来てないよね」

子供たちから離れた場所で足を止め、林は声を低くした。

「涼太ですか？」

健吾は、ゴール前で整列している子供たちに目をやった。「ええ、まだみたいですね。そういえば、お父さんのほうも」

「だよな」

ため息をついた林は顔をしかめた。

「どうかしたんですか？」

「それがさ、まずいことになった。さっき広瀬さんから電話があって、親子でクラブを退団することに決めたって言うんだ。なんでも、涼太をマリンズに移籍させるって話でさ」

「え？」

健吾は言葉を失った。

「なにかあったの?」

林は苦手なものでも呑み込んだような顔つきだった。

「なにもないですよ。ただ、あの人は、試合でのおれの采配が気に入らなかったのかもしれないけど」

「夏合宿のマリンズ戦の一件だよな」

「キャプテンの涼太を試合の後半で交代させました。動きがよくなかったし、オスグッドのせいらしく、足も気にしてました。おまえならもっとできるだろ、っていうメッセージを込めた意図的な交代ではあったけど。試合後、交代させた理由は本人にちゃんと伝えました」

「そうなの……」

林の舌が小さく音を立てた。鳴らしたというより、鳴ってしまった感じだ。

「直接連絡してこないってことは、やっぱりおれに不満があるんでしょうね」

「そうは言ってなかったけど」

「じゃあ理由は?」

「だから、息子をマリンズに移籍させる以上、コーチは続けられないって。以前、マリンズのスクールへ通うことについて、私もツカさんもいい顔しなかったろ。その件も、尾を引いてたのかもな」

「だとしても、どうして今なんですか。この期に及んで、無責任じゃないですか」

健吾は驚きが冷めるにつれ、腹が立ってきた。コーチというのは、そういうものじゃないだろう。たとえ、子供相手の無給のボランティアコーチだとしても。強くそう思った。

「クラブにとってダメージでかいよ。高学年のコーチが突然やめて、その息子のしかもキャプテンがマリンズに移籍するわけだから、よからぬ噂《うわさ》が立つかもしれない」

「でもね、林さん」

「いや」と言葉を遮った。「おれは健さんと付き合いは長い。あんたのことはわかってるつもりだ」

その言葉を信じたかった。

「本当に、涼太はそれでいいんですかね」

「わからん。本人が本当にそうしたいのかどうか」

「親っていうのは、自分の子供のことになると、見境がつかなくなるのかな」

健吾は思わず口にした。

「さあ、どうかな……」

同じく人の子の親である林は、自信なげに両肩を持ち上げてみせた。はっきり否定してくれない態度に、もどかしさを感じた。

健吾は、練習が始まったグラウンドの翔太と子供たちに目を移した。二組に分かれ、手をつないで輪になってパス回しをしている。メニューを選んだのは翔太なのだろう。照れくさそうでもあるが、どの顔も笑っている。その輪の中には、ジャージを脱いで短パンになった戸倉の姿もあった。

「で、どうしたって？　ムーンリバーズ・カップの最後の対戦相手」

不意に林が話をもどした。

健吾は子供たちに視線を置いたまま、「決めました」と答えた。

「どこに？」

「海浜マリンズとやらせてください」

「えっ！」

健吾は頭を下げ、林の返事を待たずに、グラウンドの子供たちの元へ向かった。

——やってやろうじゃないか。

ひさしぶりに熱いものがこみ上げてきた。


親子でクラブをやめることになった広瀬からは、その後メールが届いた。謝辞を含む、丁寧なメールだったが、やめるに至った経緯などは書かれていなかった。最後に「月見野ＳＣの今後益々《ますます》のご発展を心よりお祈りします」とあった。

「皮肉かよ」

健吾はつぶやき、短いメールで了承した旨、返信した。余計なことは書かずにおいた。

広瀬をコーチとして引き留めようとは思わなかった。戸倉がダビングをして健吾と翔太に渡した夏合宿の試合を観て、その思いは強くなった。

対マリンズ戦の試合のビデオ撮影は、前半を戸倉に、後半を広瀬に担当してもらった。撮影方法はとくに指示しなかったが、前半と後半では明らかに異なる点を見つけた。

前半はボールを中心に、チーム全体を撮影することが心がけられていた。しかし後半は打って変わって、ひとりの選手を中心に撮影は続けられた。その選手とは、カメラを回していた広瀬の息子、涼太だった。

コーチでありながら、広瀬には息子しか見えていない印象を強く受けた。カメラが拾った音声には、広瀬の漏らした声も入っていた。そこには涼太に対する期待だったり、失望だったり、その原因をつくっているほかの選手に対する不満が見え隠れしていた。

選手交代で涼太が退場すると、カメラは試合全体を撮り始めたが、手ぶれがひどくなり、撮影がぞんざいになった。涼太のいないゲームに、広瀬はおそらく興味がないのだろう。そんな広瀬をコーチとして引き留めたところで、チームによい影響があるとは思えなかった。

涼太についても難しいと感じた。小学生年代では、親の影響力は当然ながら甚大であり、その親がコーチも務めていたとなれば尚更《なおさら》だ。本当のところ、なにが理由かもわからない。広瀬は息子をマリンズという勝ち馬に乗せたかったのかもしれないし、健吾の采配に不信感を募らせたのかもしれない。結局、お互いコーチとしてのコミュニケーションが足りなかったと言わざるを得ない。

二人のことは、戸倉と翔太にはすでに話した。子供たちにはまだ伝えていない。全員同じ小学校であるから、おそかれはやかれ、全員が知ることになるだろう。

この日の練習の終わりの挨拶では、ムーンリバーズ・カップに海浜マリンズを招待することが決まったと、翔太の口から報告させた。子供たちはいくぶん緊張気味ながら、顔をほころばせ、喜びを表していた。その表情を見ていたら、大会にキャプテンの涼太はおらず、もしかしたら敵のベンチに座っているかもしれないとは、どうしても言い出せなかった。

林からは、涼太のいないチームでのマリンズ戦は無謀だと忠告された。しかし最後には、「無様な試合だけはかんべんしてよ」と認めてくれた。大会招待に関する海浜マリンズとの交渉は、先方からはBチームの参加を条件に、スムーズに話が進んだ。

子供たちがグラウンドをあとにし、戸倉が先に帰ると、健吾はいつものように翔太を夕飯に誘った。

その道すがら、今週の水曜日の〝翔練〟に、退団が決まった涼太がめずらしく顔を出したと聞いた。

「かまわないですよね」

翔太がすまなそうに言うので、涼太の様子を尋ねた。

「移籍の件には触れませんでしたけど、元気はなかったかな。ミニゲームでは、いつもの感じでしたけど」

それを聞いて少し安心した。

〝翔練〟はクラブの正式な活動とは認められていない。だから、だれが参加してもかまわないはずだ。しかし涼太は以前からマリンズのスクールに通っており、そのせいもあって〝翔練〟には参加していなかった。だとすれば、涼太の行動には疑問も残った。

「それから、中学生がまた来ました」

翔太が表情をゆるめた。「練習のあとで少し話したら、萩塚中の生徒で、『森山コーチによろしく言ってください』って」

「だれだよ？」

「少し前に、健さんにばったり会ったけど、挨拶できなかったらしくて、そのことを気にしてました」

「それって、向井だろ」

健吾はひらめいた。萩塚中学校の部活を見に行った帰りに、自転車ですれちがった向井暢人の顔が浮かんだ。

「みんなからはノブって呼ばれてましたね。その日は三人でしたけど、楽しそうでしたよ」

「あいつ、部活はどうしたんだ」

「さあ、でも来週も来るようなこと言ってました」

「なにやってんだか」

健吾は顔をしかめてみせた。

「三人ともクラブのOBのせいか、すごく後輩たちの面倒見がいいんですよ。テクニックもあるから、一緒にやれば、小学生のためにもなると思います」

翔太の口振りは楽しそうだった。

その表情を見ているとうれしい半面、不意に定職を持たない翔太の境遇を思い出し、心配になった。

「そういえばお盆休みは、実家に帰ったの？」

なにげなく健吾は尋ねてみた。

「いえ」と首を横に振る。

「たまには、帰ったほうがいいんじゃないか」

余計なお節介と知っていたが、つい口にしてしまった。

「ええ、まあ」

「コーチをしてたっていうお父さんも、心配してるだろ」

翔太は少し間を置いてから、「両親は、離婚したんで」と答え、口を閉ざした。

これまでも何度かこういう場面はあった。言いたくないことは、訊くべきではないだろうと、それ以上つっこまなかった。この日も健吾は心にブレーキを掛けた。

ガードレールで仕切られた歩道を歩いていると、前から家族連れがやってきた。父親、母親、それそれに小学生らしき男の子が二人。先頭を歩いている、髪を短く刈った兄らしき子が、「あっ、翔太コーチ」と声を上げた。

「こんにちは」と翔太が声をかけた。

「こんにちは。いつもお世話になってます」と母親がにこやかに答え、スマホを手にした父親も軽く頭を下げた。子供は立ち止まり、翔太の前で顔をくしゃっとさせて、走っていった。

「うちのクラブの子だよな？」

「三年生のマキトです。放課後の練習に来てるんで」

翔太は笑顔をとりもどした。

「あんな小さい子も来てるのか」

健吾は思わず後ろを振り返った。

親のまわりを子供が旋回するように歩いていく。ファミレスにでも食事に行くのだろうか。それはごくふつうの家族といえたが、健吾には手に入れることができなかった、かたちであり、おそらくは翔太が失った、かたちでもあった。

「ああ、腹へった」

翔太は、なにかを吹っ切るように声に出した。

「そういえば、今日は焼き肉って、晶子が張りきってたぞ」

「ほんとですか、マジありがたいです」

翔太の声が、まだ日が沈む前の夏空に響き、すぐ近くの街路樹でアブラゼミが大きな声で鳴きだした。

水曜日の夕方、健吾は出先から営業所に電話を入れ、今日はこのまま直帰したいと伝えた。

「ああ、わかった」と電話を取った北村は答えた。

この日、〝翔練〟をやると、翔太から連絡をもらっていた。とはいえ、時間に余裕はなく、スーツ姿のまま月見野小学校へ向かった。

午後六時過ぎに学校に到着すると、〝翔練〟はすでに始まっていた。驚いたことに、夕暮れ前の校庭には、土曜日の練習となんら変わらない数の子供たちと保護者の姿があり、ミニゲームのコートが四面できあがっている。ミニゴールの数が足りないせいか、赤いコーンをゴール代わりに置いてあるコートもあった。

健吾はその光景に思わず見入ってしまった。これだけの人数の練習を、翔太は毎週一人で取り仕切っているのかと思うと胸を打たれた。翔太のクラブに対する貢献は計り知れず、なぜそこまで、とさえ思えてくる。

「あれ、どうしたの？」

聞き覚えのある声に振り向くと、ジャージ姿の晶子が立っていた。練習に使うマーカーの束を手にしている。

「おまえこそ、なにやってんだ？」

驚いて訊き返した健吾に、「〝翔練〟の手伝い」と平然と答えた。「ちょっと前までは、ただ見てるだけだったけど、今は翔太のアシスタント・コーチ、なんてね。どうせなら、手伝ってやるかと思って」

言い訳がましい口調に、笑いがこみ上げてきた。

晶子は照れくさそうに、「夕飯はハンバーグ。翔太も呼べば」と言って離れていった。

子供が晶子に近づいて声をかけ、マーカーを受けとっている。そのやりとりを見て、もう一度健吾は驚いた。晶子はにこやかに笑いかけていた。

翔太は一番広いコートのなか、子供たちと一緒にボールを追いかけている。年代別にコートを分けているのかと思えば、そうではない。プレーする選手たちの身長はどこも凸凹で、試合はチームの勝敗によって組み合わせを決めているようだ。一番弱いチーム同士が戦うコートのゴールは赤いコーンで、一番強いチーム同士がプレーするコートは正規のミニゴールを使い、贅沢に広めにつくられている。それが勝った者、強い者に与えられるご褒美らしい。

去年クラブを卒団した三人の中学生の姿があった。ノブ、シンジ、タケル。三人ともチームの中心選手だった。彼らが本来の活動場所ではなく〝翔練〟に参加しているのは複雑な心境だが、彼らにとってここがもどって来られる場所であることは、それはそれでうれしくもあった。

次第に健吾はからだがうずうずしてきた。自分も彼らのなかに飛び込んでいきたい気分になり、グラウンドにスーツで来たことを強く後悔した。

ミニゲーム終了後、三人の中学生が申し合わせたように、健吾の元へ来て、「ちわっす」と挨拶をした。卒団して約半年振りに会う教え子たちは、背が伸び、ひとまわり大きくなっていた。

「おう、元気でやってるか」

健吾が気さくに応じると、照れくさそうな笑顔を見合わせ、「元気です！」と元キャプテンのノブが代表して答えた。

「そうか、そいつはなによりだ」

健吾は余計な言葉はかけなかった。つまらない冗談を二、三口にし、笑い合った。部活の話は、あえて自分からは持ち出さなかった。彼らも口にしなかった。

「健さん」

汗だらけの翔太が子供を連れてやってきた。

「涼太じゃないか、調子はどうだ」

健吾はなるべく普通に声をかけた。

しかし涼太は上目遣いで、唇の端に力を込め、緊張したまま突っ立っている。すでに子供と大人の中間の顔をしていた。

「サッカー楽しんでるか」

健吾は言うと、翔太には夕飯を共にするよう伝え、夕暮れが迫るグラウンドのベンチへ腰かけた。今日はだれかに会うためにここへ来たわけではない。〝翔練〟がどんなふうに行われているのか、自分の目で確かめておきたかった。だからそれだけで満足だった。

子供たちはトンボを手にし、中学生が先頭になってグラウンド整備を始めた。埃《ほこり》の舞い上がるその場所には、六年生の康生や達樹や俊作、五年生のリクトやカイトの姿もあった。

「コーチ」

近くで声がした。さっきから、後ろに付いてきているのはわかっていた。

「どうした？」

首をひねると、涼太がなにかを手にして立っていた。

「これを……」

涼太は差し出し、「すいません」と口にした。

受け取ったのは、涼太が五年生のキャプテンに選ばれたときに、健吾が新しく用意した黄色いキャプテンマークだった。

「だれかに謝ってくるようにでも、言われたのか？」

涼太は慌てたように首を横に振る。

「お父さんからメールをもらったよ。うちをやめて、マリンズに行くんだってな」

健吾の言葉に返事はなかった。

グラウンドにのびた、肩を落とした涼太の影はじっとしていた。

「そう決めたんだろ？」

さらに声をかけると、今度は小さくうなずいた。

「いつから？」

「九月からです」

「そうか、じゃあ、中学に入ってからもマリンズでプレーするわけだ」

当然のことを口にしたままでだが、その言葉に涼太はびくりと反応し、顔を上げた。見る見るうちに顔つきがゆがんで、「そのためなんです」と答えた。

「そのためって？」

「ぼくはマリンズのスクール生なんで、今入っておけば、秋のセレクションを受けなくても上に上がれるって、父さんに言われました」

涼太の声は途中から震えていた。「セレクションを受けるつもりだったけど、今のままじゃ、厳しいからって……」

健吾は細く息を吐いた。そういうわけか、と腑《ふ》に落ちたが、口には出さなかった。

中学生を対象とするジュニアユースクラブでは、秋から来期の新入部員の〝争奪戦〟が始まる。強豪クラブではセレクションを行い、早々にうまい選手の確保にかかる。それはまるで景気のよかった頃の就活における、青田買いのようだ。小中一貫クラブでは、所属するクラブ員を優先して合格させる場合も多く、マリンズもそうなのだろう。

「それで、みんなには話したのか？」

「話しました」

「あいつら、なんて言ってた」

その言葉に、涼太はうつむくだけだった。

「ここへ来ることは、お父さんに話したのか」

「いえ……」

「親にいろいろ言われたとしても、最後は自分で決めたんだよな？」

「はい」

涼太はしっかり返事をした。

「だったら、それでいい。どうして今なのか、おれはよくわからなかったけど、そうまでしてマリンズのジュニアユースに入りたいなら、マリンズでがんばれ」

涼太は手で頬をぬぐったが、溢《あふ》れだした涙は止まってはくれなかった。

「よく話してくれた」

健吾はそう言うと、右手を差し出した。

「だって……」と涼太は言葉を詰まらせ、健吾の手を握った。

「だって、なんだよ？」

「ぼくのコーチですから」

涼太は声を絞りだした。

握った手は温かく湿り、そしてまちがいなく健吾よりも小さかった。

――ぼくのコーチ。

その言葉は心地よく響いた。

「そうだったな」

健吾は笑ってみせた。「おれは、いつまでもおまえのコーチだ」

喜びと悲しみが鼻の奥で痛みに変わっていく。自分の元を離れても涼太がサッカーを続けることが、健吾には救いであり、喜びであり得た。

「今まで、ありがとうございました」

頭を下げた涼太の髪を、健吾はくしゃくしゃと乱暴に撫《な》で、「さあ、みんなのところへ行け」と声をかけた。

涼太は強くうなずくと、背中を向けて走っていった。

健吾の手には、黄色いキャプテンマークだけが残った。

仲間からトンボを受け取った涼太は、夕暮れの始まったグラウンドに影を曳《ひ》きながら、ゆっくりと前を向いて歩き始めた。

健吾は、しばらくその姿をぼんやり眺めていた。


「よし、それじゃあこれから、ムーンリバーズ・カップに向けたミーティングを始めよう」

健吾の前には、プラタナスの木陰に半円状に腰を下ろした子供たちがいる。

「まず、大会は全少と同じ八人制。二ブロック、各三チームずつでリーグ戦を戦って、各リーグの同じ順位同士で順位決定戦を行う。試合時間は四十分。三位までが入賞。個人賞は大会ＭＶＰのほかに、各チームから一人が表彰される。うちのベンチ入りメンバーは五、六年生全員とする」

「マサは？」と康生の声がした。

「四年生の佐々木雅也は、今回は呼ばない。マサには来年、再来年とチャンスがある。六年生六人と五年生八人の計十四人で大会に臨む。――いいな」

十四人の顔がこくりと縦にゆれる。

「さて、君たちは今日まで〝翔練〟でボールを大切にしてパスをつなぐサッカーに取り組んできた。週末の練習試合では、その戦術を試してもいる。特定のうまい子に頼るんじゃなくて、一人ひとりが主役になるサッカーだ。そうだよな？」

「はい」という声が返ってくる。

「じゃあ、ここで質問」

健吾は一拍置いて、子供たちの視線を集めた。「このチームのなかで、左利きの選手は何人いる？」

「え？」という表情を浮かべたあと、数人の手が挙がった。

「タクムと光の二人です」

健吾が指名した五年生のツヨシが答えた。

すぐに光の手が挙がり、「キーパーのケンタも」とつけ加えた。

「そっか、そういえばケンタもパントキックのとき、左足で蹴るもんな」

スグルが鼻の下を人差し指でこすった。

「ほかには？」

「え、まだいるの？」

カイトが仲間を見まわした。

すっと手を挙げたのは、カイトと顔が瓜《うり》二つのリクトで、「俊作もレフティーです」と澄んだ声で答えた。

ああ、そういえば、という感じで何人かがうなずく。

「おいおい俊作、手が挙がらなかったのはどういうわけ。自分の利き足くらい、わかってるだろ」

翔太がつっこむと、俊作は照れくさそうに目を細めた。

「と、まあこのように、チームメイトでありながら、お互いのことをけっこう知らなかったりする。でもどうだ、パスは利き足側に出したほうがトラップしやすいよな。利き足のことだけじゃなく、チームメイトについてわかり合ってたほうが、試合中も気持ちが通じ合うと思わないか」

健吾の言葉に、子供たちがうなずいた。

「じゃあ今から、ここにいる十四人一人ひとりがどんな特徴を持っているか、みんなで話し合おう。じゃあ、まずは康生から」

「え、おれ？」

康生は手についた土をはたき、立ち上がろうとした。

「おまえが答えるんじゃない。みんながおまえをどう思ってるか、聞くんだ」

「あ、そっか」と座り直した。

「康生はね」

と達樹がまず口を開いた。「六年生でしょ。ミッドフィルダー。右利き。それから……」

「そんなこと、わかりきってんじゃん」

元気が口を挟んだ。「康生は六年生のなかでからだが一番でかいから、当たり負けしないし、キープ力がある。ヘディングも強い。でも、ときどきボールを持ちすぎて、敵に囲まれることがある。それから、今みたいに、ちょっとオッチョコチョイ」

「ああ、そういうことね」と達樹が頭を掻《か》く。

「言えてる、言えてる」と笑い声が上がった。

「まずは、どんなことでもいい。いろんな意見を出そう。新しい発見があるかもしれない。だれでも良いところだけじゃなく、弱点とか短所もあるよね。この際だから、それも言い合おう。ただし、悪口はナシだ」

「康生は、キック力がある」

言ったのはリクトだった。「だから、もっとミドルシュートを狙えばいいと思う」

本人は「おっ」という顔をした。

「いいね、そういうアドバイスも出そう」

「ただ、試合中にうまくいかないと、イライラしてキレそうになるときがある」

「さすがリクト、よく見てるな」

翔太が話に加わった。「そこは、チームのためにも我慢だぞ」

「あー、言われちゃったよ」

康生は顔をしかめながらも受け入れているようだった。

その後も順番に、チームメイトについて意見を出し合った。口を開く者は、最初は決まっていたが、健吾が指名してだれもが話に参加するようにうながした。思春期に差しかかっているからといって、腫れ物に触るようにするのではなく、おおらかに接することに努めた。

最近がんばっているとはいえ、六年生のなかでは一番体力の劣る俊作には、厳しい声がかかった。

「トラップ浮かしすぎ」「練習ではできてることが、試合ではできない」「声が出てない」「ヘディングを怖がるときがある」「時々おかしなプレーをする」

しかし俊作は、怒ったり落ち込んだりせず、むしろ頬をゆるめて聞いていた。

「言われちまったな、俊作」

健吾はわざと明るい声を使った。「今の意見を聞いて、おまえはどう思うよ?」

俊作は表情を変えずに、「そうだなって思う」と答えた。

あまりにも素直な返事に、わっとみんなが笑った。

戸倉も呆《あき》れ顔ながら目尻を下げている。

「みんな笑ってるけど、自分のよくない部分を認めるって、なかなか難しいことだよ。それができる人は、きっと伸びると思う」

翔太がすかさずフォローして尋ねた。「じゃあ、俊作のよさに気づいてる者、いるか？」

子供たちは近くの者同士で顔を見合わせた。

「ハイ！」と勢いよく手を挙げたのは、仲のいい達樹。自分だけが知っていると言わんばかりの笑顔を見せた。

「俊作は、やたらとサッカーのことに詳しいです。たとえば海外のチームの選手とか、監督の名前とか。それだけじゃなくて、だれがいつ、どんなシュートをだれのアシストで決めたなんてことまで、よく覚えてます」

「それってサッカーオタクってこと？」

敦也が冷やかすように言った。

「じゃあ、聞くけど、サッカーの試合を観る人と、観ない人、どっちがうまくなると思う？」

翔太が問いかけた。

「そりゃあ……」

と達樹が口をとがらせた。「観る人でしょ」

おそらく達樹が言葉に詰まったのは、観ているはずの俊作のことがあったからだ。

「そうだよね。日本のプロの選手のなかには、サッカーの試合をあまり観ないなんていう人も以前はいたけど、そういうのはどうなんだろうと思う。自分が少しでもうまくなりたいなら、サッカーをより知る必要があるはずだ。もしかしたら、その選手もこっそり観てたのかもしれない。サッカーを観ること、それもサッカーがうまくなる秘訣《ひけつ》だと僕は思うよ。

それと、さっきだれかが言ったよね。俊作は『時々おかしなプレーをする』って。じつは、コーチもそのことに気づいていた。たとえば俊作は、ヒールパスをよく使う。でも、受け手と嚙《か》み合ってないから、それがつながらずミスのように見える。だけどね、もしつながっていたら、おもしろい展開になっただろうなって思った場面があった。今わかったんだけど、俊作がそういう意表を突いたプレーを時々するのは、サッカーをよく観てる証拠かもしれない。俊作のおかしなプレーの意図をわかってあげられる選手が出てくれれば、それはおかしなプレーじゃなくて、敵を欺く連係プレーに変わる可能性がある。だからみんなは、俊作が時々おかしなプレーをする選手だと、覚えておこう。そして、そんなプレーを活かせる選手になってほしい」

翔太の話が終わると、子供たちはもう笑っていなかった。

なんのためにこの話し合いをしているのか、しっかりつかんだようだ。お互いを知ることによって、それぞれの特徴をチームプレーに活かす。自分たちはチームで戦う。そのことを強く自覚した。

最後に、達樹について意見を出し合っているときのことだ。

「最近、瘦せた」

俊作がぽつりと口にした。

その言葉に、「そういえば」と注目が集まった。

「どうして?」という質問には、達樹自身が答えた。「だって、練習休まなくなったでしょ。おれ、走れるようになったもん」

「だから、それはどうしてだ?」と健吾が尋ねた。

「翔太コーチが気づいてくれたから」

達樹は顔をほころばせた。「ほら、ぼくって汗っかきで、喉が渇きやすいから、水をたくさん飲むでしょ。ある日、翔太コーチが『水を飲ませて』って言うから、いいですよって水筒を渡したの。そしたら、目をまるくして『この水、だれが作ってる？』って言うから、お母さんですって答えた。そしたら〝翔練〟のときにぼくのお母さんを見つけて、コーチが話してくれて……」

「それって、どういうこと？」

康生が首をひねった。

「お母さんは、よかれと思って、スポーツドリンクを濃い目に作ってくれてたの。ぼくもそのほうが甘くて好きだったから。でもそれは大きなまちがいで、糖分をたくさん摂《と》りすぎてたってわけ。それに甘いから、飲めば飲むほど喉が渇く。そのことを翔太コーチが説明してくれた。だから今は、ただの水を飲むようにしてる。それから食事についても、翔太コーチが母さんにいろいろ教えてくれて、そのおかげで痩せたってわけ」

「へえー」とみんなが感心した。

「さすが翔太コーチ」と戸倉が合いの手を入れた。

ヒューヒューと、子供たちが指笛の真似をした。

コーチが子供の親にまで直接働きかけるのは、勇気の要ることで、健吾はあまりしてこなかった。どちらかと言えば、子供に夢中になる親は苦手だったし、避けてきた部分もある。そこで怯《ひる》んでしまった自分を、今の話を聞いて恥ずかしく思った。子供と一番長い時間接するのは親で、そういった親のよいサポートが、子供を変えることにつながる。健吾自身、今や翔太から教えられることも少なくなかった。

ミーティングのあと、練習を始めたとき、翔太が近くに来てうれしい話を聞かせてくれた。

「あいつら、僕との平日の練習以外でも、グラウンドに集まってサッカーをするようになったみたいです。どうやら、自分たちのサッカーを始めたみたいですね」

十五夜

ムーンリバーズ・カップに向け、着々と準備が進みだした九月中旬、夕食の席で晶子が月見野ＳＣの噂話を始めた。

夏休み以降も〝翔練〟に顔を出している晶子は、クラブの子供の親たちと接する機会を健吾よりむしろ多く持っていた。広瀬親子の退団に関するデマにうんざりしていた健吾は、またかと勘ぐったが、その手の話とはちがった。

「なんだそりゃ」

塩焼きの秋刀魚《さんま》にスダチを絞りながら、健吾は笑い飛ばした。「じゃあなにか、来年度から月見野ＳＣがなくなるって言うのか？」

「まあ、その話の通りだとしたら、そうなりかねないよね」

晶子は心配顔で答えた。

角皿の隅に盛り付けてある大根おろしに醤油《しょうゆ》を垂らしたが、まずはスダチだけで頭から背びれにかけての身を箸で摘んだ。舌の上に載せると、粗塩が魚の脂に溶け、香ばしい秋刀魚の味が口一杯に広がる。かすかにスダチの香りが鼻から抜け、健吾はうなずいた。――うまい。

「おれはコーチをやめるつもりだよ。会社のほうはわからないけど、クラブはそう簡単になくならないよ。それに、今はいい方向に向かってる。つまらないゴタゴタはあったけど、そういうのも乗り越えつつある。そんなの、根も葉もない噂だろ」

「でもね」と言い返した晶子の話はやけに具体的だった。クラブ員が少なく、学年でチームが作れない状況を打開するため、月見野ＳＣと萩塚スターズが来期から合併する予定で、すでに代表同士で新クラブの名前についても話し合われている、というのだ。

「噂ではね、どっちの名前を頭に使うかで揉《も》めてるんだって」

健吾は秋刀魚の頭を見つめた。萩塚スターズ代表の野尻の顔が浮かんだ。いかにもそういうことを口にしそうな男ではあった。

「たしかに、うちと萩塚スターズは地元のクラブ同士だし、コーチ間の交流もある。けど、まさか……。月見野ＳＣは、正式にムーンリバーズに改称する方向で話が進んでる。そもそもそんな噂、だれから聞いたの」

「月見野ＳＣの情報通のママさん。でも、出所は萩塚スターズの親らしい。その人の旦那が、父兄コーチだとか」

「へえ……」と健吾は声を漏らしたが、それ以上は語らなかった。

数日後、再び晶子がクラブに関する噂を仕入れてきた。

遅い夕食を一人でとりながら、健吾は黙ってその話を聞いた。今回はクラブの合併話の類ではなく、ネットに書き込まれているという、コーチと保護者に関するものだった。

しかし健吾は、今回も真に受けなかった。

使い終わった食器を大きさやかたちごとに重ね、残った酒を飲んだ。

「でもさ、火のないところに煙は立たないって言うじゃない」

晶子は重ねた食器をキッチンに運んでいく。

「じゃあ、そのコーチはだれだって言うの？」

健吾はため息混じりに尋ねた。

晶子自身は確認していないが、月見野ＳＣのホームページの掲示板に、〝このクラブのコーチは保護者と不適切な関係にある〟という書き込みが残されていて、お母さんたちのあいだで話題になっている、というのだ。

「だれかはわからない。ていうか、イタズラかもしれないし」

「だいたいさ、不適切な関係って、どういうの？」

「どうなんだろうね」

洗いものを始めた晶子の声が聞こえた。「ただ、ちょっと心配になっただけ」

「おれが不倫してるとでも？」

健吾はおどけるように両手を広げてみせた。

「ちがうよ。心配なのは、――翔太のこと」

「翔太？　あいつを疑ってるのか？」

健吾は思わず語気を強めた。

「そうじゃなくて、若いでしょ。いい子だし、イケメンだし、そういうおかしなことに巻き込まれてほしくないの」

「たしかにあいつは子供の親と接する機会は少なくない。でも、コーチなんだぞ。それくらいの自覚はあるさ」

「わかってる」

晶子はため息を漏らした。「でもね、今どきの若いお母さんは化粧もバッチリしてるし、薄着で肌を露《あら》わにしてる人もいるんだよ」

「おいおい……」

「私だって、こんな話したくない。けどさ、誤解される場合もあるから」

おそらく、晶子は心配なのだろう。親密さを増している、翔太のことが。

最近の晶子は妙に楽しそうに映る。会社の行く末を案じながら、それでもコーチを続けている健吾にとっては、うらやましくさえ思えるときがある。それは翔太との交流がもたらした変化だ。翔太が家に来るようになり、そして翔太と一緒にグラウンドに立つようになり、我々夫婦は二人だけの暮らしから、いわば解放された。とくに晶子は。

子供を妊娠した頃の幸せそうな晶子のことを、健吾は今でも鮮明に覚えている。晶子は若く潑剌《はつらつ》として、将来の希望に満ちていた。人々から祝福され、着々と母親になる準備を進めていた。

それなのに、名前まで決めていた子供とは、一緒に生きることは叶《かな》わなかった。

そのことは健吾にとってもショックだった。死産という結末はもちろんだが、まるで人が変わってしまったような晶子の落ち込みように、どうしていいかわからなくなった。もう二度と、晶子は心から笑えないのではないか、とさえ思った。

健吾はできれば子供は二人、もしくは三人ほしかった。その子供に、自分がやっていたサッカーを教えたいと望んでいた。しかし晶子の心の傷は癒えず、同じ悲しみを二度と味わいたくないと、出産を望まなくなった。

晶子は産休をとった会社をそのままやめたものの、家事さえ手につかず、子供の話題を避けるようになり、家にこもりがちになった。そんな晶子と一緒にいる時間が、次第に健吾には苦痛になり、競馬やパチンコの世界に逃げた時期もあった。

健吾自身、もう子供はあきらめた頃、近くの小学校の前をとぼとぼ歩いていたとき、校庭で子供たちがサッカーをしていた。その声に誘われるようにして校内に入り、グラウンドの隅から、ボールを追いかける子供たちを眺めていた。

しばらくして、ハーモニカを持った年配の男が近づいてきて声をかけられた。おそらく子供の保護者と勘違いしたのだろう。「お子さん、何年生?」と訊《き》かれた。

健吾は正直に自分には子供はいないと答えた。すると男は健吾を近くのベンチに誘い、自分はこの少年サッカークラブの代表だと名乗り、「私にも子供はいません」と言って笑みを浮かべた。月見野SCの創設者である故・丹羽嘉之、その人だった。

サッカーに関する雑談を交わしたあと、健吾は自分に子供がいない身の上を話した。丹羽はグラウンドを見つめながら、黙って最後まで聞いてくれた。

健吾の話が終わると、今度は丹羽が口を開いた。

彼には息子が一人いたが、不慮の事故で亡くしていた。小学生のときに、月見川で溺れたのだ。丹羽は悲しみ、月命日には月見川のほとりに立って、ひとり泣く日々を繰り返した。悲しみは周期的に彼を襲い、自分もあとを追おうかと思った日もあったという。しかしある日、気づいた。泣いていても子供は帰ってこないし、そんなふうに悲しんでいる自分を天国にいる息子が喜ぶわけでもない。だったら、自分が子供にしてやれたであろうことを、だれかにしてやろうと思いついた。丹羽の息子はサッカーをやっていた。といっても当時近隣にクラブはなく、一人でただボールを蹴っていたに過ぎない。その姿を思い出し、丹羽自身にサッカー経験はなかったが、その日、月見川から家に帰ると、すぐに子供たちのためのサッカークラブ立ち上げの準備に取りかかった。そう語った。

話を聞きながら、健吾は涙を堪《こら》えられなくなった。

そんな健吾に、丹羽が穏やかな口調で言った。

「もしよかったら、あなたの力を貸してくれませんか」

コーチをやらないかという丹羽の誘いを、健吾はその場で受けることにした。

帰ってその話をすると、晶子は関心なさそうに「そう」とだけ言った。

それから夫婦別々の週末の生活が長く続いた。健吾は次第にサッカークラブのコーチ業にのめり込み、それが生きる喜びとさえ感じるようになった。ただ、夜中にふと目が覚めると、晶子が涙で枕を濡《ぬ》らしていた。自分だけ悲しみをまぎらわしている。そんな罪悪感を抱き、子供たちとのサッカーの話は、家では一切しなくなった。

サッカーのコーチをやめると決めた今年、春分の日に翔太を公園墓地で偶然見かけ、グラウンドでコーチに誘い、家に呼ぶようになった。息子につけるつもりだった名前を持つ青年との不思議な邂逅《かいこう》は、自分だけでなく、次第に晶子さえも変えていった。晶子は口数が増え、笑うことが多くなった。なにより驚いたのは、サッカーに興味を示し、自分からグラウンドへ足を運ぶようになったことだ。

あたりまえだけれど、翔太は自分たちの本当の息子ではない。そんなことはわかっている。それでも翔太のことが気になるし、少しでも支え、人生がうまくいくようにと二人は願っている。だからこそ、心配なのだ。

「翔太、がんばってるよ。今日だって、〝翔練〟が終わったあと、一人で黙々とグラウンドを走ってた。あの子は、そういう子だから」

思い出したように晶子が言った。

「心配ないよ、あいつはだいじょうぶ」

健吾はキッチンに向かって笑いかけ、気の抜けた発泡酒を飲み干した。

日曜日の練習試合の采配は、思い切って翔太に任せることにした。大会を想定して八人制で行った試合で、翔太はいろいろな選手の組み合わせを試すように、五、六年生全員を出場させた。

対戦相手は春の全少の県大会で二回戦を突破したチームだったが、互角に戦うことができた。無駄な失点が減り、守備に安定感が出てきた。最終ラインに入ったリクトは、五年生ながら、この日もよく声を出していた。

練習試合後、健吾の家に子供たちがやって来た。教え子である、五、六年生の十四人、それにコーチの戸倉と翔太。

家を出る前に、夏合宿の対マリンズ戦のビデオを子供たちに見せたい、と健吾が口にしたところ、

「うちに連れてくればいいじゃない」と晶子が言い出したからだ。

子供たちは戸倉に注意されたのか、玄関できちんと挨拶し、脱いだ靴をきれいに並べた。子供十四

人、大人四人がリビングに入るとさすがに手狭だったが、晶子はジュースや手作りのカントッチョを振る舞い、一緒になって彼らの試合をビデオ観戦した。〝翔練〟で顔を合わせているとはいえ、子供たちと気さくに言葉を交わすその姿に、健吾は驚かされたくらいだ。

試合のビデオを観終《み》わったあと、子供たちそれぞれが感想を口にした。

「ボールへの寄せが遅い」

「みんなあんまり走れてない」

「選手と選手のあいだが離れすぎてる。だからパスがつながらない」

などと、反省を言い合った。

どうやら、自分たちの至らなさを客観的につかんだ様子だ。

「よし、じゃあ、ここからは相手の分析に移ろう。このあいだは、自分たちの特徴を知ることをみんなでやった。今日は相手のほうだ。相手を知れば、有利に試合を運ぶ方法が見えてくるはずだぞ。さあ、どうだい？」

翔太が問いかけると、びっくりするくらい、一斉に手が挙がった。

「ワンタッチ、ツータッチでボールを回してる」

「相手のパスは、こっちより速い」

「ボールを14番に集めてる」

「キーパーのゴールキックはよく飛ぶときと、飛ばないときがある」

「ディフェンダーでパスをまわすことが多い」

「後半は14番がいなくなって、ドリブルが多くなった」

子供たちは積極的に発言した。いろいろなことに、よく気づいていた。それだけ集中してビデオを観ていたということだ。

「いいかい、それじゃあ、作戦を考えていこう」

翔太が言った。「サッカーっていうのはね、言ってみれば化かし合いだ。いろんな方法を使って、相手の逆や裏をとる。そのことをよく覚えておくように。そのためには、まずは相手のよいところをなるべく出させない。そして、相手の弱点を突く」

子供たちは真剣な目で聞いている。

「じゃあここで、我がチームのスカウティング担当の話を聞いてみよう。スカウティングっていうのは、簡単に言えば、対戦相手の情報を集めて、分析することだよ。それでは戸倉コーチ、お願いします」

子供たちの視線が、やや緊張した面持ちの父兄コーチに注がれた。

「えーとね、みんなは、この言葉を聞いたことがあるかな？　〝敵を知り、己を知れば、百戦殆《あや》うからず〟。これは孫子という、中国の兵法家の言葉で、意味は、敵のこと、味方のことをしっかりつかんでおけば、何度戦っても敗れることはない、という教えです。だからみんなも、今から話す対戦相手、海浜マリンズのことを、しっかり聞いてゲームに活《い》かしてください」

戸倉は用意してきたノートを開いて、書き込んである、試合から抽出した数字を確認しながら話を続けた。

戸倉の分析によれば、夏合宿の試合で確認できた敵の総シュート数は十八本。そのうち、ゴールの枠内に入っていたシュートは八本。シュートは四人の選手が打っている。ゴールを決めた選手は二人。

ゲームメイカーを務めていた14番が1ゴール。あとの四点はフォワードの19番が決めていた。

「ただね、おもしろいことにシュートを一番打ったのは、この二人じゃなくて、22番の選手なんだ。22番はチームのシュート数の半分に当たる九本のシュートを打ってるけど、ゴールを決めてない。枠内シュートは三本のみ。すべてキーパーが止めた」

「イエーィ！」

ケンタが自画自賛するポーズでおどけた。

「たしかに22番、外しまくってたな」とカイト。

「てことは、どういう守備をすればいい？」

健吾が問いかけた。

「4ゴールを決めた19番には、なるべくシュートを打たせない」

リクトが素早く答えを導き出した。「19番に打たせるくらいなら、22番に打たせたほうがいい」

「なるほどね」と康生が言った。

「14番は二本シュートを打って1ゴール決めている。だから決定率は50パーセント。19番は五本シュートを打って4ゴール決めている。決定率は80パーセント」

戸倉の説明に、「やばっ、19番」と達樹が反応した。

その後も戸倉は興味深いデータを紹介していった。いつもとは異なるサッカーへのアプローチが続いた。

「さっきだれかが言ったように、マリンズの多くの選手はワンタッチ、ツータッチでパスをまわしている。おそらくそういう指示がコーチからも出ているのだと思う。でも前半から一人だけ、タッチ数が多い選手がいたのに気づいた？」

戸倉が問いかけた。

「そうなんだよ、俊作。彼にはそういう自由が許されてるみたいだ」

「14番だと思う」

「てことは、そこがボールを奪うチャンス？」

康生が身を乗り出した。

「かもしれない。でも、14番はドリブルもうまい。だからこそ、特別な役割を与えられている」

翔太の言葉に、子供たちはうなずき合った。

「さっき、一番ゴールを決めてるのは19番って話があったけど、だれがアシストをしてるかわかりますか？」

リクトが丁寧に質問した。

「わかるよ。ちょっと待って」

戸倉は自前のノートパソコンを開いて調べ始めた。

「すげえ」

子供たちがパソコンのまわりに集まった。表示された表計算ソフトの画面は、細かい数字で埋め尽くされていた。戸倉はパソコンのキーボードをブラインドタッチで小気味よく叩くと言った。

「19番の4ゴールの内、3ゴールを14番がアシストしている。あと一点は22番のシュートをケンタが弾《はじ》いたところを、詰めたものだね」

「やっぱ攻撃の中心は、14番と19番だな」

リクトがつぶやいた。

「その二人には要注意だろうね」と戸倉が認めた。

「質問です。相手チームには左利きは何人いますか？」

言ったのは、康生だ。

「いい質問だね。君たちのなかで気づいた人は？」

リクトと、少し遅れて俊作が手を挙げた。

「左利きはいません」とリクト。

「ぼくもそう思いました」と俊作。

「正解。二人ともよく見てたね。チーム分析は、なにもコーチだけの仕事じゃない。自分たちでもしっかりゲームを見る目を身に付けるんだよ。それと今日話したデータは、たった一試合のものに過ぎない。大会当日は、相手チームのメンバーが変わっている可能性もある。それに試合は十一人制じゃなく、八人制だ。臨機応変に対応できるように、頭をやわらかくね」

戸倉の言葉に、子供たちはうなずき、表情を引きしめた。

健吾は最後に触れておくことにした。

「今観たビデオの試合のなかには、おまえたちのキャプテンだった涼太が映っていたよな。試合を観てあらためて感じたのは、みんな涼太に頼りすぎてたってことだ。ほかにパスコースがあるのに、無理に涼太に出している場面もあった。涼太は涼太で、パスコースがあるのに、ドリブルで突き進んで、ボールを奪われてしまってた。どっちの判断もよいとは言えないよな。

その涼太もチームを離れ、ここにはいない。おまえたちは、ボールを仲間でつなぐサッカーを始めた。それは自然な流れだったのかもな。次の大会は、クラブ主催の大会だ。ムーンリバーズの関係者たちは、おまえたちに期待を寄せている。おまえたちも勝ちたいと思っているはずだ。大会まであと一ヶ月、できるだけいい準備をしよう」

健吾は子供たちの顔を一人ひとり見た。それぞれちがうが、みんないい顔をしている。

「監督、キャプテンのことなんですけど」

目が合った康生が言った。

「どうした？」

「みんなで話し合って決めました」

「新キャプテンを？　自分たちでか」

「はい、そうです」

健吾は翔太を見た。静かに笑みを浮かべている。

「みんなが認めたキャプテンなら、それはそれでいいんじゃないか。——で、だれに決まった？」

「おい、立てよ」

「キャプテン」

そんな声に背中を押され、腰を上げたのは、なんとリクトだった。

「五年生がキャプテン？」

戸倉の声の調子が変わった。

「だって、こいつが一番向いてるから」

康生が胸を張り、ほかの六年生もうなずいてみせた。五年生はみな誇らしげな表情をしている。

「学年に関係なく、リクトを選んだことは素晴らしいと思うよ。そういう柔軟な頭を持ってる君たちなら、ピンチになっても、きっと仲間と乗り越えることができる」

翔太の声は大きくはなかったけれど、確信に満ちていた。

「よし、じゃあ、ムーンリバーズ初代キャプテンはリクトで決まりだ」

健吾が言うと、拍手が起こった。

リクトは照れくさそうに、黄色いキャプテンマークを健吾から受け取った。それは涼太が返しにきた、あのキャプテンマークだった。


子供たちとコーチが帰ったあと、ノートを忘れたと戸倉から連絡があった。すぐに取りに行くと言うので、健吾はマンションの中庭に降りていった。待つ間、ノートに目を通した。表紙には「スカウティング・レポート」と書かれている。様々な名目のデータが羅列され、考察が加えられている。シュートやパス、クロスやフリーキックなどのチームのスタッツだけでなく、個人についても細かくデータを拾い上げていた。

走ってもどって来た戸倉の息が整うと、健吾は、晶子から聞いた噂について、なにげなく尋ねた。クラブのホームページの掲示板の書き込みについてだ。

「ああ、あれは誤解ですよ」

戸倉も耳にしていたのか、笑って即答した。「だいたい、僕が作ったホームページには、掲示板機能は今のところ付いてませんから」

「そういえば、そうだよな」

「古いホームページの話ですよ。僕も見ましたから」

「それって、やめたコーチの佐藤さんがつくったってやつ？」

「ええ、だと思います」

「てことは、かなり昔の？」

「そうなりますね。なんとか佐藤さんの連絡先をつかんで、古いホームページ自体を削除してもらうように頼むつもりです」

健吾はその言葉を聞いて、安堵《あんど》した。この件は翔太とは関係ない。

「ああ、それから、このノートなんだけど、少し借りておいていいかな」

「あ、そうですね。健さんにこそ必要ですよね。どうぞどうぞ」

「わるいね、わざわざもどってきてもらったのに」

「いいんですよ。活用してもらうためのデータですから」

戸倉は笑顔で、「じゃあ、グラウンドで」と手を挙げた。

健吾はノートを持って、マンションの階段を一段飛ばしで駆け上がった。少しでも早く、今聞いた話を晶子に報告して安心させてやりたかった。


敬老の日の翌日、代表の林から健吾の携帯電話に連絡があり、会社帰りに都内で落ち合うことになった。だれが来るのか尋ねたら、「二人で飲もう」と言う。指定された新橋駅近くにある居酒屋へ着くと、仕切りのある個室仕様のテーブル席で林は先に始めていた。お互いネクタイ姿で飲むのははじめてのことだった。

「ジャージじゃないと、なんか調子狂いますね」

健吾は冗談を口にしたが、林は笑わず、店員を呼んで追加注文を伝えた。

「来期のことだけど、健さん、残らないということで決まりなんだよね？」

すでに顔を赤らめている林は、いきなりそう切り出してきた。

今日はその手の話かもしれないと健吾は薄々感じていた。来期の体制を固める十二月は、二ヶ月後に迫っている。

「申し訳ないですが、そのつもりです」

健吾は上着を脱いで、隣の席の椅子に掛けた。

林は二度うなずき、「わかった。もうその話はお終《しま》いだ」と右手を挙げ、手酌で瓶ビールの残りを自分のコップに注いだ。

実際にコーチをやめるには、もう一悶着《ひともんちゃく》あると健吾は覚悟していた。林があまりにもあっさり引いたので拍子ぬけしたくらいだ。と同時に、どこかよそよそしい林の態度が気になった。

「ところで、噂は聞いてるよね？」

林が赤い眼《め》で探るように見た。

「噂ですか？」

訊き返した健吾の脳裏には、晶子から聞いた二つの噂が浮かんだ。といっても、一つは解決済みでもある。

「今回のことは、とても残念だよ。でも、うやむやにすることはできない。これでも一応、代表だからね。すでに一部の保護者から、問い合わせも来てる」

「それは、ホームページの掲示板の件ですか。コーチが保護者と不適切な関係にある、とかいう」

「まったくね」

林は額にしわを寄せ、小さく舌を鳴らした。

「でもそれは……」

と言いかけた健吾を、林がじろりとにらんだ。

「知らなかったって言うの？」

「え？」

「健さんが連れてきた、あの若いのだよ」

「――翔太が？」

健吾は一瞬思考が止まった。でもすぐに、これはなにかの間違いだと思い直した。

「聞いた話では、あの井上という男、保護者の家に入り浸ってるらしいじゃない。具体的な目撃情報もある。そういうの、まずいでしょ」

「どういうことですか？」

「どういうこと？」

林はあからさまに息を吐いた。「こっちが聞きたいよ」

「それは〝翔練〟に来ている子供の家ということですか？」

「そうなんだってね」

「もしかして、達樹の家じゃないですか？」

「なんだ、やっぱり知ってるんじゃない」

林はめんどうくさそうに額にしわを寄せた。

「それは誤解ですよ。翔太は食事に誘われて行ったまでのことでしょ。その際、もちろん達樹もいただろうし、おそらく太り気味の達樹の食事について相談に乗ったまでです」

推測に過ぎなかったが、あえてはっきり説明した。健吾は、シングルマザーである達樹の母親とは顔見知りだ。一人っ子の達樹を過保護なくらいにかわいがっている。

「なぜわかる？」

「そういう話を達樹本人から聞きました。翔太は無償でクラブのコーチを引き受けている。世話になってるボランティアの若いコーチに食事をご馳走《ちそう》しようと思う保護者がいるのが、そんなに不自然ですか。おれだって、あいつを何度も家に呼んでメシを食わせました。おれにはそれくらいしかできませんから。あいつが保護者の家を訪れたのは、コーチとして軽率かもしれないけど、それほど責められるべきことですか」

健吾の声が大きくなった。

「ただささ、話はそれだけじゃないのよ」

林は憮然《ぶぜん》とした表情を崩さずに続けた。「彼については、ほかにも妙な噂がいろいろとあってね」

「どんな？」

「夜中にグラウンドでボールをひとりで蹴ってるとか、真っ暗な月見川のサイクリングロードを走ってるとか、深夜の児童公園でリフティングをしてるとか」

「え？」

「どうやら彼、ホームレスらしいよ」

林は「へっ」と笑い、髪の薄い部分に右手をかざした。

「翔太が？　……まさか」

「井上翔太という名前だって、偽名かもしれない。国道沿いにできたネットカフェ、あそこが根城らしい。コーチの身分を利用して、保護者に食事をご馳走になったり、食料を調達してたってわけだ」

健吾は試合中に味方からバックチャージを喰《く》らったような衝撃を覚えた。顔の筋肉が引き攣《つ》り、言葉が出ない。怒りを表そうとしても、表情に力がこもらなかった。

この男はなにを言ってるんだ。黙ったまま見つめ続けると、林はせせら笑うようにして枝豆に手を伸ばした。

「ちょっと待ってください」

我に返った健吾はテーブルに両手をついて身を乗り出した。「それは、翔太に確認したんですか？」

「ツカさんが、夜中にランニングしてるときに何度も見てるんだよ。ネットカフェの店員に訊いたら、あの男は〝常連〟だって、はっきり証言したらしい」

「本人に聞いてないんですか？」

「なあ、健さん、相手はホームレスだよ。話が大きくなる前に、消えてもらうしかないだろ」

林は吐き捨てるように言った。「まったくさ、コーチがホームレスなんて、しゃれにならないよ。これはクラブ始まって以来の不祥事だ。どこの親が、そんなクラブに子供を預けたがるの」

店員が生ビールをテーブルに運んできたが、健吾は手をつけなかった。クリームのようなジョッキの泡が、静かに溶けて、台無しになっていく。

林は手酌で新しい瓶ビールをグラスに注ぎながら告げた。「井上翔太には即刻やめてもらう。コーチ会議で話し合うまでもないさ。なるべく表沙汰にはしたくない。本人には、もう電話で伝えたから」

「伝えた？」

「ああ、もう二度とグラウンドに姿を見せるなって。わかりました、って神妙に答えたよ。まったく、大事な大会の前に。ツカさんが言ってたよ。サッカーがうまくても、ホームレスじゃねって。〝翔練〟とやらだって、暇をもてあましてたのと、保護者につけいるのが、最初から目的だったんじゃないの」

林の鼻にかかった声を聞きながら、健吾はテーブルの下でこぶしを握りしめた。これまでの翔太の数々の献身をあざ嗤《わら》う言葉は、たとえ付き合いの長い林であっても、許すことができなかった。ふつふつとやり場のない怒りがこみ上げてくる。健吾はそれに耐えられそうもなかった。

「広瀬さんもやめた。健さんもやめる。新人コーチの正体がばれて、クラブの存続すら危うい。来春には、戸倉さんだって子供と一緒に卒団だろうし。まあ、不幸中の幸いというか、私の判断で先に手を打っておいてよかったよ。月見野ＳＣが生き残る道は、もはや合併しかないね」

「合併？　それって、萩塚スターズとのことですか？」

健吾の言葉に、「おっ」という表情を林は見せた。

「よくご存じじゃない。でもね、その話はもう断った。うちの名前を頭にもってきて、『月萩スターズ』でどうかって、野尻さんに頭を下げられたけどね。なんだかそれって、ツギハギみたいだろ」

林はおもしろくもない冗談に一人にやついた。

「それじゃあ、どこと？」

「長いものには巻かれろって言うじゃない。うまい具合に、広瀬さんが橋渡し役になってくれたんでね」

「広瀬さんが。——本気なんですか？」

「心配ない。根回しを進めてる。佐々木さんや西さんも、相手が海浜マリンズならって、喜んでるくらいだ」

「じゃあ、ムーンリバーズは？」

「ムーンリバーズね……」

林は一瞬遠い目をした。「あれはさ、酒の席での戯《ざ》れ言《ごと》だから」

「そうだったんですか……」

もう限界だった。健吾は立ち上がり、上着を乱暴につかんだ。

「ちょっと待ってよ。まだ話の続きがあるんだから」

林が腰を浮かせかけたが、健吾は無視して店を出た。

思いがけない話の展開に、からだが自然と前のめりになり、気がつけば舗道を走り出していた。ビルの隙間から抜けてくる生ぬるい風に顔をなぶられながら、駅へと急いだ。そんな馬鹿な、という思いと、いくつかの思い当たる節が、頭の隅に浮かんでは消える。

最初に会った春分の日、翔太はジャージの上下姿でスポーツバッグを提げていた。公園墓地には似つかわしくない姿で、足元が少しふらついて見えた。その後、小学校のグラウンドに姿を現した翔太は、不審者ではないかと疑われた。それを否定したのは、健吾自身だ。外見はとくにだらしなくは見えなかった。近づいたときも、体臭が臭ったりはしなかった。ただ、スニーカーだけがやけに汚れていた。夜のグラウンドで再び会って、家に誘った。夕食を共にしたときは、ひどく空腹だったようで、何杯もごはんをおかわりした。でも、それは若さだと羨ましくさえ思った。

——翔太が、ホームレス。

だとしたら、そんな境遇の青年をいいように使っていた自分たちはどうなんだ。コーチに誘い込み、試合の審判にかり出し、平日の夕方の練習まで無償で見させた。検討していきたいと言った報酬の話もうやむやにして。

いや、翔太がホームレスだと決まったわけじゃない。たまたまネットカフェから出てきたところを、ツカさんが目撃しただけかもしれない。店の人間が使ったという、〝常連〟という言葉だって、よく利用していたという意味か、あるいは人違いかもしれないじゃないか。

ただ、健吾は翔太を家に呼んだことはあっても、彼の家を訪れたことはない。住所すら確かめなかった。連絡の手段はすべて携帯電話に頼ってきた。亡くした息子が生きていればおなじ歳《とし》の翔太を、自分はどこかで過信していたのだろうか。でも、携帯電話を持っているホームレスなんて、とも思った。

駅のホームから、翔太の番号に電話をかけたが、「おかけになった番号は現在電源が入っていないか、電波が届かない場所にあります」というアナウンスがくり返し流れるだけだった。

もし、翔太のような若者が、そんな境遇にあるのだとしたら、この国はなにかが狂っている。煌《きら》びやかな街の夜景をぼんやり視界に入れながら、そう思わずにはいられなかった。

林が口にした海浜マリンズとの合併話は、唐突すぎたし、翔太のこともあって冷静には考えられなかった。合併と言うけれど、おそらく呑み込まれるのがオチであろう。営利団体であるマリンズにとっては、大きなメリットが生じるが、月見野ＳＣという地元クラブの受け皿を失った子供たちは、いったいどうなるのだろう。高い月謝を払って、海の近くまで通うか、やめるかの選択を迫られることになりはしないか。林が言うように、クラブが生き残る術《すべ》は本当にそれしかないのだろうか。

会社で自分が危うい立場にあるせいか、今回の林の立ち回り方は、どこか鼻についた。ツカさんにしてもそうだ。まるで最初から翔太を疑って、尾行でもしていたようにもとれた。父兄コーチの佐々木や西は、自分の息子が強豪クラブの一員になりさえすれば、それで満足なのだろうか。大人たちはみんな、自分さえよければ、それで……。

翔太の件も驚きだったが、自分の知らないところで、そんな裏工作のような話が進んでいたとは——。


翌日も翔太の携帯に何度も電話をかけた。でも、つながらなかった。林から連絡を受けた翔太は、健吾との接触を避けているのかもしれない。だとすれば、林の言った内容は事実だということになりかねない。

健吾は、翔太を目撃したという、ネットカフェ、夜間の学校のグラウンド、児童公園、月見川のサイクリングロードにも足を運んでみた。

健吾から話を聞いた晶子は、放課後の小学校へ連日出かけたが、グラウンドには達樹やリクトら高学年グループの子たちはいても、翔太の姿はなかったという。翔太を見かけなかったか尋ねても、皆一様に黙って首を横に振るばかりだったと、肩を落とした。

翔太は、忽然《こつぜん》と消えてしまった。

いったいどこへいってしまったのだろうか。

健吾は言い知れぬ不安を抱きながら、秋の気配の深まっていく夜の町をさまよい歩いた。


会社から帰宅した健吾は、その日も翔太を捜しに夜の町へ出た。晶子も止めなかった。

国道沿いにあるネットカフェを再び訪ね、近くにあるコンビニや飲食店を覗《のぞ》き、以前翔太が子供たちとボールを蹴っていた、月見川の河川敷にも足を延ばした。途中、閉園になった釣り堀や、十六夜橋のたもとへも立ち寄ったが、翔太の姿はどこにもなかった。

川縁で立ち止まり、ふと空を見上げると、月が見えた。異様なほどまるく光り、まるで夜空に穴が開いてしまったようだ。

そういえば、今日は十五夜。

「ムーンリバー、か……」

川面に映る満月を見つめながら、つぶやいた。

月明かりに照らされた馴染《なじ》みの町を歩きながら、騙《だま》されたのだろうか、と一瞬考えた。が、すぐに首を振って打ち消した。

そんなことはない。あり得ない。

あいつのことは、息子のようにさえ思い始めていた。

小学校のグラウンドには、だれもいなかった。最初に翔太を家に呼んだ日、ここでボールを蹴っていた。林が耳にしたという、妙な噂のなかにも、そんな目撃情報があった。翔太はあの夜以降も、くたびれたボールを蹴り続けていたのだろうか。

真っ暗な月見川のサイクリングロードを走ったり、深夜の児童公園でリフティングをしていたと聞いた。そんな時間に、なぜ——。

健吾は、闇に浮かぶ白いゴールポストを見つめながら、翔太の蹴るボールの美しい放物線を思い出した。

家を出てすでに二時間近くが経《た》っていた。ため息をつき、健吾は再び歩き始めた。自治会館の前を過ぎ、やがて人気《ひとけ》のない通りの先に、スナック「憩い」の看板の灯《あか》りが見えてきた。

もしやと思って店のドアを開いたが、客の姿はなかった。カウンターに寝そべったチャッピーが首をねじり、辛気くさそうな視線をくれ、何事もなかったかのように自分の肩口を舐《な》め始める。

「あら、いらっしゃい」

厨房《ちゆうぼう》から道代が顔を出した。「ひとり？　めずらしいじゃない」

「散歩してたら、たまたま前を通ったもんだから」

空々しい言い訳を口にした。

「奥さんと喧嘩《けんか》でもしたかい？」

「いや、その……」

「わかってるよ」

道代はふっと力を抜くように笑った。「捜してんだろ、あの子を」

「ああ、もうご存じで……」

「この歳《とし》になっても、地元のサッカークラブの話だけは、いやでも耳に入ってくる。OBコーチやら、クラブ員だった子供のお母さんとの付き合いは、今も続いてるからね。それはそうと、心配だね。あの子も住む家がないなら、相談してくれればよかったのにねぇ。空いてる部屋なら、いくらだってあるんだから、うちに下宿させてやったのに」

その言葉を聞いて、健吾は胸がすっとした。道代の声には、疑いも非難の色もなく、力を貸せなかった自分を悔いる響きすらあった。

「ママ、ビールください」

そんなつもりはなかったが、健吾はカウンターの椅子を引いた。

「あいよ」と道代は答えた。

思えば自分が今期でコーチをやめようと考えたのは、会社の業績不振により、今後の生活に不安を抱いたのがきっかけだった。コーチをやっている場合じゃない、と囁《ささや》くもう一人の自分がいた。定職に就けずにいた若い翔太には、おそらく自分以上に葛藤があったはずだ。それなのに子供たちのためにコーチを続けてくれていた。

「ママはどう思います、今回の件について」

健吾は、月見野SC創設者の妻である道代がどう思っているのか、知りたくなった。

道代は少しばかり猫背になった背中を健吾に向け、棚から自分のグラスを手に取った。「さあ、どうだかね。ただ、クラブっていうのは、本来、同じ理想や目的を持った者同士の集まりで、仲間じゃないのかい。言ってみりゃあ、家族みたいなもんさ。そういう存在である一人が、追い詰められた状態だと知ったとき、どうすべきなのかね。

昔話だけどね、そういえばこんなことがあったよ。クラブの六年生の子が駅前にできたデパートで万引きをして捕まってね、噂がすぐに広まった。するとその子の親が、子供をクラブからやめさせますと謝りに来た。クラブに迷惑をかけたくないというのが理由さ。うちの旦那は、それはちがうと言って、とにかく引き留めたよ。そのときうちのは、ひどく落ち込んでね。自分の指導になにかが足りなかったからだって。それは子供の話かもしれないけど、結局同じじゃないかい」

健吾はうなずき、グラスにビールを注いだ。「翔太は、おれがコーチに引っ張り込んだようなもんだから、自分にも責任がある。でも、あいつのしてくれたことを、すべて疑いの目で見るのは、ちがうと思うんですよね。こんなふうにクラブから追っ払うようにするなんて。今じゃコーチだけじゃなく、保護者まであいつのことを……」

健吾はグラスを握りしめ、ビールを一気に飲み干した。ホップの苦味とはまた別の苦さがこみ上げ、目をつぶった。

「それが世間ってもんだろうけどさ、どうなんだろうね。ホームレスってひとくくりに言うけど、家を持てない人間なんてたくさんいる。持てないなら借りろって話なんだろうけど、大切なのは、家のあるなしかい？　なにか事情があったことくらい、わかりそうなもんだけどね。あの子、働いてはいたんだろ」

「解体屋の日雇いですけど」

「この店へ来たときの、あの子の目は死んじゃいなかった。いい目をしてた。少なくとも私にはそう見えたけどね」

健吾は道代にわかるように二度うなずいた。

「そういえば、あの子、ショウタって言ったっけね」

「ええ、そうです」

「昔、うちのクラブにショウタって名前のすごくうまい子がいてね。その子がいたときの月見野ＳＣは、そりゃあ強かったよ」

「井上翔太です」

「井上？　じゃあ、人ちがいかな」

道代は首をひねってみせた。「でもね、あの子が店に来たとき、はじめてにしちゃあ、やけに落ち着いて見えたんだよ。なんていうか、物怖《ものお》じしてなくてさ。不思議だったのは、ほら、あの夜『ムーンリバー』を私が歌ったろ」

「ええ」

「あの子、あんなに古い歌なのに、口ずさんでたんだよ」

「へえー」

健吾はうわの空で聞いていた。

「ところで、最近、林さんやツカさんは？」

「さあね、ここんとこ、姿を見せないね。別の店にでも、入り浸ってるんじゃないのかい。海の近くのさ」

道代は自分のためのウイスキーの水割りを作りながら言った。「とくにあの話が出たあとはね」

「あの話って、合併のことですよね」

「萩塚スターズの野尻さんは、うちの旦那とは懇意《こんい》だったからね。スターズさんも子供が少なくなって、大変だって話は以前から聞いてた。野尻さんも還暦過ぎてるしね。だから噂を聞いたときに、場合によっては、そういう手もあるんじゃないかと思ったよ」

「でも、うちが合併するのは、萩塚スターズじゃないみたいですよ」

「まあ、聞きなよ」

道代は煙草《タバコ》を取り出して火をつけた。「あたしもその話には正直驚いた。もともと合併話は、スターズさんから来たわけだからね。スターズとは付き合いも長いし、お互い切磋《せっさ》琢磨《たくま》して、地元の子供たちのサッカーを盛り上げてきた。そういう関係だったから。

ところが蓋を開けてみれば、合併は海浜マリンズと進めてると聞いて、びっくりさ。お互いクラブの理念や方針もちがうだろうに、そういうすり合わせもなしに、今後の月謝をどうするとか、新ユニフォームの購入代金はこうだとか、そんな話ばかり出てるらしいからね。終いには、私の口座に預かってる月見野ＳＣの貯金を全額引き渡してほしいときた。なにに使うつもりなのやら……。合併って言ったって、実際は身売りみたいなもんさ。クラブ名も海浜マリンズのままでいくんじゃないのかい。うちの旦那は、草葉の陰できっと泣いてるよ」

「林さんは、今後どうする気なんですかね」

「どうやら合併した暁には、クラブの役員に納まる気らしい」

「えっ？」

「マリンズは営利団体だから、おそらくなにがしかの金をもらう立場になるんだろうね。あの人も定年を意識する年になったみたいだから」

「そういうことなんですか？」

しかしそれが事実だとしたら、ずいぶんな話ではないか。今期限りでやめる健吾と一緒に、コーチとしては有能だった翔太までも、噂にかこつけて排除したようにさえ思えてくる。

「ツカさんは、なんて？」

「あの人はあの人で、だらしないから」

道代は鼻で笑った。

「だらしない？」

最年長コーチをそんな言葉で揶揄《やゆ》する者はクラブ内にいないので、訊き返した。

「ほら、あの人、前に一度クラブのコーチをやめただろ。あんときは、保護者との関係が問題になったんだよ。特定の保護者としょっちゅう飲みに行っててさ。ご馳走にでもなってたのかね。それだけならまだしも、そういう親の子供を優遇して、試合に出すような真似をしたらしい。親しくやってる親の子を、実力もないのに上の学年の試合に推薦したりね」

「そんなことがあったんですか」

「ああ、そうさ。コーチが保護者と不適切な関係にある、なんて匿名の投書がクラブのポストに入ってたくらいでさ。そのときは、林さんが火消しにまわったんだよ。そしたら、連絡もなしにぱったり来なくなったらしい。当時同じ学年のコーチをしてた佐藤さんなんかは、顔を赤くして怒ってたけどね。ほとぼりが冷めて、またコーチに復帰したってわけさ」

健吾は戸倉の話を思い出した。古いホームページの掲示板に残された書き込みとは、その当時のものである気がした。今もそれが残っているのは、ホームページを管理していた佐藤の怒りが治まらず、意図的に削除せずにいるためではないか。だとすれば、保護者と不適切な関係にあるコーチというのは、ツカさんということになる。その過ちを翔太に転嫁されたのでは、たまったものじゃない。

自分の知らなかった林やツカさんの一面が炙《あぶ》り出され、胸がざわついた。一緒にコーチをやって来た仲間であり、信頼していただけにやるせなくもあった。

子供のためとか、ボランティア、という言葉の陰には、そういった暗部もまた生まれやすいのかもしれない。長く続けることにより、熟成を通り過ぎ、腐敗に変わる場合もある。これまで自分は、サッカーに関わる人間、あるいはやって来た人間に対する特別な視座を持っていた。そのことだけで心を許してしまうような、ある意味でお人好《ひとよ》しな部分があった。でも、サッカーとの関わりがあるからといって、必ずしも紳士であるわけではないのだ。

道代がウイスキーの水割りをすすってから言った。「遡れば、クラブを作ったうちの旦那は、まさか、あんなに早く自分が逝くとは思ってなかっただろうね。いろいろ考えていた矢先に、あの人が亡くなって、林さんが渋々ながら代表に納まった。ツカさんは、ボランティアというより自分が楽しみたい人だから、はじめから逃げてたからね。でも、私にはわかってた。うちの旦那が、月見野ＳＣの将来をだれに託そうと思っていたのか」

「それは……」

健吾は口を挟もうとしたが、道代は許さなかった。

「あの日のことは、はっきり覚えてるよ。夕方、クラブの練習から帰ったあの人が、うれしそうに言ったんだ。今日、グラウンドでいいコーチを見つけたって。あんまり手放しで喜んでるもんだから、コーチとしての指導経験があるのか私が訊いたら、そんなことは関係ないって笑われた。その男は、自分たちと同じように子供がいない。だからこそ、熱心に子供の指導について勉強するだろうし、子供のいるありがたみがわかるはずだって、一杯やりながら、そりゃあうれしそうに話してた。

そう、それは健さん、あんただよ。だけどあんたって人は、いつまでも指導の現場にこだわった。それはわるいことじゃない。でもね、サラリーマンだって同じだろうけど、いつまでも課長さんじゃ、組織の経営にまでは口出しできないよね。クラブだって、同じじゃないのかい。それとあの人は言ってたよ。ボランティアだけじゃ、クラブ運営には限界がある。そういう時代が必ず来るってね」

「ママさん……」

「あの人はね、海浜マリンズができる前から、月見野ＳＣは早く中学生年代のチームを作るべきだって、さかんに口にしてた。十一人集まらなくたって、一人でもうちでサッカーを続けたい子がいれば、やるべきだって。それがあの人の、夢だったから」

道代は短くなった煙草を灰皿で丁寧にもみ消した。

「おれは、丹羽さんに誘われてコーチになりましたよ。おかげで、今まですごく楽しかった。でもね、いつも引け目を感じながらやってきた」

「どうしてだい？」

「自分には子供はいないし、育てたことがないから」

「バカだね、あんたって人は」

「えっ？」

「これまでいったい何人の子供にサッカーを教えてきたんだい。子供にサッカーを教えるってことは、育てることと同じじゃないか」

道代はからからと笑った。

健吾はカウンターの上で握った自分のこぶしを見つめた。なにも言えなくなった。天国の丹羽にも笑われているような気がした。

道代が言うように、たしかに自分は多くの子供たちとサッカーを通じて関わってきた。最初に教えた子は、もう成人を迎えている。毎年年賀状をよこす子もいる。彼らのことは、今もどうしているか気になる。

「林さんが言ってたよ。自分たちには指導力が足りない。だからいつまで経ってもチームは強くならない。だったら、頭を下げてでも、強いクラブと一緒になったほうが子供たちのためだってね。本当に、そうなのかね」

道代の声には怒気が含まれていた。

「見に来てくださいよ」と健吾は言った。

「なにを？」

「おれの育てた子供たちのサッカーですよ。強さにもいろいろある」

「そいつは、言い訳にも聞こえるけどね」

道代は小指を立てて、グラスを手にした。「そういえば、もうすぐムーンリバーズ・カップだってね。あの人が好きだった歌の名前が付いた大会だもんね。そこで林さんの言ってることが正しいのか、あんたの言う別の強さってものがあるのか、確かめることにするよ」

健吾は無言でうなずいた。

「ムーンリバーズ、わるくない名前なんだけどね」

道代は新しい名前でクラブを呼んで、静かにグラスを傾けた。

翔太は、週末の練習にも姿を現さなかった。

子供たちはすでに噂を耳にしているはずだが、申し合わせたように、そのことに触れようとはしなかった。彼らは彼らなりの受け止め方をしているようだ。健吾としてもうまく説明できる自信がなく、「翔太コーチは休み」とだけ伝えた。

「どうしてですかね。僕らに相談してくれれば……」

練習中に戸倉が隣でつぶやいた。

「どうしてかな……」

健吾は四対二でボールを奪い合うポゼッションゲームをする子供たちに視線を置いたまま言った。

「翔太には翔太の、事情や考えがあったんだと思う。その話を聞いてやれなかった」

「ムーンリバーズ・カップ、もうすぐだって言うのに」

戸倉はため息をつき、離れていった。

練習では新キャプテンのリクトの声だけでなく、呼応する声も出てきた。子供たちは大会へのモチベーションをなんとか維持している様子だ。パスがつながり、先を読んで連動する動きも目に見えて増えてきている。それはまちがいなく〝翔練〟の効果といえた。

そんな子供たちの姿とは対照的に、林をはじめ、ほかのコーチたちは押し黙ったまま、健吾に近づいてこようとしなかった。接触を避けている。そんな雰囲気すらあった。

この春、林が言い出したクラブの改革は、海浜マリンズとの合併という思いがけない選択肢によって、頓挫しかねない情勢だ。少なくとも健吾にはそう思えた。

秋分の日、クラブの練習後、健吾はシャワーを浴び、毎年そうしているように、晶子と二人で公園墓地「やすらぎの里」へ向かった。そこは自分たちの息子の眠る場所であり、翔太とはじめて出会った場所でもあった。

緑の木々に覆われた丘の上の公園墓地に到着したのは、午後五時過ぎ。陽は西に傾いていたが、刷《は》毛《け》で伸ばしたような雲を配した空はまだ明るく、林の奥から蟬《せみ》の鳴き声が漏れてきた。

合同墓では息子の冥福と、翔太の無事を祈った。生を全うできなかった我が子が、いつの間にか健吾にとって神様の如《ごと》き存在となり、願を懸けるようになった。亡くした子供を頼りにするなんて、とも思うが、心の拠《よ》りどころであるのはたしかだ。健吾が合わせた掌を離し、目を開けてからも、晶子の祈りはしばらく続いた。

お参りをすませ、足元に灯るように彼岸花の咲く参道をもどり始めたとき、急に晶子が立ち止まった。しかし、またすぐに歩き始めた。飛び石を踏み外し、玉砂利を踏みしめる音が、やけに耳についた。

「今年の夏は、どこへも行かずに終わったな」

健吾はなにげなく言った。

「毎年のことでしょ」

晶子が口元をゆるめた。

「でも、楽しかったな」

晶子が言ったので、「そうだな」と答えた。

いつもと同じ秋の始まりのようであり、まったく異なる季節の入口に立ってしまったような戸惑いもあった。

晶子が石段でつまずきそうになり、健吾が手を貸した。ここへ通い続けた自分たちも確実に歳を重ねてきた。墓石の数が増えた公園を眺めながら、そのことを静かに実感した。もう若くない、とは言いたくない。でも、まだ若いとは声に出せない。

参道の十字路に近づいたとき、健吾は耳を澄ました。口笛が聞こえたような気がしたからだ。そのメロディには聞き覚えがあった。

幻聴かと思ったが、晶子も同時に首を左右に振った。しかし、あの日と同じように音は止《や》んでしまった。

「――翔太」

晶子がつぶやき、膝を折るようにして一歩前に出た。

左手に折れた参道の先に、ジャージ姿の青年が立っていた。

ゆっくりした足取りで、彼は二人に歩み寄ってきた。幻ではなかった。

その顔は控え目ながら笑みをたたえている。

先に歩きだした晶子に、健吾もすぐに続いた。

「なにやってんの、連絡もよこさないで」

晶子の叱責には、ためらいがなかった。今にも叩《たた》きそうな勢いだった。

「すいません。いろいろとあって」

翔太の声は、意外にも明るかった。

「心配したのよ」

「ほんと、迷惑ばかりかけちゃって」

翔太は目を細め、まぶしそうな顔をした。

健吾は言葉が出ず、黙ったまま二人のそばに立っていた。立ちつくしていた、といってもいい。

そんな健吾を、泣き出しそうな顔の晶子がうながすように見た。

「で、今はどうしてるんだ?」

健吾はかすれた声で尋ねた。

本当はそんなことより、再会できたことが、ただうれしかった。もう会えないかもしれないと、本気で思い始めていた。

「知り合いのアパートに世話になってます。来週からタイへ行くことになりました」

「タイって、東南アジアの?」

「そうです」

翔太は胸を張るようにした。引き締まったからだが、ひとまわり大きく見えた。

「立ち話もなんだから、ベンチにでも座ろうよ」

晶子が誘い、少し先に見える東屋《あずまや》まで三人で歩いた。夕暮れが近いせいか、あたりに人影はなく、地虫の鳴く声が足元から立ち昇ってくる。肌寒くさえ感じる秋の風が、伸びすぎた薄紅色のコスモスを揺らしていた。

「ともかく、今日会えてよかった」

東屋のベンチに三人で腰を落ち着かせると、晶子はそう言った。

「ええ、僕もです。なんとなく、今日ここへ来れば、会えるかと思って。本当にいろいろとお世話になりました」

あらたまって翔太が頭を下げた。

「それはこっちの台詞《せりふ》だ。こっちこそ、感謝してる」

健吾の言葉に、翔太の表情が曇った。「すいません、最後は裏切るようなかたちになってしまって」

「裏切る？」

「黙って姿を消したことです。だから、その話をしに来ました」

「私たちもね、あなたの話が聞きたかったの」

晶子の声は、語尾がかすかに震えていた。

「二週間くらい前のことです。林さんから電話をいただいて、もうグラウンドには来ないでほしいと言われました。理由は、僕がホームレスであり、定職に就いていない身だからです。つまり、コーチとしてふさわしくない、ということです。返す言葉がありませんでした。健さんや子供たちには、別れの挨拶をすべきかと思ったのですが、早く消えるほうがいいのかな、と思って……」

「じゃあ、ホームレスというのは？」

健吾は、翔太の目をまっすぐに見た。

「世話になっていた寮を出てからは、自分には帰る家はありませんでした。ですから、ホームレスと言われれば、否定できません。仕事も、知っての通り日雇いですし」

「以前は寮にいたのね」

「そうです。解雇されたので、出ざるを得ませんでした」

「ご家族は？」

「母は去年亡くなりました。父と母が離婚したのは僕が高校生のときで、原因はいろいろ考えられますが、やはり兄の死だったと思います。兄は高校二年の夏に交通事故で亡くなりました。バイクで事故を起こしたんです。葬式には、兄の中学時代のチームメイトが大勢来てくれました。そのとき思ったのは、サッカーを続けてさえいれば、こんなことにはならなかったのに、ということです。母や僕から見れば、兄からサッカーを奪ったのは、父のように思えました。父は常にサッカーをやっている兄と僕を比べました。事あるごとに口を出すんです。兄はそれに耐えきれず、サッカーとは別の世界に逃げたんだと思います。もちろん事故を起こしたのは兄自身の責任ですが、兄の死後、自らを責めて酒に溺れるようになった父を、母は見たくなかったんだと思います。母は自分が癌《がん》であることを隠していました。離れて暮らしている、僕に心配させたくなかったんです。それを知ったときは、とてもショックで、どうしていいかわかりませんでした。自分ががんばっていたのは、これからの母の人生に、少しでも喜びを与えるためだったからです。去年母が亡くなったとき、母と、母が納骨を拒んできた兄を一緒に、こちらの合同墓へ葬りました」

健吾は、晶子と共に沈黙した。

「酒に溺れてしまった父も、もうこの世にはいません。二年前に交通事故で亡くなりました。深夜の高速道路での単独事故で、警察の話では、高速の出口の分離帯に猛スピードで突っ込んで、車は大破したそうです」

翔太は目を伏せ、震える唇の端を強く結んだ。

壮絶な翔太の家族の過去を耳にし、健吾はため息すら出なかった。どこか寡黙な青年の背負い込んだ荷物の中身を聞き出せなかったのは、自然と発せられるオーラのせいだったのかもしれない。そして今も、その荷物を背負い込んでいるであろう翔太にかける言葉を、健吾は見いだせなかった。

「それで今日あなたもここへ」

晶子が小さな声で尋ねた。

「せめてお彼岸くらいはと思って」

「大変な人生だったのね」

晶子の声が沈んだ。

「そんなに追い詰められた身で、どうして」

健吾は言わずにはいられなかった。

「寮を出てからしばらくは、知り合いのアパートで世話になってました。でも、それも長くは続けられない。なるべくお金をかけず、暖かくなってからは、外で寝泊まりしたこともあります。本当のことを言えば、健さんと会った頃は、もうどうでもよくなりかけてもいたんです。――なにもかも、失った気がして」

「じゃあ、どうしてお金にもならないクラブのコーチなんて引き受けたりしたの？」

晶子が眉間にしわを寄せた。

「それは、健さんに会って、こういう人もいるんだって、あらためて気づいたからです。自分には子供がいないのに、ボランティアで子供たちを指導し続けている。僕もサッカー好きだけど、健さんは本当にサッカーも子供も好きなんだなって思いました」

「なにもあなたが真似しなくても……」

「でも、それだけじゃない。正直に言えば、最初に夕ご飯をご馳走になったとき、すごく腹が減ってたんです。あの日、ボールを蹴ってたのは、空腹をごまかすためでもありました。いただいた夕飯は、泣きそうなくらい美味《おい》しくて、とてもありがたかったです。だから少しでも、クラブの力になれたらって」

翔太は笑い話にしようとするように口元をゆるめた。「ずっとサッカーをやってきたから、サッカーのコーチも選択肢の一つではあったんです。でも父を見ていたんで、抵抗はありましたけど」

「さっき、口笛を吹いてたよな？」

「聞こえましたか」

「思い出したんだけど、最初にここで会ったときも聞こえた。同じメロディーだった。おまえは、口笛で『ムーンリバー』を吹いてたんだ」

「わかりましたか」

「どうして？」

「じつは僕、兄と一緒に月見野ＳＣに所属していた時期があったんです。短いあいだでしたけど、丹羽さんにお世話になりました」

「丹羽さんに？」

「はい。亡くなったことは、こっちに来てはじめて知りました」

「じゃあ、月見野に住んでたの？」と晶子が言った。

「ええ、月見川が見えるおんぼろのアパートに。たぶん、そのときは、健さんはまだクラブのコーチではなかったはずです。その間は父とは別々に暮らしていたので、兄と二人で楽しくボールを蹴ってました。あの頃が一番幸せだったかもしれません」

「そうだったの……」

「何度か丹羽さんの家にも遊びに行きました。だれかが拾ってきた仔猫《こねこ》がいて、庭で遊んだのを覚えてます。たぶん、それがチャッピーだったんですね。コーチ会議のあと、『憩い』へお邪魔して猫を見たとき、もしやと思ったんですが」

「なんで言わなかった」

「どうしてですかね。言い出せませんでした。でも、コーチをやらせてもらって、はっきりしたことがあります。やっぱり、今の自分には、サッカーしかないと気づけたんです。子供たちとボールを蹴って、心からサッカーが楽しいと思えました。自分がプレーする原点にもどれた気がします。それと同時に、どんどんうまくなっていく達樹や俊作を見たら、まだ自分はやりきっていない、そう思えてきて」

翔太は日に焼けた顔を上げて言った。「夢があったんで」

「夢？」

「ええ、僕と兄がここに住んでた頃の二人の夢です。そして父の夢でもありました」

「それは？」

「プロのサッカー選手。一年でクビになりましたけど」

「て、ことは？」

「高校卒業後、Ｊ２のクラブに所属していました」

「じゃあ、元Ｊリーガーってこと？　すごいじゃない」

「すごくなんてありません。一度も公式戦のピッチには立てませんでしたから」

翔太は首を横に振った。

「じゃあ、来週から行く、タイって言うのは？」と健吾が尋ねた。

「タイにもプロのサッカーリーグがあるんです。僕がネットカフェをよく使ってたのは、アジアのプロサッカーの情報を集めるためでもありました。今の僕には親も家もありませんけど、考えてみれば逆に縛られるものもなく、とても自由な立場にあるとも言えます。実際、タイでプロになった先輩がいて、先日、東京でメシをご馳走になったあと、エージェントの方を紹介してもらいました。その際、若い日本人選手を欲しがっているクラブがあるから、一度行ってみないかって」

「それって、いい話なのよね？」

「もちろんです。そのための準備で、今は忙しくて」

翔太の顔に柔和な笑みが浮かんだ。

どうやらプロの世界では、家のあるなしは関係なさそうだ。そのことが愉快でもあった。

「勝機というか、自信はあるのか？」

健吾は率直に尋ねた。

「あります。約一年のブランクになりますけど、その間、自分なりに弱点は強化したつもりですから」

「わかった」

健吾はうなずいた。「でもな、翔太。さっきおまえは、なにもかも失った気がしたと言ったけど、それはちがうぞ。おれも晶子も、できる限りおまえを応援する」

「もちろんよ」

「ムーンリバーズの子供たちだって、おまえの挑戦を聞けば喜ぶし、期待もするだろう」

「はい」

翔太は、健吾の目を見てうなずいた。

「いいか、翔太。おまえはひとりなんかじゃない。そのことだけは忘れるな」

健吾は右手を差し出した。

翔太は両手でその手を握り返し、目をしばたたかせた。「夜中、ひとりで月見川沿いの道を走っているとき、死のうか、と迷ったことがありました。でも、生まれ変わったつもりで、もう一度生きてみます」

「そうだぞ。今は家なんてなくてもいい、夢さえあれば」

「そうよ」と晶子が小さくうなずいた。

翔太は立ち上がり、洟《はな》をすすると言った。「健さんは、コーチをやめちゃうんですか？」

「ああ、そのつもりだったよ。仕事のこともいろいろあってな」

健吾は口ごもった。

「これは、僕の勝手な願望なんですけど」

翔太は目元を指でぬぐってから続けた。「もちろん、そんなに甘くないと思ってます。でも、僕がタイでプロになって、そこで活躍して納得いくまでプレーして引退したら、また健さんと一緒に子供たちのサッカーに関わりたいなって」

「ずいぶん先のことまで考えてるのね」

「考える時間は、たくさんありましたから」

翔太は頰をゆるめた。

「素敵な夢ね」と晶子は賛成した。「それが実現できるように、私も手伝わせてもらうわ」

「でも今は、もう一度ピッチに帰ることだけに集中します。ムーンリバーズ・カップ、応援には行けませんけど、がんばってください。タイに着いたら、必ず子供たちに手紙を書きますから」

翔太はそう言って、西の方角の空に鼻先を向けた。夕焼けが始まり、陽に照らされた雲が、何色とは呼べない、いくつもの色の帯を重ねていた。

「ねえ、うちで夕飯食べて行きなさいよ」

晶子が明るい声で誘った。

「ありがとうございます。そうしたいところですけど、今日は連れを待たせてるんで」

「連れって？」

翔太は照れながら白状した。「高校のときから、付き合ってる彼女です。合わせる顔がなくて、このところ会ってなかったんですけど。じつは彼女の車で送ってもらって、ずっと待たせているんで」

「そいつはうまくないな」

健吾は立ち上がった。

「そうね、それは」と晶子も慌てた。

「また、会えるよな」

「もちろんです」

今度は翔太が右手を差し出した。

健吾はその手を強く握りかえした。晶子も握手をした。

「それじゃあ、必ず遊びに来てね」

晶子が手を伸ばして肩のあたりをポンと叩いた。

「豚肉のしょうが焼き、またご馳走してください。あれは僕のなかで、最高のしょうが焼きです。それと、カントッチョも焼いてもらえれば」

翔太は笑った。

公園墓地の駐車場まで三人で影を並べて歩いた。石段の手前まで来ると、空色の軽自動車が端っこにぽつんと停《と》まっているのが見えた。

「じゃあ、ここで失礼します」

「元気でな」

「健さんも、晶子さんも」

翔太が石段を降り、駐車場の軽自動車へ向かって歩き出したとき、運転席のドアが開き、白いワンピース姿の娘が車から降りてきた。

翔太が振り返り、健吾たちに手を振る。と同時に、白いワンピースの娘も深くお辞儀をした。健吾はとっさに頭を下げ、晶子と一緒に大きく手を振って応えた。

「そうか、翔太にも彼女がいたか」

健吾はつぶやいた。我が子のことのようにうれしかった。

「今度は、彼女を連れてくるかしらね」

晶子が弾むような声を出した。

健吾は答えられなかった。なにか言えば、目蓋の下にたまっているものが溢《あふ》れそうで、ただ突っ立って、彼らが出発するのを待った。

「――生きるのよ、翔太」

晶子が祈るように両手を合わせた。

ハーフタイム

　十月に入ってすぐ、東京営業所では、全所員を対象とした個人面談が始まった。噂《うわさ》では、リストラ担当の一人は会社のメインバンクから派遣された切れ者という話だった。

　いよいよ始まる。そんな雰囲気が所内に漂い始め、健吾は何人かの若手所員から相談を受けた。自分はどう動くべきなのかわからない。そんな悩みを打ち明けられた。健吾は時間をつくり、一緒に酒を飲み、話を聞いてやった。もちろん答えを出せるわけではないが、健吾なりにアドバイスをした。

「最後は、自分の判断だからな」と必ずつけ加えた。

　個人面談の会場となった会議室に入ると、面接官が仰々しく三人並んで座っていた。健吾はすぐにその男に気づいた。社内にはいないタイプだ。三十代後半、背が高く、胸板が厚く、首が太い。そのくせ無骨なイメージはなく、顔立ちは整っている。学生時代はおそらく体育会系だろう。パリッとしたネイビーの上物のスーツに、紺と赤のレジメンタルタイを締めている。

　宇賀神《うがじん》と名乗ったその男から、健吾は執拗《しつよう》な質問攻めにあった。まずは東京営業所の同僚について、勤務態度や営業スキル、性格や人間関係に至るまで、一人ひとり事細かに説明を求められた。

　この面接の内容が今後の人事に反映されることは容易に想像できた。しかし健吾はいつもの自分と変わらず、決して媚《こ》びを売るような態度はとらなかった。もともとそういうのは巧《うま》くないと自覚してもいた。年下の同僚個々人について語る場合、短所だけでなく、長所についても併せて口にした。

「こうやって森山さんの話を聞いてますと、所員は全員優秀に思えてくるから不思議ですね。それなのに、どうしてここまで業績が悪化したものか」

宇賀神は笑みを浮かべながら、皮肉を平然と口にした。

その後、質問の矛先は健吾自身に向けられた。内容は私的な部分にまで及び、なんでそこまであんたに語らなければならない、と腹立たしく思える場面もあった。しかし健吾は、それがこの男の役目であり、やり方なのだと、淡々と応じることに努めた。

「あなたは、地元のサッカークラブでコーチをしてるそうですね」

だれに聞いたのか、宇賀神はそんな話まで持ち出してきた。

「ええ、週末にやってます」

「というと、土日ですか？」

「そうですね。それと祝日などの休暇に」

「それは大変だ。じゅうぶんに休養を取れないじゃないですか」

「活動は、練習の場合は約二時間、試合で半日程度ですから」

「月曜日に疲れが残ったりしません？」

「仕事に支障をきたすことはありません」

「ほんとに？」

「だいじょうぶです」

健吾はきっぱり答えた。

「ところでコーチというのは、報酬などはもらえるんですか？」

ゴルフ焼けだろうか、宇賀神は日に焼けた顔の唇の端を持ち上げるようにした。さっきから、すべての質問が、この男の口から発せられている。

「ああ、報酬ですか。そうですね、手取りで三十五万くらいかな」

そう言うと、宇賀神の両脇に座った面接官がはっと顔を上げた。まるでそれまで居眠りでもしていたように。しかし宇賀神は顔色ひとつ変えない。

「失礼、それは私の会社の給料の話でした」

健吾の言葉に、宇賀神だけがにやりとした。

「クラブ側からは金品は一切もらってません。でもそれに代え難いものを、時々もらうことがある」

「それは？」

「月並みな言い方かもしれませんが、子供たちの笑顔ですかね」

「なるほどね。で、どれくらいの期間続けてるんですか？」

「今年で十年になります」

「十年ですか。無償で十年も続くなんて、よっぽど楽しいんですね。十年と言ったら、ご自分のお子さんは、もうクラブに所属してないはずだ」

「いえ、もともと自分には子供はいないんで。残念ながら、授からなかった」

「ああ、それは失礼」

宇賀神は刻み顎を二度三度と上下に振ってみせた。

「じつはですね、お聞きしたサッカークラブの件で、いくつか耳にしてるんです」

面接官の右側、額の生え際が後退した五十代の男がはじめて口を開いた。「たとえば、休日にサッカーの試合がある際、出勤を拒んだケースがあるそうですね」

健吾は答えなかった。

「事実ですか？」

「その場合、業務に支障をきたさないよう、工夫してきました」

「ではその行為は問題ないと考えており、今後も続けるおつもりですか？」

宇賀神が質問を引き継いだ。

「必要であれば」

「必要とは、だれにとって？」

「自分、そして子供たちです」

「会社は？」

宇賀神の目が光った。

「本来は休日ですし、これまで問題が起きたことはありません」

「ではあなたは、自分がいなくても、会社は支障なく日々まわる。自分は会社に必要ない人材だと、認めるのですね？」

宇賀神はまっすぐに健吾を見た。健吾も目を逸らさなかった。これまでの話は、ここへ持って行くためだったのかと一瞬勘ぐった。嵌《は》められたのか、と。

「あなたは最近、営業先から社にもどらず、帰宅されましたね」

今度は左側の面接官、白髪が目立つ痩せた男が書類を手にして言った。

「はい。その際は、会社にその旨連絡を入れました」

「でもそのときは、まだ勤務時間内だったんじゃないですか？」

「どうだったかな」

健吾は首の後ろに手をあててとぼけた。電話に出たのが北村だったことを思いだした。

「そういうこと、ちょくちょくなさるんですか？」

「そんなことはありません。ただ、ときには臨機応変に動く場合もあります。営業マンですから」

「それはサッカークラブと関係があるのでは、という指摘も耳にしましたが」

「だれがそんなことを？」

「いや、それは……」

白髪が目立つ男が言い淀《よど》んだ。

「たとえば、サッカークラブの大会が近くなると、平日にも練習をしたりしないんですか？」

宇賀神が質問を変えた。

「平日の練習を見るコーチは、別にいました」

「『いました』というのは、過去形ですよね」

「今は子供たちが自主的にやってます」

「へえー、そうですか。それは素晴らしい指導者としての手腕だ。ちなみに、何年生を担当されてるんですか？」

「高学年です」

「いつもその学年を？」

「そうですね。ここ数年は監督という立場で任されています」

「大会とか、あるんでしょ」

「ええ、ちょうど今月……」

と口にしてから、健吾は口をつぐんだ。

「今月のいつですか？」

宇賀神は顔色を変えずに質問を続けた。

健吾はしらばくれようかと一瞬思ったが、「十二日の土曜日」と正直に答えた。

「そうですか、来週ですね」

宇賀神はそのときだけ顔を伏せ、オイルレザー張りのシステム手帳にペンを走らせた。静まりかえった部屋に、上等な万年筆のペン先が紙の上を滑る音だけがした。

そして終わりを意味する沈黙が降りてきた。

「最後に、あなたはその経験からなにを学びましたか？」

「その経験とは？」

「サッカーのコーチですよ」

冗談かと思ったが、宇賀神の顔にはひとかけらの笑みも浮かんではいなかった。

健吾は鼻から息を吸い、口からゆっくり吐いてから答えた。「人を育てることの難しさ。それと、育てる喜びですかね」

「――わかりました」

宇賀神は小さくうなずいて、手帳をパタンと閉じた。「大会、優勝できるといいですね。健闘をお祈ります」

　健吾の喉が、ごくりと唾を呑《の》み込んだ。

　会社は、一部の所員に退職勧奨を行ったようだ。所長の池田もそのひとりらしい。その後、希望退職者の募集が始まった。条件は退職金の満額支給、月給二ヶ月分の上乗せ、特別有給休暇二十日の付与。大企業や労組がしっかりした会社に比べれば、なんともお寒い内容といえた。

　しかし、たとえ会社に残れたとしても、業績の回復の見通しが立たなければ、引き続きリストラは断行されるはずだ。その際、同じ条件が提示されるとは限らない。異なる職種への異動はもちろんのこと、地方へ飛ばされることや、閑職へまわされることもじゅうぶんに考えられる。依願退職に追い詰められる場合だってあるかもしれない。

　今考えるべきことは、目先の仕事や給料のことではなく、生き方についてなのかもしれない、と健吾は思い始めた。自分にとって、なにが幸せなのか。残りの人生で、なにを優先させるべきなのか。その答えは、自分自身で導き出すしかない。

　その日、健吾はひさしぶりに北村を飲みに誘った。個人面談での話や、お互いの今後について情報を交換したかった。だが、先約があると断られてしまった。そのときの北村の、やけにオドオドした態度が気になった。

　ムーンリバーズ・カップの前日、健吾は終業時刻である午後六時半をデスクで待っていた。

一分早かったが、「じゃあ、お先に」と声をかけ、退社しようと席を立ったとき、「外線一番に電話です」と同僚に声をかけられた。

いやな予感がした。

電話のモニターの時計は、PM6:30に表示が変わった。

無視するわけにもいかず、点滅している保留ボタンを押して受話器を取ると、「ああ、よかった」と声がした。声の主はすぐにわかった。先日面談をした宇賀神だった。

電話に出たことを、健吾はすぐに後悔した。

「急でもうしわけないんですけどねー」

宇賀神はわざと間延びさせた声で切り出してきた。

襟首に冷たい息を吹きかけられたように、健吾は首をすくめた。

あと一分早くデスクを離れていれば。真剣にそう思った——。

その夜は午後十一時過ぎに帰宅した。

リビングの明かりをつけると、「明日早いので先に寝ます」と晶子の書き置きがあった。ラップがかけられた皿には、健吾の好物の秋刀魚《さんま》の押し寿司《ずし》が一本丸ごと載っていた。

その皿の横に白い封筒があった。

手に取ると、かなり厚みがある。宛先は「To Mr. Kengo Moriyama」とある。

タイからのエアーメイルだった。

ムーンリバーズ・カップ当日の朝、健吾は午前六時に起床した。少々寝不足だった。

まず確認したのは空模様。リビングのサッシ越しに見上げた空に雲はなく、夏空を水で溶いたような淡い色が広がっている。テレビの天気予報によれば、どうやら雨の心配はなさそうだ。六時半に、コーチ各位宛の大会開催を知らせる一斉メールが携帯電話に届いた。

「お弁当、できてるよ」

早起きをした晶子の声がした。今日は応援に来るらしい。試合を観《み》にグラウンドに足を運ぶなんて、もちろんはじめてのことだ。

午前六時五十分、小学校の昇降口前に全学年のコーチが集合した。簡単なミーティング後、七時から大会準備に取りかかった。

まずは体育館倉庫の鍵を開け、埃《ほこり》をかぶった天幕とフレームのパイプをリヤカーでグラウンドへ運び、本部テントの設営。それと並行してリヤカー隊はパイプ椅子を取りにもどり、本部席と二チーム分のベンチを作る。その後、手分けしてクラブの横断幕をフェンスに結びつけ、スコアを記入する対戦表を掲示し、トイレまでの順路の案内板を吊《つる》し、去年まで保護者に頼んでいたトイレ内の備品を補充。頃合いを見て、駐車場係が配置についた。

健吾がコート作りを始めたとき、道路に面した金網の向こう側に、自転車に乗ったノブの姿が見えた。同じ中一のシンジとタケルも一緒だ。花がらを切り取られ、ひとまわり背が低くなったアジサイの陰から、こっちをうかがっていた。

「どうした、朝っぱらからつるんで？」

健吾は引いていたラインカートを止めて、彼らに歩み寄った。

「ちわっす」

ノブが頭をひょいと下げた。「今日って、大会ですよね」

「おまえらも出場したろ、月見野杯。たしか四位だったよな。今年から、大会名はムーンリバーズ・カップに変わったけど」

「クラブの愛称、ムーンリバーズだそうですね」

「おう、かっこいいだろ」

「でも、それって今年一杯なんでしょ」

ノブの表情が暗くなる。「マリンズと合併するって、聞いたから」

「だれから聞いた」

「六年ですよ。自分たちの代が最後になるって。大会で無様に負けて合併したら、立場が弱くなるって、あいつら昨日の練習もがんばってました」

「そうか、もう耳に入ってるんだな」

健吾は小さくため息をつき、言葉を探したが、適当な台詞《せりふ》は見つからなかった。出身クラブが消滅することを、彼らがどう受け止めているのか、想像すると気持ちが沈んだ。

「なんだったら、手伝いましょうか」

シンジが自転車を金網に寄せた。

「そいつは助かるけど、せっかくの休みの日だろ。いいのか？」

「どうせ、おれら暇だし、なっ」

髪を立たせたタケルが口をとがらせた。

「そうだな、そうすっか」

ノブがわざとらしい明るい声を出した。

「おまえら、ところで部活は？」

健吾は、ようやくそのことを口にした。

「こないだ、やめました」

ノブがうつむくと、ほかの二人もばつの悪そうな顔をした。

「そうか、サッカーやめちゃったか……」

健吾はつぶやいた。

六年生当時、チームで主力といえた三人が退部したのには、それなりの理由があるはずだ。しかしそれは、彼らのコーチだった自分にも、なにかしら責任があるような気がした。

「いえ、やめてないですよ」

ノブが言い、少し怒ったような口調で続けた。「な、おれら、サッカー部をやめただけで、サッカーはやめてない。昨日の放課後だって、六年たちとボール蹴ったし」

「たしかに」

シンジが笑い、タケルが黙って顎を引くようにした。

なにかに渇きを感じているような三人の目が、健吾をとらえていた。

と、そのとき、「健さん！」と声がした。

振り返ると、戸倉が手を挙げて走ってくる。校門のほうから、揃《そろ》いのジャージの集団がグラウンドに向かって進んでくるのが見えた。どうやら招待チームの先陣が早くも到着したようだ。

「わかった。おまえらはサッカー部をやめただけで、サッカーをやめたわけじゃない。今度また、その話の続きをしよう。とりあえず、コートのライン引きを手伝ってくれ」

三人は自転車を路肩に停め、金網に飛びつき、我先にとフェンスを乗り越えようとした。

「おい、ちょっと待て」

健吾が怒鳴った。「なに考えてんだ。校門から入って、駐輪場にちゃんと自転車停めてこい」

三人は顔を見合わせ、にやけながら自転車をUターンさせた。

「ったくよ」

健吾は舌を鳴らしたが、口元はゆるんでしかたなかった。

立ちこぎで風を切って走る三人の後ろ姿を見つめ、彼らとの関係が今も続いていることを健吾は強く感じた。教え子というより、サッカーを通して、同じ時間を共に過ごした仲間、あるいは家族のように。

もしそんな彼らがサッカーを続けたいと熱望するなら、自分もなにか力になりたい。それはとてもあたりまえの感情として、ふつふつと胸の内に立ち上がってきた。


午前八時過ぎ、ノブらの協力もあり、校庭に八人制のピッチが二面出来上がった。

ゴールは少年用がひと組しかないため、どちらのコートも一方は、塩ビパイプで作ったミニゲーム用のゴールを二つ並べることで代用した。

受付の始まった本部席の長テーブルには、「ムーンリバーズ・カップ」と大きく横書きされた模造紙が貼り付けられ、優勝カップやメダルが並べられている。その前に参加チームが現れては、横一列に整列する。メンバーの中心は六年生のせいか、どのチームもしっかり挨拶をした。時折、遠巻きに賞品をのぞきに来る子供たちの目は、優勝カップやメダルと同じように輝いていた。

定刻通り、午前八時半から開会式が始まった。

司会を務める大会運営委員長の佐々木が指名し、主催者クラブの代表である林が前に出てきた。天候に恵まれたという話のあと、例年の参加チームに加え、今大会は海浜マリンズを迎えられたことを、さも一大事のようにうれしそうに話している。

集まったコーチのなかには、仏頂面で両腕を組んで聞いている、萩塚スターズ代表の野尻の姿もあった。

続いて、審判委員長であるツカさんから、大会の競技方法についての説明があった。

「えー、念のためお伝えしておきます。今大会は予算の関係上、塩ビパイプのミニゴールをふたつ並べてゴールとして使用しております。そのゴールにつきましては、ミニゴールを重ねた中央部分の支柱にボールが当たり、はね返った場合でもゴールです。その点はくれぐれもご注意ください」

その言葉に笑いが起きた。

健吾が手にした大会プログラムの対戦表には、Ａブロック、ムーンリバーズ　萩塚スターズ　穴川ＳＣ。Ｂブロック、海浜マリンズ　茜台ファルコンズ　ＦＣ椿山とある。

Ａコート、Ａブロックの第一試合はムーンリバーズ対穴川ＳＣ。穴川ＳＣは招待チーム五チームのなかで、最も戦力的に劣るという前評判だった。ムーンリバーズと同じく五、六年生の混成チームだが、六年生はわずかに三人しか登録されておらず、女子も所属している。

穴川SCがムーンリバーズと同組になったのは、もちろん偶然ではない。本大会の組み合わせについては、抽選は行わず、あらかじめ主催者側で決めさせてもらうのが慣例だ。健吾に相談はなかったが、林やツカさんがよかれと思ってそう仕組んだのだろう。

参加チームのなかでは、海浜マリンズが頭一つ抜ける存在で、穴川SCを除く、あとの四チームはここ数年ドングリの背比べといった成績しか残せていない。その点を考えれば、Aブロックで一位抜けするチャンスはじゅうぶんにある。Bブロックは海浜マリンズが全勝で抜けてくるはずだ。

「健さん」

開会式のあとで、声をかけられた。

振り向くと、茶髪の児島が立っていた。

「どうした?」

「おれ、バカだからよくわからないけど、なんかちがうと思うんすよね」

「なにが?」

「今度のこと。林さんやツカさんは、翔太が解体屋の日雇いで、定職についてないのもコーチとして問題だって言ってました。でも、知り合いに聞いた話では、翔太はまじめに働いてたって。それにそんなこと言ったら、おれだってリフォーム会社の契約だし……」

「そうか、言ってみりゃ、同業者だったもんな」

「ええ、そうっす」

児島の目は潤んでいた。「おれ、なんだか悔しくて……」

「おまえを男と見込んで頼みがある」と健吾は言った。

「え？」

「今日、ここに翔太はいない。おれと戸倉さんがベンチに入る。必ずチームはピンチを迎えるだろう。そのとき、子供たちを応援してくれないか」

児島は下唇を噛《か》むようにしてうなずいた。目には光るものがあった。

「それと、コーチなら子供の模範になれ。グラウンドで泣くな」

健吾が言うと、「はい」と児島は返事をした。


午前九時、雲ひとつない秋空に、キックオフのホイッスルが響き、第一試合が始まった。

健吾としては、なんとか初戦でチームを波に乗せたかった。そのため、昨夜は午前一時過ぎまで作戦を練り、本部と相手チームに提出するメンバー表を何度も書き直した。

第一試合の先発メンバーはベストメンバーを組んだ。戸倉のスカウティング・データを参考にしつつ、学年に囚《とら》われず、最終的には自分の目で選んだ。

GK　1　ケンタ（五年）
DF　8　リクト（五年）☆（キャプテン）
DF　3　スグル（五年）
MF　10　康生（六年）
MF　7　光（六年）
MF　6　元気（六年）

FW　11　敦也（六年）
FW　14　カイト（五年）

六年生四人、五年生四人。六年生で先発から外れたのは達樹と俊作。

五年生は、サトシ、ツヨシ、ケイ、タクムが控えにまわった。

ムーンリバーズのフォーメーションは2－3－2。ゴールキーパーの前に、ディフェンダーが二人、ミッドフィルダーが三人、フォワードが二人。八人制では最もオーソドックスな布陣といえた。

白のユニフォームの穴川ＳＣも同じフォーメーションらしく、それぞれのポジションで選手一人ひとりがマッチアップするかたちになった。まさにこれぞ八人制の試合という場面が早くも生まれた。

試合開始二分、左サイドでの一対一、あっけなく敵の突破を許し、ゴール前に早めのクロスが入ってくる。前に出ていたキーパーのケンタが、ボールをピッチの外へ蹴り出し事なきを得たが、相変わらずの立ち上がりの悪さに、健吾は思わず声を張り上げた。

「元気、軽いぞっ。集中！」

左サイドハーフの元気が抜かれたのは、小柄な7番の選手。長い髪を後ろで束ねている。

「女子か」

健吾がつぶやくと、「あいつら、女性に弱いですからね」と隣で戸倉が苦笑した。

冗談ではなく、この年代ではそういう傾向がある。やり慣れていないと、どうしても遠慮がちになってしまい、フィジカルコンタクトを避けがちになる。元気のアプローチは判断も遅く、足先だけでボールを奪おうとしていた。

初戦のせいもあるかもしれない。両チームの選手とも動きが硬く、つまらないミスが目立ち、仲間を助ける声も出てこない。ただ一人躍動しているのが、穴川ＳＣの右サイドハーフ、７番の女の子。束ねた長い髪を左右に揺らしながら、再三ドリブルで元気が守る左サイドから仕掛けてくる。

前半七分、その７番の積極的な仕掛けによってコーナーキックを奪われた。

マークの確認をしている隙に、キッカーの近くに７番が近づき、ショートコーナーを使ってきた。角度を変えて放り込まれたセンタリングへの対応が遅れ、そのボールに康生とリクトが仲間同士で競り合うかっこうになり、ボールがゴール前の密集地帯に消える。

「クリアー！」

尻もちをついたリクトが叫んだ。

しかし、こぼれ球にいち早く反応したのは白のユニフォーム。ボールをゴールに押し込まれた。

「あーっ」

ベンチ斜め後方に陣取った五、六年生グループの保護者から、ため息が漏れた。

「なにやってんだか」

康生のお母さんの声。

子供たちの晴れ舞台を見ようと足を運んでくれたのだろう。今日はいつもより多く集まっている。その近くには、晶子の姿もあった。

集中を欠いたプレーに健吾は怒鳴りたいところだったが、今度はぐっと堪《こら》えた。

――先制を許し、０対１。

しかし、その失点で目が覚めたのか、ゲーム再開後は、ムーンリバーズのパスがつながり始めた。

ドリブルが得意でない子も、〝止めて蹴る〟ができれば、パスでボールを運ぶことはできる。ボールと一緒に走る必要はないので、その分消耗も少ない。ただ、パスコースに顔を出すことや、ボールを持っていないときの動きが大切になる。全員がサボらずに次の動きを意識しなければならない。〝翔練〟でのミニゲームで磨かれた点が、まさにそこだ。

思い返せば、さすがは元Ｊリーガー。翔太が子供たちに口にした言葉が記憶に残っている。

「ゴール前にスペースがある。そこを使いたいと思ったら、どうすればいい。まっすぐそこに向かったら、敵に気づかれるよ。例えば一度離れてから、タイミングを見てそこに入るようにするんだ。もしくは、離れる振りをしてからね。パスも同じだ。一手先、二手先を考えてプレーしよう。大切なのは、ひと手間かけるってこと。遠回りすることも必要だよ」

その言葉は、翔太自身の人生のようでもある。彼が目指したのはプロのサッカー選手。あるいはＪリーガー。なったと思った途端に解雇通告を受け、ここ月見野という地に舞いもどってきた。そして今度はタイへ向かい、再び夢の舞台を目指している。昨夜、翔太からの手紙を読みながら、健吾はその夢の成就を心から願った。

前半十一分、リクトが敵のトラップミスを見逃さず、ボールを奪った。

リクトは康生とのワンツーで前に出て、トップの位置から落ちてきたカイトにパス。カイトはそのボールを、右サイドから上がってきた光の前のスペースに出す。

リクト↓康生↓再びリクト↓カイト↓光、とパスがつながった。

ペナルティーエリア内にボールをドリブルで持ち込んだ光が、敵を引きつけ、ゴール前に横パスを通す。敵の選手のあいだをすり抜けたボールが、ゴールから遠いサイドに流れ、そこに動き直しをしてフリーになったカイトが走り込んでいた。

「来たっ！」と叫び、戸倉が前のめりになる。

カイトはからだを開くようにして、右足インフロントキックで合わせた。右回転のかかったシュートが、キーパーの指先をかすめ、カーブしてゴール内側のサイドネットに決まった。

それは、夏合宿で対戦した海浜マリンズとの一戦で芽生えた、彼らがやりたいと口にした、ボールを大切にしたパスサッカーによる崩しからのゴールと言えた。

喜び合うピッチの選手たちに、「ナイスプレー！」と健吾は声をかけ、親指を立ててみせた。

——1対1。ムーンリバーズは同点に追いついた。

保護者たちの声援のなかには、「なかなかやるじゃん」とか、「今のいい展開だったよね」など、肯定的な言葉が交じりだした。

さらに前半終了間際、敵のゴール前、絶好の位置でフリーキックをもらった。ボールの前にはキッカー候補が三人立った。リクト、スグル、康生。以前はなかった光景だ。

主審の笛が鳴ると、リクトがスタートを切りボールをまたぐ、続いてスグルが蹴る振りをしてからゴール前に走り込み、最後に康生が右足の内側でボールをとらえた。蹴ったボールはスピードこそなかったものの、敵の作った壁をふわりと越えていく。キーパーが一歩も動けず見送ると、ボールは白いバーの下をくぐって、ゴール左隅に決まった。

「よっしゃー！」とベンチで達樹が叫んだ。

「ナイスキック！」

俊作も声を出した。

これまではエースの涼太の陰に隠れ、フリーキックはすべて譲っていた康生だったが、もともとセンスは持っていた。チャンスをものにした康生は、ベンチに向かって白い歯を見せ、両手でガッツポーズをとった。

康生がキックする前の二人のフェイントも効果があったはずだ。

「あれは、俊作のアイデア。いくつかフリーキックのパターンを練習したから」

達樹が鼻高々な様子で教えてくれた。

そんなことにまで、子供たちだけで取り組んでいたとは、健吾は知らなかった。「どうやら、自分たちのサッカーを始めたようですね」と言っていた、翔太の顔が不意に浮かんだ。

——2対1。ムーンリバーズ逆転に成功。

これでチームは流れをつかんだかに見えた。


ハーフタイムのインターバル五分を挟んで、一点をリードした後半、ディフェンダーのスグルに代えて達樹をピッチに送り出し、リクトと二人で最終ラインを組ませた。

このコンビもまた、わるくなかった。達樹はスグルのような高さはないが、よく声が出る。スリムになって、動きも以前より軽くなり、プレーも一皮むけてきた。それらが積極的なプレーにつながっているのだろう。時折前に出すぎて、リクトに注意される一幕もあるほどだ。

後半十分には、思い切って中盤の光と元気の二枚替え。五年生のサトシとツヨシを起用した。

全員で戦う。

そのメッセージを込めた交代でもある。

ピンチも何度かあったが、チャンスはムーンリバーズのほうが多い。ただ、決めきれない。

「おいおい……」

シュートが枠から外れるたびに、ノートを手にした戸倉が前のめりになった。

残り三分で疲れの見え始めた敦也に代え、五年生フォワードのタクムを出場させた。その直後、またしても7番にやられてしまう。小柄ながらバンビのようにサイドを駆け抜けた少女が、ゴール前に早めのクロスボールを送り込んできた。おそらくセンタリングのつもりだったのだろう。そのボールが意外に伸びて、前に出ていたケンタが一歩、二歩、三歩と、あとずさる――。

「えっ」

健吾が声を上げたときには、ボールはケンタの伸ばした両手をすり抜け、キーパーグローブとバーとのあいだに吸い込まれた。

「あちゃー」

戸倉が頭を抱え、ノートが地面に落ちた。

隣に並んだ子供たちも同じかっこうをした。

――追いつかれ、2対2の同点。

五年生キーパーのケンタは、それほど背が高くない。あの角度のボールは、小学生キーパーにとって為《な》す術《すべ》がない。不運としか言いようがなかった。

たしか全少のときも、同じパターンでやられたと、広瀬から聞いたのを思い出した。

そういえば、涼太のやつは……。

健吾はふと思ったが、目の前の試合に集中した。

予選リーグを一位抜けするには、穴川SCは勝たねばならない相手と言えた。

簡単に突破されたサトシにも問題があったが、達樹の寄せもじゅうぶんではなかった。健吾自身、穴川SCを甘く見ていた部分があったかもしれない。しかし選手交代を悔やんだところで、あとの祭りだ。

残り二分。中盤に光と元気をもどし、何度かチャンスを作った。しかし、相手を崩しきれず、ゴールを破れない。シュートのたびに、ため息……。

前後半合わせて四十分を戦い、引き分けのまま、試合終了のホイッスルをベンチで聞いた。


「あっ、涼太じゃん」

第一試合後のミーティングを終えたとき、達樹が指さした。

青白赤のトリコロールカラーの一団のなかに、元キャプテンの姿があった。

「よっ、涼太!」

康生が呼ぶと、涼太は気づいたようにも見えたが、そのまま行ってしまった。

「なんだよ、あいつ」

「しかたないって、試合前で緊張してんだよ」

達樹が庇《かば》うように言った。

涼太が来ていることを、健吾は知らなかった。海浜マリンズでは、てっきりAチームに所属していると思っていたからだ。それにトリコロールカラーのユニフォーム姿の子供の数はやけに多く、八人制なら優に三チームはつくれそうだ。

第一試合、Bブロックは茜台ファルコンズとFC椿山が戦い、2対1でファルコンズが勝ち点三を得た。第二試合は、勝者ファルコンズと、海浜マリンズとの対戦になる。戸倉はすでにチームから離れ、Bコートのピッチサイドに折りたたみ椅子をひろげ、スカウティングの準備についていた。

Aコートでは、穴川SC対萩塚スターズの試合が始まろうとしていた。

「どっちの試合を観る？」

健吾の問いかけに、当然のように「マリンズ！」と子供たちの声が返ってきた。

しかし、萩塚スターズ戦の結果次第では、マリンズとの決勝戦は実現しない。マリンズの偵察は戸倉や子供たちに任せて、健吾はAコートへと足を向けた。途中、年配の女性たちと笑顔で話す道代の姿を見かけた。

そのAコート、穴川SC対萩塚スターズの試合は、思いがけない展開となった。開始わずか三分で穴川SCが先制点を奪ってみせたからだ。

スターズのベンチに座った野尻は、野太い声で指示の声を張り上げ、選手たちを鼓舞するのだが、ピッチの子供たちはどこか元気がない。チームの統率がとれていない印象を受けた。

前半終了の笛を聞き、健吾はBコートに足を運んだ。戸倉は椅子に座って、なにやらノートに書き込んでいる。

「Aコートは1対0。穴川SCがリードしてる」

「え、ほんとですか？」

戸倉はペンを止めずに言った。

「現時点では、穴川SCが暫定の一位ということになる。このままいけば、次の試合、うちはスターズに勝つしか、一位通過の可能性はない」

「勝てば、穴川ＳＣと勝ち点４で並びますね。あとは得失点差か……」

勝つには、当然ゴールが必要になる。第一試合もそうだったが、決定力が課題になりそうだ。これまでチームで一番ゴールを決めていたのは、まちがいなく涼太だ。その涼太が去った今、チームにストライカーと呼べる存在はまだ見当たらず、不安が残る。

「Ｂコートのほうはどう？」

気を取り直して、健吾は尋ねた。

「マリンズのリードです」

訊くまでもない答えが返ってきた。

戸倉はようやくノートから顔を上げ、渋い表情を浮かべた。「前半を終わって５対０。ＦＣ椿山に勝った茜台ファルコンズですら、手も足も出ない感じで……」

「やっぱり強いか」

「Ｂチームとはいえ、十一人制から八人制になって、より精鋭になった感じがしますね。それと気になるのは、夏合宿のビデオには映っていない選手が、何人かベンチに入ってるんですよ」

「涼太もいるよね」

「そうなんです、まだ出番はないですけどね」

戸倉は神経質そうに膝を揺すった。

黒服の審判に続き、両チームの選手たちがピッチに出てきたのを見て、健吾はＡコートの観戦サイドへともどった。

穴川ＳＣ対萩塚スターズは、後半になって八人制の特徴でもある、いわゆる打ち合いを演じた。とは言うものの、シュートはなかなか決まらない。

後半の十八分に穴川ＳＣがコーナーキックから二点目を決めた場面、健吾は思わず舌を鳴らしたが、試合終了間際に萩塚スターズがＰＫでなんとか一点を返し、トータルスコアは2対1。いずれにしても、ムーンリバーズがグループリーグを一位通過して決勝に進むためには、次の試合は勝つだけでなく、二点差以上をつけなくてはならなくなった。

本部テント脇にある対戦表の前には、試合速報を見ようと、人集《ひとだか》りができている。海浜マリンズ対茜台ファルコンズのスコアは8対0。後半も、マリンズはゴールを重ねたようだ。

健吾が両腕を組んで対戦表を見ていると、第三試合で海浜マリンズと対戦するＦＣ椿山の顔見知りのコーチが顔をしかめて言った。「勘弁してよ、うちは何点とられることやら」

健吾は同情を込めた笑みを浮かべるしかなかった。

「もったいない。なんで初戦を引き分けたかなぁ」

本部テントのほうから聞き覚えのある声がした。

「後半の選手交代が響いたよね。あそこは、なにも無理して補欠を使うことはないのに。もう一点取りに行くべきだったね」

林とツカさんの声だ。

「まあ、そういったコーチの采配を含めて、うちの実力なんですよ、実力」

人垣のなかで対戦表をにらんでいた健吾は、からだを横にずらし、二人とは顔を合わさずにその場を離れた。

見せてやろうじゃないか、子供たちの本当の強さを。

健吾は歩きながら、怒りをモチベーションに変えていった。

なんとかしてムーンリバーズを決勝に導き、もう一度海浜マリンズと戦わせてやりたい。それも自分なりのやり方で。子供たちも翔太も、マリンズとの再戦を目標にがんばってきた。そのためには次の試合に勝つこと。勝利が必要だと健吾は強く意識した。

勝つことにばかり、こだわっていてはいけない。そう常々思ってもいるが、今日はどうしても子供たちを決勝の舞台に立たせたかった。そして、彼らがこれからもサッカーを続けるための新たな動機を、この大会を通じてつかんで欲しかった。


第三試合のキックオフ前、先輩指導者に敬意を表し、健吾は萩塚スターズのベンチに挨拶に出向いた。代表の野尻とは、これまで何度もグラウンドで顔を合わせてきた。

しかしこの日の野尻の態度はいつになく冷淡で、「おたくには、負けんよ」と腕を組んだまま睨《にら》んできた。

「うちにだって、意地はあるさ」

野尻はうわまぶたに半分隠れた目を逸《そ》らした。

健吾はしかたなく差しのべた右手を引っ込め、苦笑いを浮かべるしかなかった。

決勝進出の可能性をすでに失った敗軍の老将の機嫌はすこぶる悪く、試合とは別の敵意のようなものを感じた。

「おたくもエースをマリンズに抜かれたらしいな」

野尻は、健吾が渡したメンバー表に視線を落とすと言った。「うちも主力のセンターバックを持っていかれたよ。まったくね、萩塚中のサッカー部の評判がよくないせいか、マリンズのジュニアユースに行きたがる子があとを絶たない」

萩塚スターズでも、涼太と同じような移籍が起きていたのかと健吾ははっとした。そんなマリンズと手を組もうとしているこっちは、もはや切磋琢磨する地元のライバルではなく、憎き裏切り者と見なされているようだ。

「なんとかしたいんだがなぁ」

グラウンドに視線を投じた野尻の瞳は、どこか虚《うつ》ろでさえあった。

自軍ベンチにもどった健吾は気持ちを切り替え、選手たちを集め、今チームが置かれている状況について説明した。

予選リーグAブロックは、穴川SCが一勝一分けで勝ち点4、首位に立っている。これから対戦する萩塚スターズは一敗で勝ち点0、予選リーグ二位以下がすでに決まっている。ムーンリバーズは一分けで勝ち点1。次の萩塚スターズ戦に勝利すれば、勝ち点で穴川SCに並ぶことができる。

「決勝に進むには、まず勝つこと」と健吾は声を強めた。

問題は得失点差だ。穴川SCは二戦して＋1。ムーンリバーズは±0。よって決勝進出には、二点以上リードしての勝利が必要になる。

そのことを説明した上で、「だとすれば、どう戦えばいい？」と子供たちに問いかけた。

「2ゴールを決めて、点を取られない」

左腕にキャプテンマークを巻いたリクトが言った。

「失点したら？」

「失点プラス２ゴールを決める」

小さな声で答えたのは、俊作だった。

「そうだ。そういうことだな」

そこで達樹が手を挙げた。「監督、もし、得失点差で並んだらどうなりますか？」

「その場合は……」

「その場合はですね」

大会パンフレットを開いた戸倉が助け船を出してくれた。「総得点の多い方が、決勝に進出します。また、総得点でも同じ場合は、三名によるＰＫ戦で決定すると大会規則にあります」

「じゃあ、たくさん点をとったほうがいいわけだ」

康生が二度うなずいた。

「まずは先にゴールを奪うことを考えろ。それから、ゴールを奪われないこと。その二つを頭に入れておこう」

健吾は言葉を切り、子供たちを見た。全員の視線が、自分の視線とぶつかった。そこにたしかな成長を感じとった。


午前十一時、Ａブロック第三試合、ムーンリバーズ対萩塚スターズ。前半開始の笛が鳴る。

試合が始まると、「負けんよ」と口にした野尻の言葉の意味を、健吾はすぐに理解した。

グリーンのユニフォーム、萩塚スターズの布陣は３－３－１。スリーバックは一人を余らせる用心深さで、中盤も3人、ワントップという、守備的なシステムで臨んできた。

そこには、勝てなくとも負けない。なんとしてもムーンリバーズの決勝進出だけは阻止する、という意地と魂胆が読み取れた。

野尻の戦術は、ジュニア年代で八人制を導入した主旨を度外視している、と言ってよかった。八人の選手が自陣ゴール前まで引いて守備のブロックを作り、攻撃の選手の侵入を阻む。奪ったボールはできるだけ遠くへクリアする。ピッチの外へ大きく蹴り出すやり方は、時間稼ぎにさえ映った。時折、カウンター攻撃を見せるものの、多くの選手は自陣にとどまり続け、大雑把なシュートで攻撃を終えてしまう。

「そう、それでいいんだ。攻撃はシュートで終われ。敵には絶対シュートを打たせるな!」

野尻はベンチ前に立ち、叫んだ。「なんとしても守りきるんだ!」

ベンチに座ったままの健吾は、予期せぬ展開に戸惑った。どうすればこの超守備的なチームの牙城を崩し、ゴールを奪えるのか。腕を組んで考えてはみるが、時間ばかりが過ぎていく。

「なんで攻めてこない」

めずらしく、ベンチで戸倉が苛立った。

健吾にすれば虚《むな》しくさえあった。こんなサッカーを強いられて、スターズの子供たちは果たして楽しいのだろうか。秋晴れの下、せっかくの大会の試合だというのに。

しかし、これが今ピッチで起きている現実なのだ。四の五の言っても始まらない。チームがこの状況を乗り越える術《すべ》を考えるのが、コーチである自分の責務でもある。そう言い聞かせた。

そして、ふと思った。

――こんなとき、翔太ならどうするだろう。

グリーンのユニフォームの八人は、自陣奥のスペースにとどまっている。そこに青と白の縦縞《たてじま》のユニフォームの選手が散っているので、混み合った状況が生まれる。低学年によく見られる、いわゆるだんごサッカーのごとき場面すらあった。パスはある程度まわるものの、決定的なシーンはつくれず、ムーンリバーズのシュートはことごとくブロックされてしまう。

なんとか有利にゲームを動かしたい。そのためには、ゴール前に張りついた敵を引き出したいところだ。リクトもそのことを感じたのか、あえて自陣に下がってボールを回すが、スターズの選手がボールを奪いに来る気配はない。

しびれを切らした康生が必要のないファウルを犯し、フリーキックを与えてしまう。それでも敵の選手は前線に上がろうとはしなかった。

その状況は、後半に入っても大きくは変わらなかった。萩塚スターズは、前半と同じく超守備的な布陣を崩さなかった。

0対0のまま、時計の針が進んでいく。

この試合の結果により、接戦を演じているAブロックの順位が決まるせいか、いつの間にかピッチの周りの観戦者の数が増えてきた。ムーンリバーズの関係者の姿も目立つ。

後半が始まって三分、早くも健吾はベンチを立ち、2−3−2のフォーメーションを、1−3−3に変更するよう、リクトに指示を出した。向こうが超守備的なら、こちらは超攻撃的にいくまでだ。最終ラインはリクト一人に任せ、前線と中盤に人数をかけさせた。

すると後半五分、康生が遠目の位置からミドルシュートを放った。大会前のミーティングでリクトから指摘された、自分の長所を実践してみせたかっこうだ。シュートは惜しくもバーの上を通過したが、ゴール前に引いている相手を脅かすには、有効な手段と言えた。

「いいぞ、康生。ただし、枠を狙え」

健吾が声をかけると、ベンチを見てこくりとうなずいた。

ムーンリバーズは敵をじりじり追い詰めながらパスを回していく。右から左へ。左から右へ。前半のように急ぐのではなく、敵の守備の綻びが出るのを、じっくりと待つ。そして敵が作ったブロックの空いたスペースに味方が飛び込むと、縦に早いパスをリクトが送り込んだ。ボールは、明らかにムーンリバーズが支配している。

「どうしたあ、スターズ、行けよ！」

萩塚スターズの関係者らしき男が叫んだ。選手の父親だろうか。

「もっと攻めようよ」

母親らしきかん高い声が続く。

どうやら観戦者にも、この試合の特異さが伝わったようだ。

後半の五分が経過したとき、反対サイドで子供たちが声を出して応援を始めた。低学年らしきその子供たちの後ろには、音頭をとる茶髪の児島の姿があった。

「ゴール！　ゴール！　リバーズ！」

「ゴール！　ゴール！　リバーズ！」

そのいくぶん調子はずれな声援は、乾いた干し草に火を放ったように、あっという間に飛び火し、ピッチサイドのあちこちから声が上がった。

「ゴール！　ゴール！　リバーズ！」

「ゴール！　ゴール！　リバーズ！」

後半八分、ムーンリバーズがスターズのゴール前に迫る。康生がミドルシュートを放つと見せかけ、右サイドの光の前のスペースにボールを通す。光はそのボールに追いつくと、近寄ってきたカイトとのワンツーで、さらに敵陣深く切れ込み、ゴール前の密集地帯にクロスを上げた。敦也が走り込みながらシュートしようとするが、うまくミートできずにボールがはね、グリーンのユニフォームの選手が前線へ大きく蹴り出した。

「そうだ、それでいい。ナイスクリア！」

前半で嗄《か》れてしまった野尻の声が響いた。

後半に入って、ムーンリバーズのシュートの意識は高くなった。本数も増えた。しかし、ゴールを決めるために必要な、なにかが足りない。

後半十分、中盤に上げたスグルに代えて達樹を、元気に代えて五年生のケイをピッチに送り出した。その直後、敵のクリアミスからコーナーキックのチャンスを迎えた。

ここでなんとか――。

「リクト！」

健吾は声をかけ、ゴール前を指さした。

リクトは小さくうなずき、長い脚を回転させ、ゴール前へ上がって行く。

健吾が指示を出そうとしたとき、達樹が最終ラインのリクトの位置に代わりに入った。言われなくても、自分の役割に気づいたようだ。

しかし康生のコーナーキックはキックミスとなり、敵に難なくクリアされてしまった。そのボールを拾ったスターズの9番はボールをむやみに蹴らずに、ドリブルで攻め上がってきた。おそらく守備の要のリクトが上がったのを確認していたのだろう。

はじめて萩塚スターズの観戦者サイドがわいた。その声に背中を押されるように、グリーンのユニフォームの選手たちが次々に攻め上がってくる。

「おい、行くな！」

ベンチで野尻が叫ぶ。

「行け、行けっ！」

萩塚スターズの関係者らしき男の声が飛ぶ。

「そう、攻めてっ！」

別の声も同調した。

子供たちは止まらなかった。たぶん、自分たちで決めたのだ。サッカーをしよう、と。

ムーンリバーズにとっては最大のピンチを迎えたが、健吾はそのことがうれしかった。

「来たっ」と戸倉がつぶやいた。

「頼むぞ、達樹！」

健吾はこの日一番の大声を張り上げた。

もう太ってはいない達樹は、前を向いたままうなずいた。腰を低くし、サイドステップでポジションを修正する。

押し寄せてくるグリーンの人波に、達樹は怯《ひる》まず、ボールをもった9番をサイドへと追い込んでいく。

「遅らせてっ！」

キーパーのケンタが指示を飛ばす。敵のカウンターの速攻を遅らせ、時間を稼げれば、味方が守りに帰ってくることができる。

飛び込むなよ！

健吾が思ったそのとき、達樹はいきなりスライディングを仕掛けた。

「おいっ！」と叫んだ瞬間、砂煙の向こうにボールが弾んだ。

ファウルか。だが、主審の笛は鳴らない。

タッチラインぎりぎりに浮かんだ、そのボールを胸でトラップした選手がいた。懸命にもどってきたその選手は、青と白の縦縞のユニフォームの左腕にキャプテンマークを巻いている。

「サンキュー、リクト！」

戸倉が両手でメガホンを作った。

リクトは、奪い返しにきた敵の９番をリフティングで巧みにかわす。

「ヘイ！」

センターサークル近くにもどってきた康生が呼ぶ。

リクトはシンプルにパスでボールをつないだ。ボールを受け、ターンした康生は右に開いた光を見た。上がりかけていた敵の３番が左から寄せてくる。康生は右にパスを出す振りをして、３番の背後をとり、ドリブルで前に出た。ワンタッチ、ツータッチ、スパイクの先でつつきながら進む。

持ちすぎるなよ、と思った刹那、康生は右足を振り抜いた。

まさかそこからシュートを打つとは思わなかった。

おそらくゴールを守るキーパーも同じ心境だったろう。だからこそ、判断ミスを犯した。前に出かけて、慌てて後ろにもどる。

「上げよう！」

最終ラインでリクトが叫んだ。

すでに達樹は立ち上がり、走り出していた。

キーパーが後ろに倒れ込みながら、辛うじて右手で浮き球のシュートを弾いた。そのボールが手作りの塩ビパイプのゴール枠にあたり、鈍い音が響く。もんどり打ったキーパーは後ろに倒れた。高く宙に舞い上がったボールに、グリーンと青と白の縦縞のユニフォームが群がる。

「外に蹴り出せ！」

野尻が声を荒らげた。

競り合いからこぼれたボールが地面で弾んだ。

敵のディフェンダーが力任せに足を振る。

その蹴ったボールが、だれかに当たってはね返った。ボールは倒れたままのキーパーを越え、ゴール中央に吸い込まれたかに見えた。

しかし、はね返ってきてしまった。

すかさず萩塚スターズの選手がボールをピッチの外へ蹴り出した。

「え？」という顔で子供たちが固まった。ひとり選手が倒れている。

すると主審が斜めに手を挙げて、長く笛を吹いた。それはゴールを認める笛だった。

「なんでだよ！」

野尻が叫んだ。

審判がピッチサイドにやって来て説明した。「ミニゴールを並べたまんなかの支柱にボールが当たり、はね返りました。よって、ゴールを認めます」

その言葉を聞いた健吾が、「よし！」とこぶしを握った。

子供たちが両手を挙げ、観客たちが歓声を上げた。

「ところで、だれが入れた？」

倒れていた選手の周りに、主審とチームメイトが集まった。

顔を両手で押さえ、ゆっくり立ち上がったのは、最終ラインで守っていたはずの達樹だった。

康生が声をかけ、達樹が首をまわすのが見えた。

光が顔をのぞき込み、肩を叩く。

うん、うんとうなずいている。

どうやら、たいしたことはなさそうだ。

「あいつ、よく走ったな」

健吾が言うと、「達樹ナイスゴール！」と戸倉が感極まった声を上げた。

「いたそう」

俊作の声がした。「でも、やったね」と言い直した。

ラッキーゴールではあったが、ゴールはゴールだ。ムーンリバーズ待望の先制ゴールが決まり、1対0とリードした。

このゴールをきっかけに、ゲームは大きく動きだした。

後半十三分、ムーンリバーズはコーナーキックからリクトがヘディングでゴールを決め、2対0とリードを広げ、決勝進出に向け、大きく期待がふくらむ。しかし、そうはさせじと、萩塚スターズは猛攻を仕掛け、ロングシュートからの流れで、すぐに一点を返した。

スコアは2対1。再び穴川ＳＣと得失点、および総得点で並んだ。

戸倉が腕時計を見る。「残りあと五分です。無理は避け、このまま逃げ切りましょう」

戸倉の言うように、このままのスコアならば、萩塚スターズに勝利し、決勝進出を賭けた穴川ＳＣとのＰＫ戦に進むことになる。

萩塚スターズは一点を返したことで、攻勢に転じてきた。野尻はベンチに座ったまま動かず、もうゴール前で守らせようとはしなかった。

ボールがタッチを割ったとき、主審が笛を吹き、達樹に近寄ってなにやら話している。そしてベンチに向かって二人で歩いてきた。

「鼻血です。止血してください」

主審は早口で言うと、ピッチにもどった。

おそらく、顔面にボールが当たったときに鼻のなかを切ったのだろう。ユニフォームの襟元にも血がついていた。

戸倉が慌てて救急箱を用意した。

「よくやったぞ、達樹」

健吾が肩をつかんだ。

達樹は舌を見せてハアハアと息をした。

止血には時間がかかる。その間、七人で戦うことを考えれば、ここは選手交代すべき場面だ。健吾はベンチを見た。

すでに試合に出た子と、まだ試合に出ていない子が座っている。一番手前に元気、スグル、サトシ、ツヨシ、タクム、そして今大会まだ出番のない俊作。

「元気かスグルをピッチにもどしましょう」

戸倉が脱脂綿の代わりにティッシュをまるめた。

逃げ切るには、それが一番賢明な判断にも思えた。

このまま一点を守りきれば、試合には勝利できる。決勝進出の可能性は残る。たとえＰＫ戦で決勝に進めなくても、予選リーグ一勝一分けという成績は変わらず、チームは善戦したと讃《たた》えられるだろう。三位入賞だって夢じゃない。もちろん、ＰＫ戦で決勝に進む可能性だってある。

――こんなとき、翔太ならどうするだろう。

もう一度考えてみた。

今度は、こうするだろう、という答えがはっきりと浮かんだ。そして、それが自分の信じたやり方でもあった。

「よし、俊作、準備しろ」

健吾はベンチに座る小柄な少年に声をかけた。

俊作は黙って視線だけを健吾と合わせた。

「健さん、それは……」

戸倉の声がうわずった。

今年の春の全少、監督代行を頼んだ広瀬は、試合後、俊作を試合に出せなかったと報告した。「勝ってほしいから、ぼくは出なくてもいい」と本人が言ったと聞いた。でもそれはちがう、と健吾は思い続けてきた。

それに、ここにいるのは、あのときの俊作ではない。

「出たいだろ？」

健吾が問いかけると、俊作はこくりとうなずいてみせた。

「いいか、おまえがピッチに立つのは、このまま守りきるためじゃない。決勝に進むために、もう一点取りに行く。トップ下に入れ。頭を使った、おまえらしいプレーを見せてくれ。――いいな」

健吾は小さな肩を叩き、ピッチに送り出した。

「がんばって！」

鼻の穴にティッシュを詰め込んだ達樹が鼻声で叫んだ。

ベンチのほかの子供たちからも声が飛んだ。

試合時間は残り四分。その短い時間のなかで、子供たちは懸命にボールを追った。どちらのチームの子供たちも、ただひたすらにゴールを目指した。

ピッチに立った俊作は、なかなかボールにさわれなかった。ようやくパスを受けたとき、前から敵が迫ってきた。俊作は足裏を使って後ろにボールを落としたが、カイトはそれに気づかず、敵にボールを奪われてしまう。

「カイト、感じてやれ！」

思わず健吾は叫んだ。

ボールがタッチラインを割ったとき、主審が腕時計をちらりと見た。

試合終了時間にセットした戸倉のGショックのアラームが鳴った。アディショナルタイムに入った。

このまま終わってしまうのか。

なにかを起こせ。

健吾は祈るような気分でピッチに視線を走らせた。

味方陣内のセンターサークルやや後方で、ポストプレーを見せた敵から、リクトが粘り強くボールを奪った。

リクトはパスを出すと思いきや、そのままボールをキープしながら、じりじり前へと進む。まだ華奢《きゃしゃ》ながら、その姿には風格さえ感じられた。

健吾には、もうなにもすることはできなかった。ベンチとピッチのあいだには、越えることのできない白い境界線が延びている。できるとすれば、それは子供たちを信じること。ただ、それだけだった。

リクトの動きに呼応するように、ムーンリバーズの選手たちが一斉に動き出した。

康生が左へ動き、リクトの前にスペースをつくる。

光が右サイドに大きく開き、パスを受けられるポジションをとる。

ケイは後ろへ下がって、サポートにまわる。

カイトが左へ流れ、俊作は首を振りながら浮遊するようにゴール前へ。

リクトは自分の前のスペースにさらにドリブルでボールを運ぶ。敵はアプローチをかけずに、ずるずると下がっていく。

さあ、ここからどうする。

リクトは左へ向かうと見せかけて、スパイクのアウトサイドを使って右へ。二人の敵が離れず付いてくる。それを見た光は、入れ替わるようにしてカットイン。

リクトは突然スピードを上げ、ボールをまたぐフェイントで一人をかわし、クロスを蹴る振りをしてから、素早くボールを持ち出し、もう一人も翻弄する。

敵陣の右サイド、タッチライン近く深くえぐったリクトから見て手前に俊作、少し離れて、その後方からカイトが走り込んでくる。リクト—俊作—カイトが、ペナルティーエリアのほぼ対角線上に並んだそのとき、リクトはゴール前の俊作めがけて蹴った。グラウンダーの速いクロスボール。

そのボールに反応した俊作に敵のマークがつく。

俊作は後ろをちらっと振り向く素振りを見せ、ダイレクトでのシュート体勢に入る。敵がシュートコースを塞ぎに寄せてくる。

「シュート！」

戸倉が叫ぶのと同時に、「打てっ！」と達樹も声を上げた。

が、そのとき、俊作はふっと力を抜いてしまった。

「え？」とだれもが思った次の瞬間、俊作の開いた股のあいだを、ボールがすり抜けていく。

シュートをブロックしに飛びだした敵がスライディングを空振り、倒れ込んだ。

ボールが転がる先には、敵のマークを振り切ったカイトが走り込んでいる。

俊作が故意に股のあいだを通したボールを、カイトは右足の赤いスパイクでしっかりとらえた。

「キーパー！」

だれかが叫んだ。

低い弾道のシュートは、横に跳んだキーパーの両手をすり抜け、ゴールネット右隅に突き刺さった。

「あっ、えーっ？」

戸倉が奇妙な叫び声を上げ、立ち上がった。その拍子にパイプ椅子が後ろに倒れた。

健吾の全身の血が瞬時に沸騰し、鳥肌が立ち、総毛立った。

パスとドリブルの融合、そしてゴール前でのアイデアと連係。彼らは感じ合っていた。自分が育てたチームが見せたプレーに一瞬息を呑んだ。

「よしっ！」

前屈《まえかが》みになった健吾は、両手を握り、喜びを爆発させた。

ピッチサイドがどよめき、拍手が起こる。

「いいぞ、ムーンリバーズ！」

反対サイドの正面で叫んでいるのはノブで、シンジとタケルがバンザイのポーズをとっていた。

「すげえー！　すげえじゃん」

達樹が鼻の穴に詰めたティッシュを飛ばした。「なにあれ、やばいよカイト、リクトのクロスも、それに俊作の神スルー！」

小学生でもできるのだ。それぞれが、それぞれの個性を活《い》かせば。健吾はそのことを深く心に刻んだ。

ピッチの上では、ゴールを決めたカイトが、ピッチサイドに向かって何度も右手を突き上げた。そのまわりに康生、光、敦也、ケイが集まってくる。

リクトは俊作にゆっくり歩み寄り、右手と右手をパチンと合わせた。

俊作が微笑んだ。

どの顔も笑っている。

自らは囮《おとり》となり、味方を活かすプレー。これまで足りなかったゴール前でのアイデアを、ベンチを温めていた俊作が見事に演じてくれた。

「今の場合、アシストはだれにつくんですかね？」

戸倉が興奮した様子で言った。

「リクト、いや、俊作でいいんじゃない」

健吾は口元をゆるめながら答え、子供たちを見つめた。

そして、試合終了を告げる主審の笛がピッチに響くと、健吾は戸倉に右手を差し出した。

「健さん、素晴らしい采配でした」

戸倉はがっちりと右手を握りかえしてきた。銀縁メガネの奥の細い目には、涙が滲んでいた。

萩塚スターズを3対1で破ったムーンリバーズは、決勝戦進出の権利を得た。

相手はBブロック全勝、二試合で十八ゴールを挙げた海浜マリンズに決まった。


「――健さん」

昼食後、トイレで用を足した帰りに呼び止められた。

だれかと思えば、元コーチの広瀬が校舎の陰に隠れるように立っていた。

「ああ」と、健吾の口から声が漏れた。

「その節はお世話になりました」

広瀬は神妙な顔色で頭を下げた。「試合、観てました。決勝進出ですね」

「ええ、たまたまですよ」

「いや、そうじゃない。みんな、すごくうまくなった」

「そう思います？」

「さすがですよ」

「いや、翔太コーチのおかげ。おれはまだまだ」

健吾は謙遜してみせた。「今日は涼太の応援でしょ」

「ええ、でも、どうやらあいつの出番はなさそうです。一応所属はAチームになってますけど、Aチームでも出場機会はかなり限られてるんで」

「そうなんですか？」

「まあ、試合に出られないのは、本人にも問題があるんですけど」

広瀬は訊いてもいない話を続けた。「週末は行くんですけど、平日の練習を休みがちなんですよ。終わるのが夜の九時ですから、寝るのは十一時近くなる。週に二回あるんですけど、土日も試合か練習があるんで、疲れちゃうんですかね。気持ちが弱いと怒ったら、返事もしなくなって……」

「でも、スクールはこれまでも行ってたわけでしょ」

「そうなんですけどね。プレッシャーを感じてるのかな。参加しないと、コーチやチームメイトからいろいろ言われるみたいで。それが原因で、試合にも出られないんだと思います」

「涼太なら、徐々に慣れるでしょ」

「だといいんですけどね」

広瀬は作り笑いを浮かべたあと、話題を変えた。「それと、林さんから連絡があってマリンズのコーチを紹介しましたけど、合併の話だとは聞いてませんでした。そこは誤解されてると困るんで」

「というのは？」

「自分は両方のクラブを知ってます。いろんな面でちがうと思うんです。だから、一緒になるのが良いとは、一概に言えないかと……」

「それはどうして？」

その問いかけに、広瀬はため息をついてみせた。「クラブには個性があるべきだと思います。それぞれのクラブには、それぞれの役割があるべきです。いろいろな子供がいるわけで、選択肢は多いほうがよい気がするからです」

健吾は黙ってうなずいた。

「コーチをやめて、一人の親として涼太のことを考えたとき、そのことに気づきました」

「涼太にとっては、ベストな選択だったわけでしょ」

「そう信じてます。でも、どうですかね。今は試合にもあまり出場できませんから」

「涼太によろしく伝えてください。なにかあったら、またグラウンドに来いって。あいつも、こないだまでチームの一員だったわけだから」

健吾の言葉に、広瀬は深々と頭を下げた。

「決勝、がんばってください」

「マリンズのお父さんに激励されるとはね」

健吾は苦笑し、「じゃあ」と言って、その場を離れた。


子供たちは遂《つい》にホームグラウンドでムーンリバーズ・カップ決勝戦の舞台に立った。しかし、前半を終えたスコアは0対3。海浜マリンズにボールを支配され、ゲームの主導権を握られてしまった。自分たちのサッカーはさせてもらえなかった。

戸倉によれば、夏合宿の試合のビデオには映っていない選手が、決勝戦では三人先発してきた。しかしこの試合でも、涼太の出番は依然なかった。

ハーフタイム、給水をしてひと息入れた選手を、健吾はベンチを囲むようにして座らせた。三試合目ともなれば、体育座りをしたどの顔も、どのユニフォームも、汗と埃《ほこり》にまみれている。

「どうだ、今の気分は？」

健吾はうつむいた選手たちに声をかけた。反応は鈍く、まるで試合に負けたかのような意気消沈ぶりには、憤りとはべつのものがこみ上げてきた。

「つえーよな、マリンズは」

健吾はわざと笑いかけ、感情をゆるめた声で続けた。「でもな、そのことはわかってたはずだ。強い相手だからこそ、もう一度やりたい、そう思ったんじゃなかったのか。気づいたと思うけど、相手はメンバーを入れ替えてきた。たぶん、Aチームの選手だろう」

その言葉に、何人かが恨めしそうな表情を浮かべた。

「話がちがうって感じか。だけどな、そういうことって、サッカーの試合じゃなくても起きるもんだぞ。コーチも最近そういう経験をした。こうなったのは、だれかのせいじゃないかって思ったよ。でもな、そこから逃げるわけにはいかない。大切なのは、そんなときこそ、どういう態度がとれるのかだと思う」

　下唇を噛んだリクトが顔を上げた。

　多くの子供は、うつむいたままだった。

　健吾は鼻孔から息を吸い込み、ゆっくり吐いた。そしてジャージのポケットから白い封筒を取り出し、折りたたまれた便箋をゆっくり開いた。

「これは、昨日コーチの家に届いた、おまえたちの先輩からの手紙だ。伝えたいことがあるから、この大会の、最後の試合のハーフタイムに読んでほしいと書いてあった。だれだかわかるよな。おまえたちがこの舞台に立つために、一緒にがんばってきた、翔太コーチだ」

　子供たちの顔が一斉に上を向いた。

「これだけは言っておく。翔太コーチは、おまえたちを見捨てたわけじゃない。逃げたわけでもない。たぶんこの場所に一緒にいたかったはずだ。でも、残念ながらそれは叶《かな》わなかった。今から、この手紙を読むことにする」

　健吾は言った。「戸倉さん、お願いします」

「え、私がですか？」

　戸倉は突然の指名に戸惑いを見せたが、便箋を受け取り、ベンチを囲んだ子供たちの前に立った。

　健吾は戸倉の斜め後ろに立ち、キャップを目深にかぶり、両腕を組んだ。

「えー、じゃあ、翔太コーチからの手紙を読ませてもらいます」

咳払《せきばら》いを一つしてから、戸倉は明るい声で文字を追い始めた。

「ムーンリバーズのみなさん、お元気ですか？　僕は今、東南アジアのタイに来ています。今日の天気は晴れで、蒸し暑く、ちょうど日本の夏のような感じです。――へえ、翔太コーチ、タイにいるんだね」

戸倉は頬をゆるめて続けた。「まず、君たちには、突然僕がいなくなったことを謝らなければなりません。もう聞いていると思いますが、僕にはコーチとしてふさわしくない点がありました。僕には家がありませんでした。また、決まった仕事もない状態でした。そのことで、コーチの方や君たちのお母さん、お父さん、君たち自身を不安にさせたかもしれません。そのことを謝ります。そして、サヨナラも言わないでみんなの前から消えたことを後悔して、今こうして手紙を書いています。

去年、悲しい出来事があり、僕は自分の仕事に集中できなくなりました。――え？」

戸倉は便箋から顔を上げ、健吾を見た。

「続けてください」

「あ、はい。――僕の仕事とは、プロのサッカー選手でした。しかし結果が出せず、クラブから、もう君は必要ないよ、と言い渡されてしまったのです。家族を失った僕には、帰る家がありませんでした。しばらくは知り合いの家にお世話になったり、ネットカフェで一夜を明かしたり、時には野宿したこともあります。とても不安な毎日でした。

そして、どうしていいかわからなくなったとき、自分には帰る場所がひとつだけあることに気づいたんです。それが、月見野小学校の校庭、僕にとってのホームグラウンドでした。

じつは僕も小学生時代、短いあいだですが、月見野ＳＣに所属していました。今君たちが参加している大会にも出るチャンスをもらいました。それは僕が四年生のときで、今でもよく覚えています。決勝戦で、兄が一ゴール、僕が一ゴール決めて優勝しました。記念写真を写すとき、僕と兄が一番前になるように、六年生が後ろから押してくれました。とてもうれしかったです。

ひさしぶりにホームグラウンドに足を運んだとき、残念ながら、僕がお世話になっていたコーチは、もういませんでした。あとから知ったのですが、亡くなっていたのです。でも、グラウンドには健さんがいてくれて、僕に声をかけ、コーチにならないかと誘ってくれました。とてもびっくりしました」

戸倉は言葉を切り、便箋をめくり、洟《はな》をすすった。「さて、この手紙が無事に届けば、今日はムーンリバーズ・カップの当日かと思います。そして今、君たちは大会の最終戦、順位決定戦を戦っている最中のはずです。調子はどうですか？　自分たちのサッカーができていますか？

もし、君たちが今決勝戦を戦っているのであれば、僕はとても誇りに思います。でも、三位決定戦や五位決定戦にまわっていたとしても、やっぱりうれしいし、心から応援しています。君たちはうまい子を集めたチームではありません。うまい子もいれば、まだこれからの子もいます。それでも全員がピッチに立つチャンスをきっと与えられているはずです。

前半が終わって、スコアは何対何でしょうか。勝ってるでしょうか、負けてるでしょうか。それとも引き分けでしょうか。勝敗はもちろん大切です。勝利を目指すべきです。でも、それよりも大切なことがあるような気がします。なぜなら、試合はいつか終わり、また新しい試合が始まるからです。ピッチに立ったとき、一人ひとりが自分らしく、精一杯プレーしてください。そして仲間を信じ、チームで助け合って戦うのです。僕は今、そのことを一番に考えて、サッカーをしています。じつは僕がタイに来たのは、プロのサッカー選手としてもう一度プレーするためです。一度はあきらめかけましたが、一生懸命ボールを追う君たちの姿を見て、もう一度本気でサッカーをやろう、そう思えるようになりました。だから、僕が今ここにいるのは、君たちのおかげだと感謝しています」

戸倉が言葉を切り、目をしばたたかせた。

いつのまにかベンチのまわりには、チームの関係者が集まり、子供たちと一緒に、読み上げられる手紙に聞き入っていた。前半、声を嗄《か》らして応援してくれたコーチの児島、佐々木、西、康生や達樹の母、晶子、林、ツカさん、月見野SC創設者丹羽嘉之の妻、道代の姿もあった。

「タイに来てからも、僕は現地のコーディネーターをはじめ、多くの人に助けてもらい、いくつかのバンコクのクラブを訪問し、練習に参加させてもらいました。でも、なかなかパスはまわってこないし、コミュニケーションも取れませんでした。興味を持ってくれたクラブもありましたが、残念ながら契約には至っていません。でも、簡単にはあきらめません。あきらめることは、いつだってできるから。

僕には、今も帰る自分の家はありません。でも、これだけは大きな声で言えます。僕には、夢がある――」

戸倉はそこで言葉を詰まらせた。

「すみません、これ以上は、私には無理です」

両目から涙を頬に伝わせたまま、声をしぼった。

主審がピッチに出てきた。試合再開の時間が迫っている。

健吾は戸倉に歩み寄り、便箋を受け取った。便箋に落としたその目も、すでに潤んでいた。

「――子供の頃、あきらめなければ夢は叶う、そう大人たちによく言われました。その言葉が本当かどうか、僕にはよくわかりません。ほとんどの大人は、夢を叶えていないように見えたからです。だから僕は、自分自身でそのことを試してみたいと思っています。

十二月から、タイでもトライアウトが始まります。プロの選手になるためのテストです。それに向けて、もう一度全力でがんばるつもりです。

最後に、試合の後半に向けての話をします。たとえ今、君たちがどんな立場に立っていたとしても、それを解決する術は必ずどこかにあります。首を振って、まわりをよく見ましょう。声をかけ合い、助け合いましょう。サッカーはひとりでやるものではありません。自分が持っていないものを、仲間が貸してくれることもあります。ひとりでできないことを二人で、あるいは三人でやることも自由です。ベンチにはコーチがいます。家族も応援してます。ピッチに立った君は、決してひとりじゃない。そのことを忘れないでください。

さあ、いよいよ後半が始まります。サッカーを楽しもう。

そろそろ練習に出かける時間です。君たちと一緒にボールを蹴った頃を思い出しながら、僕もボールを追います。

みんなから『翔太コーチ』と呼ばれるのが、僕は好きでした。短いあいだだったけど、君たちのコーチになれてとても幸せでした。

みんな、ありがとう。

僕は、ムーンリバーズを忘れない――井上翔太」

健吾は涙を見せないようにキャップのツバを下げた。そして便箋を折って封筒に入れ、ジャージのポケットにしまった。

唇を強く結び、顔を上げると、さっきとはちがう表情の子供たちが自分を見ていた。

「さあ、円陣を組もう」

健吾は声をかけた。「いいか、仲間を信じて、最後までみんなで戦うぞ」

その言葉に、子供たちは声を上げ、からだを寄せ合い、肩を組んだ。

秋のやわらかな日差しを浴びたどの顔も、実った稲穂のように黄金色に輝いていた。

春風

　二人だけの夕飯をいつものようにすませたあと、健吾はソファーに寝そべり、手にした楯《たて》を眺めた。表彰式でリクトが代表して受け取り、一人ひとりの手に回してから、健吾が預かった。楯のまんなかには、銀色のサッカーボールのレリーフが埋め込まれている。

　表彰式では、個人の表彰も行われた。大会ＭＶＰのカップは海浜マリンズの14番が手にした。また、各チームのＭＶＰ一名にメダルが贈られた。

　チームのＭＶＰについては、コーチが選ぶクラブもあったが、ムーンリバーズは選手たちに決めさせた。前に出てメダルを受け取ったのは、攻守に活躍をした五年生キャプテンのリクトではなく、顔面シュートを決めた達樹だった。たしかにあの一点は、チームにとって大きかった。

　メダルを首にかけられた達樹は、感極まったのか泣きだしてしまった。そんな達樹を仲間たちはあたたかく祝福した。おそらく手にしたメダルよりも、みんなに認められたそのことが、うれしかったのだろう。

「惜しかったよね」

　ダイニングテーブルに座ったままの晶子の声がした。

「なにが？」

「決勝戦」

「ちっとも惜しくなんかないさ」

健吾は笑ってみせた。「1対5の完敗だ」

「でも、最後の最後に一点返したじゃない。ああいうのを、一矢を報いるって言うんじゃない。気分がスカッとした。それから、戸倉さんが試合のあとで、応援に来てた保護者に言ってたよ。うちのチームは優勝できなかったけど、全員が試合に出場できました。あたりまえのことかもしれないけど、そのあたりまえのことが出来るチームは少ないって」

「負けは、負けさ」

健吾は言った。「でも、丹羽さんの奥さんに言われたよ。子供たちはよく戦ったって。強かったって」

「そうだよね、ほんとにそう思う」

晶子の声に力がこもった。

「指導者はさ、練習で出来ないことは、試合で出来るわけがない。よくそう言うんだ。だけど、今日のあいつらを見てると、試合のなかでもうまくなってる気がしたよ。パスを主体としたサッカーに縛られるんじゃなくて、自分たちのサッカーを、自分たちなりに進化させてた」

「へえー」

晶子は飲みかけの缶酎ハイを傾けた。

ソファーの背もたれの上で寝ていたチャコが大きく伸びをしてから、床にやわらかく着地し、水飲み場のほうへ歩いていく。健吾は準優勝楯をガラステーブルの上に飾るように置きなおし、冷蔵庫へ立った。

「私ね、あなたがサッカーのコーチを始めたとき、ただ単にサッカーが好きだからだと思ってた。でも、本当はそれだけじゃなかったんだね」

「え？」

「あなたは、子供が好きなんだよ。ごめんね」

「なんで謝る？」

健吾は、扉を開けた冷蔵庫のやわらかな明かりに向かって言った。

「あなたには、いつか謝らなきゃ、そう思ってた。子供があんなことになってから、私はもう子供はいらないって言ったけど、それは本心じゃなかった。また、同じ目に遭うのが、怖かったの」

「それはおれも同じさ」

「でも本当は、欲しかったんでしょ」

晶子は指先で目尻にたまったものをぬぐった。

健吾は片付けの終わっていないダイニングテーブルにもう一度座り直し、缶発泡酒のプルトップを開けた。

「今日さ、大会のあと、中一のノブとシンジとタケルとで、話したんだ。あいつら、サッカー部をやめちまった。いろいろ理由はあると思うけど、サッカーとは本来関係ないことに耐えられなくなったんだと思う。でも、サッカーは続けたい。そう言うから、だったら一緒にやるかって誘ったんだ」

「一緒にやる？」

「ああ、じつは昨日ね、退社直前に呼ばれて、会社から言われたんだ。営業所の再編成にあたって、営業育成担当部長として、会社に残ってくれないかって。今日はおれがコーチをしてるサッカークラブの大会があるって知っていながら、夜遅くまで付き合わされた。ヘビみたいにしつこい男で、でもその男が言うには、所員の若手の多くが、おれからいろいろ教わったし、慕ってるって言うんだ」

「さすが、コーチだね」

晶子は手を叩いて微笑んだ。

健吾は宇賀神が言った言葉を思い出した。「サッカークラブも、企業も同じですよ。人を育てなければ、未来はない」。その通りだと思った。

「で、同期の北村さんは？」

「あいつ、関東営業所の所長候補だったらしい。でも、同業他社の複数の人間に転職の受け入れを打診したのがばれて、候補から外された。二枚舌を使ってたわけだ。結局、仲間を信じられなかった、そういうことかもしれない。池田さんと一緒に、早期退職の道を選んだらしい」

「そうなんだ」

晶子は沈痛な面持ちにもどって言った。「で、その営業育成担当部長の話、引き受けるの？」

「だから言ってやったよ」

健吾は口元をゆるめた。「おれには、育てなきゃならない多くの子供がいる。土日に大会や試合があれば、そっちを選ぶかもしれませんよって」

「そしたら？」

「笑ってた。聞いた話じゃ、その宇賀神という男も、大学までサッカーをやってたらしい。自分の息子もクラブチームに所属してるんだとさ」

「そうだったんだ。じゃあ、サッカーに救われたね」

晶子の言葉に、首を横に振った。「それはちがうと思う。おれは自分にとって許せないことはしない。したくないんだ。たとえそれで職を失おうと、そういうふうに生きる。というか、そういうふうにしかできないんだよ」

「じゃあ、コーチを続けるの？」

「だからさ、新しいクラブをつくろうと思ってる。最初は、ノブとシンジとタケルの三人だ。中学生を対象としたクラブをね。それが亡くなった丹羽さんの夢だったたって聞いたから。その夢を引き継ぐことに決めた。丹羽さんの奥さんや、場合によっては萩塚スターズの野尻さんにも相談して、どういうやり方がいいのか、これから詰めていく」

「そんなこと、考えてたんだ」

晶子は呆《あき》れたようにつぶやいた。

「おれには、たくさんの教え子がいる。言ってみれば、たくさんのおれの子供だ。それは、おれに子供がいなかったからこそ、出会えた子供たちだ。だから、今はそれでじゅうぶんに幸せだよ。そう思ってる」

「そっか。そうだよね」

晶子は両手で頬杖をついて、何度もうなずいた。「先の話かもしれないけど、出来ることがあれば私にも協力させて」

「ありがとう。でも、決まってることが、ひとつだけある」

「え？」

「クラブの名前は、ムーンリバーズにするよ」

健吾は発泡酒をゴクリとやった。「そう決めたんだ」


十二月上旬、自治会館で開催された月見野ＳＣ臨時総会には、例年になく、多くの関係者が集った。議題に上がったのは、海浜マリンズとの来期からの合併の是非について。冒頭で林が合併の経緯について話し始めたところ、早くも反対の声が上がり、会場は多くの野次に包まれた。

反対派が理由に挙げたのは、海浜マリンズの練習場まで月見野からバスで二十分かかり、低学年が個人で通うには不安があること。交通費がかかる上に、月謝も高くなるだろうこと。クラブ員が増えることにより、一人あたりの試合に出場する機会が減るのは目に見えていること。そしてなにより、多くの子供たちが、そのことを望んではいないこと。

それらの声に林は答えるよう努めたが、保護者は納得しなかった。

林は顔を赤くして、海浜マリンズと合併することにより、子供たちは今までよりも質の高い指導を受けることができ、チームはまちがいなく強くなると訴えた。

その言葉に、一瞬会場は静かになった。

しかし保護者ではなく、今度はコーチのなかから声が上がった。

「ムーンリバーズ・カップで準優勝。海浜マリンズ相手に、堂々と戦ったじゃないですか」

口をとがらせて言ったのは、茶髪頭を元にもどした児島だった。

「たしかに」

同調するコーチの声が続き、場内は騒然となった。

結局、賛否の意思を問うまでもなく、総会はお開きとなり、コーチだけがその場に残った。外では、合併が可決されなかったことを知った、子供たちの元気な声が響き渡った。

「私の努力はなんだったわけ」

林がぽつりと言った。

佐々木と西が同時に首を横に振った。

「ところで、こんな大切な日に、ツカさんはどうして来ないの？」

「こうなるって、わかってたからじゃないですか」

戸倉が気の毒そうに言った。

「また、逃げたのかも」

児島がぷっとふきだした。

林は薄くなった髪に右手をかざし、海浜マリンズとの合併が成立しなかった場合、今期限りで代表を退く意向をその場で示した。

健吾はなにも言わなかった。


年が明けた一月中旬、健吾の元へ、翔太からの手紙が再び届いた。タイ・プレミアリーグに所属するチョンブリ・ユナイテッドに入団が決まったとの知らせだった。チームメイトにはＪリーグで活躍したベテラン選手もいるとのことで、一枚の写真が添えられていた。

土曜日の朝、健吾はその手紙を携え、グラウンドへ自転車で向かった。霜柱の降りた校庭には、サッカー部をやめた三人がすでに集まりボールを蹴っていた。

「やったじゃん、翔太コーチ！」

ノブが叫び、白い息を吐きながら、なぜかグラウンドの反対側まで猛然と走り出した。

「やっぱ、すげえ人だったんだ」

「ほらみろ、だから言ったじゃん」

シンジとタケルが、ユニフォーム姿の翔太の写真を奪い合った。

そのニュースは戸倉によって、その日のうちにクラブのホームページにアップされ、翔太の過去と現在を多くの人が知ることとなった。

記事と共に掲載されたのは二枚の画像。一枚はスナック「憩い」に残されていたチームの集合写真。月見野SCが、月見野杯初優勝の際に撮られた古い写真には、翔太と翔太の兄が最前列で笑っている。そして、チョンブリ・ユナイテッドのターコイズブルーのユニフォーム姿の翔太。

「クラブのOBであり、元コーチである井上翔太は、クラブ創設以来はじめて、プロサッカー選手の夢を叶えた」との一文が添えられていた。


三月の定例総会で、来期の月見野SC代表に森山健吾が就任することが満場一致で承認され、クラブは正式にムーンリバーズへと改称することが了承された。また、有能なコーチの人材確保に当たって、会則にある会計に関する条項に、特例として指導者への手当を認める場合がある、という一文が追加された。

戸倉は、来期もコーチとしてクラブに残る意思を表明した。児島の勧誘により、新たに二人の若い父兄コーチが誕生した。一方、代表を降りたベテランコーチの林とツカさんは、体力の限界を理由にクラブから去ることになった。そんな二人に対して、「いつでももどってきてください」と健吾は声をかけた。

月見野SC改めムーンリバーズに、ジュニアユース部門が立ち上がったニュースは、海浜マリンズとの合併話が立ち消えになったこともあり、地元のサッカー関係者のあいだで話題になった。最初はクラブ員が三人だけと笑われもした。しかし、しばらくしてノブらと同じくサッカー部を退部した彼らの友人二人が加わった。また、健吾が協力をお願いした萩塚スターズの野尻から、卒団生三名を体験練習に参加させたいと先日連絡が入った。

四月からは、俊作、達樹、敦也、移籍したクラブに馴染めなかった涼太が、入団することがすでに決まっている。

タイ・プレミアリーグの開幕戦、井上翔太がピッチに立ったという知らせは、グラウンドに駆けつけた晶子によってもたらされた。残念ながらチームは開幕戦を白星で飾れなかった。しかし後半途中出場した翔太は、デビュー戦である試合終了間際の九十二分、アディショナルタイムに見事初ゴールを決めた。

「あの子、最後まであきらめなかったんだね」

晶子は頬を紅潮させて言った。

翔太は新しい世界で、新たな一歩を踏み出した。

そのゴールを実際に見ることは叶わなかったけれど、健吾の瞼《まぶた》には、翔太の笑顔を鮮やかに浮かび上がらせることができた。

会社では、新たなポスト、営業育成担当部長に就いた健吾は、会社再建に向けて多忙な日々を送りながら、週末にはグラウンドに足を運んだ。クラブには、今も様々な課題が山積みになっている。先週も一件、保護者から新たな要望が寄せられた。チームは相変わらず人数が少なく、良い成績が残せていない。それでも弱音だけは吐かなかった。

――いつか翔太が帰ってくるその日まで、ムーンリバーズの灯《あか》りを守る。

そんな夢があるから。

練習が終わった夕暮れ時、健吾は、だれもいなくなった校庭の片隅にあるクラブの倉庫に鍵を掛けた。バッグから、昨日晶子が夜なべをして仕上げてくれたポスターを取り出し、西日に染まった倉庫の壁に広げる。風が強く吹き、飛ばされそうになるが、両手で押さえ、なんとかテープで貼り付けた。

「ムーンリバーズ　コーチスタッフ、並びに、新メンバー募集中！」

初出　月刊「ランティエ」２０１３年12月号～２０１４年12月号

著者略歴

はらだみずき
千葉県生まれ。2006年『サッカーボーイズ 再会のグラウンド』でデビュー。全5巻の「サッカーボーイズ」シリーズは、累計50万部を突破する人気シリーズに。他の著書に『帰宅部ボーイズ』『スパイクを買いに』『最近、空を見上げていない』『ホームグラウンド』『サッカーの神様をさがして』『たとえば、すぐりとおれの恋』『ぼくの最高の日』『ここからはじまる』『波に乗る』などがある。

Kadokawa Haruki Corporation

はらだみずき
ムーンリバーズを忘《わす》れない
*
2015年5月18日第一刷発行

発行者 角川春樹
発行所 株式会社 角川春樹事務所
〒102-0074 東京都千代田区九段南2-1-30 イタリア文化会館ビル
電話03-3263-5881(営業) 03-3263-5247(編集)
印刷・製本 中央精版印刷株式会社

ISBN978-4-7584-1258-2 C0093
http://www.kadokawaharuki.co.jp/